I0738877

ЗМЕЙКОВО

РОНЕСА АВИЛА

Превод Анастасия Виденова

Всички права запазени © 2018 г., Bendideia Publishing
м. август 2018 г.
ISBN-13: 978-0-9996861-9-5
ISBN-10: 0999686194

Всички права запазени

Освен с цел рецензия възпроизвеждането или използването на цялата книга или на част от нея под каквато и да било форма – с електронни, механични или други средства, познати на света, или изобретени по-късно, вкл. ксерокопиране, фотокопиране и запис, както и съхранение или извличане на информация е разрешено след писмено позволение от издателя: www.ronesaaveela.com.

Тази творба е в жанр фантастика. Имената, героите, дейностите, местата, събитията и случките са плод на въображението на автора или са измислица. Всяка прилика с действителни лица – живи или починали – и събития е случайна.

Дизайн корица: Дмитрий Яховский, www.entaroart.com
Карта и рисунки: Нели Тончева-Нелинда,
www.nelinda.com
Превод от английски: Анастасия Виденова,
anavid@gmail.com

Някой ден ще остареете достатъчно, за да започнете да четете приказките отново.

К.С. Луис

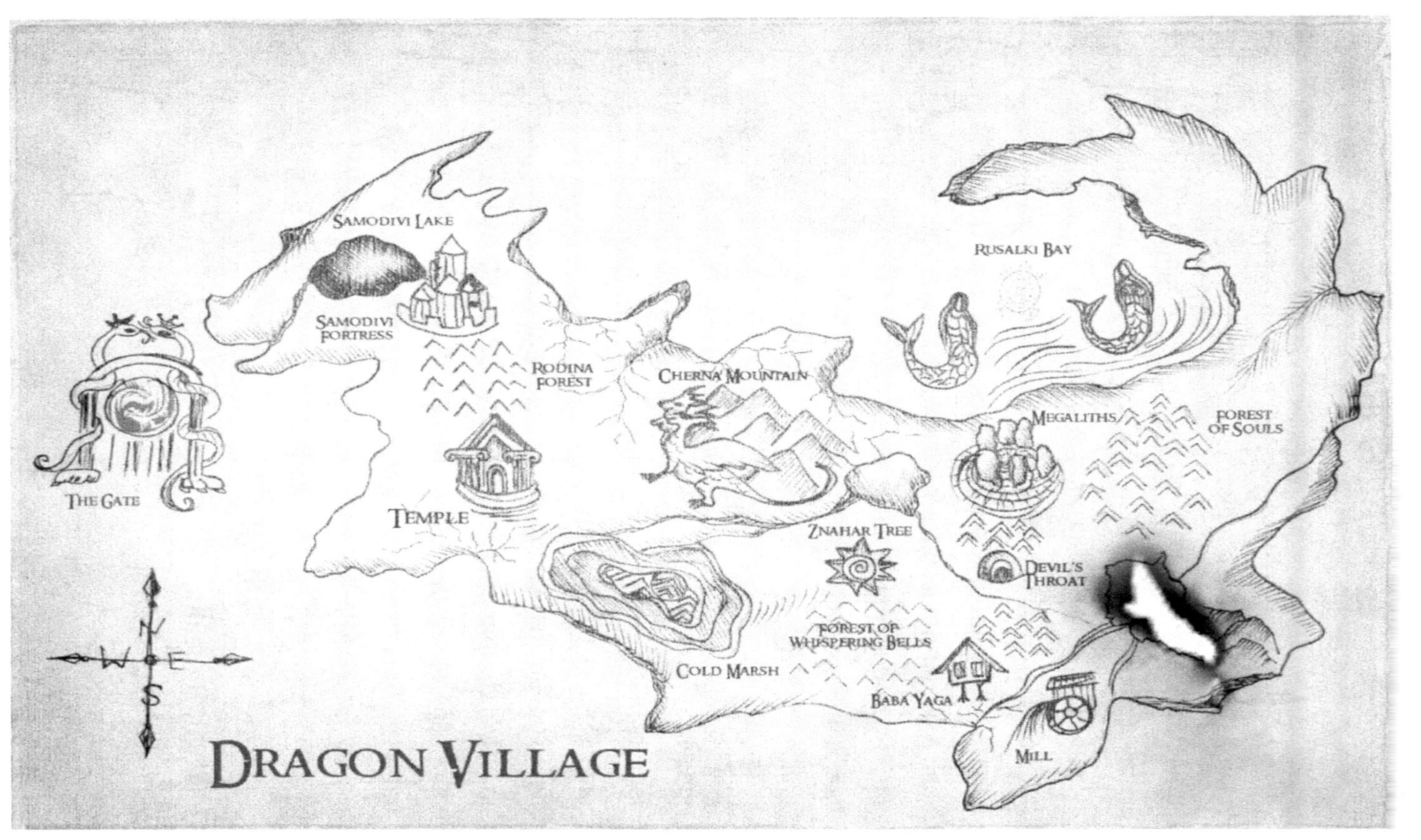

SAMODIVI LAKE
SAMODIVI FORTRESS
RODINA FOREST
CHERNA MOUNTAIN
RUSALKI BAY
MEGALITHS
FOREST OF SOULS
THE GATE
TEMPLE
ZNAHAR TREE
DEVIL'S THROAT
FOREST OF WHISPERING BELLS
COLD MARSH
BABA YAGA
MILL
N
W E
S
DRAGON VILLAGE

Глава 1
Момчето с криле

Тео-о-о-о. Мълчаливият повик на самодивата спря нозете му; името му достигаше до него като шепот на вятъра.

Мускулите му бяха напрегнати; огледа мястото, на което се намира, в търсене на враждебната горска нимфа, която лови жертвите си за забавление. Тя, уви, не се виждаше никъде. Той отвори уста, за да предупреди приятеля си Павел, който стоеше едва на няколко крачки пред него, но я затвори – не искаше да разкрие местоположението им.

– Тео-о-о-о, – отново го повика тя; сега гласът звучеше по-близо.

Инстинктът му му подсказа да бяга, да се скрие, преди да го е омагьосала. Но къде изчезна тя?

Момчето потръпна когато бяла светкавица пробяга над високите борове. Светлината на зората се отразяваше през балдахина от клони и хвърляше червени ивици върху одеждите на нимфата – но тя изчезна в мараната, разтваряйки се като мъгла. Устните му трепереха… Тя защо потъна вдън земя? Изведнъж гората стана отчайващо тиха, сякаш хищник дебне наблизо. До този момент той си мислеше, че историите за самодиви са вълшебни приказки, но май всяка легенда съдържа и частица истина. Изпука пръчка. Още един бял лъч светлина се приближи, скривайки се в сенките на изсъхнал дъб.

Сега не му беше времето да размишлява за някакви създания, ако иска да живее.

– Скрий се! – Тео се втурна към Павел, сграбчи приятеля си за китката и го дръпна зад полуразрушената каменна стена, покрита с бръшлян и къпини.

Няма начин самодивата да ги омагьоса с мелодичния си глас, ако историите са верни.

– Какво става? – прошепна Павел.

– Бели светкавици! С-с-самодиви! – Тео пусна чифт механични крила на земята и скръсти ръце върху гърдите си, за да не покаже, че трепери.

Беше глупаво да рискуват да дойдат в Каменната гора, за да се опита да лети. Да, скалистият хълм бе най-високата точка в селото и силният вятър щеше да го изстреля към небето – ако крилата действително сработеха. Но сега, когато едвам пристъпваше в основата на древното езическо селище, тръпки го побиваха не само по гърба.

– Глупости! – Павел се взря зад ъгъла. – Трябва да има логично обяснение за всяка бяла светлина, която виждаш – *ако* наистина си я видял. Може би са изпарения от земята.

– Ами този кръг от цветя, който подминахме? – дишаше Тео на пресекулки. – Това трябва да е мястото, където миналата седмица бе убит овчарят.

По-старите жители в селото клюкарстваха, че дребни бели цветчета започваха да избуяват от почвата на мястото на убийството – цветя, които преди това не бяха цъфтели. И посочиха това като доказателство, че нежните стъпала на нимфите са докосвали почвата.

– Това са само цветя. Майка ми има цяла леха с такива в градината си.

– Но е държал кавал, стиснат в юмрука си! Това трябва да означава нещо – настоя Тео.

Селяните твърдяха, че самодиви са привикали човечеца да свири на музикалния инструмент. После бяха принудили жертвата си да танцува с тях до ранни зори, когато изтощението е взело връх. А старите хора бяха убедени, че накрая нимфата с целувка е откраднала последния дъх на мъжа.

„Тео, къде си?“ – отново го повика нимфата.

– Чу ли... – Тео замълча и притисна гръб към грубия камък. Дори и Павел нямаше да му повярва, че чува глас.

Разпръснати сред гъсти треволяци, натрошените камъни хрущяха под краката му. Избуяли храсти къпини, приклещени между камъните, бодяха кожата му и съдираха дрехите му. Отказвайки да помести тръните, Тео остана притаен, докато птиците отново не започнаха весело да чуруликат, а животните не потънаха в дебрите на природата.

– Това е абсурд, – Павел се отдръпна от камъните и изтупа пръстта и вейките от панталоните си, докато стоеше прав. – Виждаш ли? Няма какво да се тревожиш. Вероятно е заек. Чел ли си „Алиса в страната на чудесата“? Сега ще видим ли как се хили и Чеширската котка?

Тео кимна с несъгласие:

– Забрави, че изобщо обелих дума. Всички тези истории, които мама ми разказваше...

Повей на вятъра повлече изсъхнал клон от стария дъб. С едва доловим шум клонът изскърца преди да тупне на земята. Последва пронизителен писък.

– Кой си ти? – Павел се извъртя в посока на шума, пристъпи и застана здраво на земята и скръсти ръце. – Спри да си играеш игрички и излез.

Иззад дървото се появиха тъмни къдрици – момиче, облечено в бяла рокля на червени точки, пристъпи напред с думите:

– Аз съм.

– Изглежда *принцеса* Ния е твоята горска нимфа, Тео. – Павел се загледа в близначката на Тео. – Защо ни следиш?

Гласът й трепна:

– Аз… – не довърши тя.

Ния понякога се държеше като принцеса и очакваше хората да й се подчиняват, но точно сега, виждайки страха в очите й, Тео поиска да я защити:

– Не трябва да си тук. Виж се! Това не е място, където да се разнасяш по джапанки. Краката ти са изподрани от къпините. Ами… ако те беше ухапала змия?

Очите на Ния трепнаха и тя се приближи до Тео:

– Не виждам никакви змии.

– Сигурен съм, че мога да намеря някоя, – ухили се Павел, докато хвърляше камъчета настрани.

– Да не си посмял, зевзек! – все още трепереща, тя му се изплези.

А Павел определено приличаше на зубър – и кръглите очила подчертава този му вид. Като добавим и всички негови изобретения – сред които и крилата, които Тео искаше да изпробват днес – образът на зубрач бе напълно завършен. Павел обаче обожаваше игрите на открито и спорта и имаше много приятели.

– Прибирай се, Ния – и Павел й посочи пътеката. – Ние с Тео имаме важна работа тук. Иди събирай *лековити* бурени със старите баби и цялата гвардия глупави, кикотещи се момичета.

– Чудотворни билки, а не бурени, льольо. – Тъмна къдрица от средата на челото на Ния се задържа на носа й. – Тази работа я свършихме още в ранни зори!

– Добре, върни се и си сплети венец от тия твои *билки*, за да те пази от уроки. – Павел погледна през ръба на очилата си и се ухили. – Не искаме някой дракон да те хване, нали?

– Много добре знаете, че драконите не съществуват! Това е поверие, нещо, което вашето семейство не разбира, – не му остана длъжна Ния.

– Защо не си на празника на лятното слънцестоене? – попита Тео. – Толкова се вълнуваше да минеш през венеца, откакто го видя миналата година. Сега, когато вече си на дванадесет, можеш да участваш.

Миналата година Тео се беше отегчил да гледа как жени и момичета вплитат билките в гигантски венец под формата на арка, но Ния не спря да говори за това до края на деня. Той нямаше представа как преминаването през един венец ще попречи на дракони като Змей и сестра му Ламя да отвличат момичета, но селяните извършват тази церемония от незапомнени времена. Той се ухили с глупавото изражение. Може би действително този обред върши работа, защото никой от познатите му никога не бе отвличан от дракон.

– Мама настоя да нося нейната рокля, която мирише на нафталин – очите на Ния, черни като нощта, искряха. – Всички мои приятелки имат красиви *нови* рокли. Не е честно навръх рождения си ден да не мога да нося каквото искам аз!

– Не е зор да се влачиш с нас, – измърмори Павел под носа си.

– Опитвах се да намеря къде да се скрия така, че мама да не ме намери, а после ви видях вас, момчета, да тръгвате насам.

– Е, това е рожденият ден и на Тео и не искаме момичешка компания, – каза Павел.

– Оставам! – Ния изви устни в самодоволна усмивка, а погледът й се отмести към крилата, положени до каменната стена. – Ако не ми разрешите да остана, ще кажа на мама, че брат ми пак се опитва да лети.

Тео стисна юмруци. Защо й трябваше на Ния да е тук баш сега? След всички неуспешни опити до този момент момчето сега беше повече от уверено, че именно днес ще успее да полети. Павел от доста време работеше по новите крила. Няма как да не се получи!

Ния сигурно блъфира. Преди малко каза, че се крие от мама. Искаше му се да й каже: „Прав ти път – иди и изтропай всичко!", но се спря – започна да оглежда гората. Вътрешният му глас му подсказваше, че се задава нещо лошо. Тео се престори, че не му пука:

– Остани тогава, – каза той и сви рамене.

– От мене да мине, но да мълчиш! – Павел се обърна и започна да рови в раницата си.

Ния заслони очи от слънцето:

– И как точно ще стигнем до върха на скалата?

– Донесох оборудване за скално катерене, – отсече Павел.

– Мене не ме бройте! Ще ми излязат мазоли. Трябва да има и друг път нагоре – Ния се завъртя на пети и тръгна да огледа хълма.

Павел изпъшка:

– Човече, момичетата са едни досадници…

– Ния невинаги е толкова лоша. – Тео изви врат и погледна към стръмния хълм. Дори ако крилата му проработят и той успее да се издигне до върха, нямаше да остави сестра си. Ния може и да е досадница, но не искаше да й се случи нещо лошо. – Ще тръгна след нея, за да съм сигурен, че няма да пострада.

– Тео, открих нещо, – изкрещя Ния.

Той се втурна по посока на гласа й. Сестра му тъпчеше на едно място пред увита мрежа от бръшлян. – Там, вътре, – и тя посочи бръшляна.

Плоска ромбоидна скала, с дължина от около половин метър, стоеше в центъра. Кръгли дупки като гнезда бяха издялкани в средата – но доста аматьорски, с улей по краищата. Дали дъждът и ледът са образували жлебовете или отворите са направени, за да се извърши непознат древен ритуал? Или кръвта от жертвите ги пълнеше? Тео потрепери, пристъпи напред и почисти стената на урвата от коренища.

Плясък на криле разкъса тишината. Тео бързо се наведе, а Ния изпищя, когато чернобяла птица с жълт клюн прелетя през бръшляна и кацна върху висок клон на един бор. Тракането й ги накара отново да потреперят.

Павел извъртя очи:

– Та това е просто една птица.

Тео надникна зад бръшляна. Издълбани каменни стъпала – все едно следи, оставени от чудовищни камиони, потънали в кал и след това втвърдени – водеха нагоре към тесен тунел.

– В училище учихме за изгубени цивилизации. – Ния надникна през рамото на Тео. – Чудя се дали оттук ще стигнем до Змейково. Старите хора в селото казват, че в близост до Каменната гора има портал.

Павел мазно се усмихна:

– Змейково е пълна измишльотина! Никакви дракони нито самодиви няма да намерите тук.

– Знам! – каза Ния отегчено. – Ама би било страхотно да видим какво има там. Може би някое съкровище…

– Единственият начин да разберем е да тръгнем нагоре, – каза Тео, но и се поколеба.

– Хайде да го направим. – Павел откъсна още от обраслия по свода бръшлян и пъхна глава навътре. – Ха, сгреших!

– Какво откри? – попита Тео.

Павел се отдръпна и прошепна:

– Купчина скелети. Сигурно това са хора, убити от самодивите.

– Какво? – изкрещяха в един глас Тео и Ния.

– Майтап, бе! – засмя се Павел.

– Майтапите ти не са смешни, Павле – каза Ния.

Павел сви рамене, сякаш нищо не го притесняваше, но Тео добре го познаваше и никога нямаше да признае пред сестра си, че Павел се шегува, за да прикрие страха си.

– В тунела няма нищо, но ми се вижда тесничък… – подхвърли Павел. – Ще тръгна пръв. Ако аз успея да се провра, няма да ти е проблем и на тебе, Тео, да минеш – с твоите пилешки ръце. И момчето се промуши в тъмната дупка и се изкачи по издяланите стъпала.

Тео извади бръшляна настрани.

– Ния, ти си следващата.

Тя се отдръпна: лицето й пребледня:

– Ами ако има змии?

– А, едва ли! Вероятно само мишки. – И Тео се ухили.

Тя го потупа по ръката:

– Знаеш, че мразя и мишките!

– Не го мисли! Аз ще бъда точно зад тебе.

Ния, мълчалива като сянка, пристъпи напред. Брат й я последва в прохода. Той потръпна от стръмното изкачване и плътността на задушливия въздух. Дали така мирише и в килиите в затвора?

Краката го боляха. От колко време се катери? Погледна си телефона. Поне половин час. Спря се, за да забави учестеното биене на сърцето си. Светлината от върха изглеждаше все още далеч. По-добре да побърза. Ния беше вече далеч пред него. Когато се приближи до върха на стълбището усойният въздух бе изместен от морски повей. Тео излезе от тунела и стъпи върху покрито с мъх плато. Пое глътка заслужен освежаващ въздух. Светлината го заслепи и той премигна. Зрението му почти се приспособи към ярката, когато Ния изпищя. Тео се втурна към нея“

– Какво става?

– Това – Павел се изсмя нервно и посочи напред. – А ние си мислехме, че това е истинско.

Тео ококори очи: мраморната статуя на дракон с височина от около 3 метра изглеждаше като замръзнала посред битка. Сигурно това е Змеят, покровителят на Влас, който – според поверието, разказвано от старите хора – е защитавал селото. Огромната паст на дракона зееше, готова всеки момент да избълва огън. Масивните крила бяха извити настрани, сякаш звярът бе „намалил скоростта", за да кацне. Върхът на крилете едва докосваше основата от черен варовик, върху която стоеше статуята.

Поглеждайки към Ния, Павел се изсмя:

– Бас ловя, че сега ти се иска да беше отишла на церемонията за опека.

Червени петна се прокрадната по шията и лицето на момичето:

– Хич не е смешно. Тео, заведи ме у дома, моля те. Не ми е добре.

Тео откъсна поглед от великолепното същество:

– Аз…

– Тръгвай си сама, принцесо – каза Павел. – Не трябваше да ни следиш, щом не искаш да си тук.

Ния се приближи до Павел и му кресна в лицето:

– Не съм ти принцеса! – и продължиха с Павел да се дърлят.

Тео въздъхна; не успя да привлече вниманието им. Надяваше се, че яростта на Ния ще притъпи страха й. Като заряза Павел и Ния да спорят, той пристъпи по-близо до статуята. И зяпна от почуда: крилата на дракона, прострени като на прилеп, накараха ръцете на момчето да потреперят. Толкова голям и мощен.

Павел го дръпна:

– Ей, Тео, хайде. Стига си зяпал статуята. Дай да пробваме крилата ти.

– Ами Ния? Трябва да я заведа у дома.

– О, не я мисли. Тя спря да се тръшка и тръгна да търси някакво древно съкровище. – Павел си свали очилата, дъхна върху стъклата и ги избърса. – Хайде, сложи си крилете.

– Приятелю, – изхриптя тихо Тео, – трябват ми крила на дракон!

– Нека първо да видим как работят тези, които съм направил.

Тео свали взор от статуята и огледа околността. Каменната гора всъщност няма дървета. Седем монолита обхождат тераса, образувана от вулканична дейност още преди векове. Камъните се извисяват над селото – гледани отдолу те приличат на древни тракийски богове. На върха на всяка от тях по една издялана конска глава се взира от центъра на кръга, сякаш все още пази стража. Една колона бе счупена, потрошената половина лежеше разбита на земята. Чернобяла птица с жълт клюн и дълга переста опашка се бе курдисала на изправената половина. Дали не беше същата птица, която го бе подплашила в тунела?

– Тео, мисля си, че разбитият камък е достатъчно висок, че да скочиш – каза Павел.

– Ще ми помогнеш ли да си сложа крилата?

– Нямаш грижи!

Тео постави презрамките над ръцете си и ги протегна напред. Белите пера го погъделичкаха по лицето. След като Павел пристегна презрамките откъм гърба, Тео тръгна към разбитите останки от камъка. Птицата изграчи и отлетя, докато Тео с мъка се изкачваше към върха на изправената половина, и почти се подхлъзна върху повърхността, изгладена от години излагане на морски бури. Вятърът щипеше, а солената мараня хапеше бузите му. Той придърпа към гърдите си своите ръце-криле, за да спре да трепери. Металът от презрамките се впи в раменете му.

– Павле, сигурен ли си, че мога да летя? Крилата ги усещам тежки. – Тео протегна ръце, теглото им ги свлече надолу. – Мислех си, че перата трябва да са леки.

– Те са си леки. Презрамките правят крилата по-тежки. – Павел побутна очилата си нагоре по носа си. – Направих ги максимално леки – с разтопен магнезий и наночастици, точно както пишеше в една статия в Интернет. Учените казват, че именно магнезият прави самолетите по-леки.

– И как успя да намериш всичко това?

– Е, не можах да намеря баш *точните* съставки. Замених някои неща от кабинета по биология в училище, но знам, че нещата ще се получат.

Наистина ли? Сега, когато стоеше тук, Тео вече не беше толкова сигурен. Погледна към земята: беше къде-къде по-далеч, отколкото му се искаше да скочи.

– С тези криле няма да можеш да полетиш, Тео – каза Ния. – Нито един от другите модели на Павел не е бил успешен. Само мязаш на щъркел – нищо повече!

Тео трепна. Павел присви рамене:

– Какво ти разбират момичетата от наука?!

– Може да не съм гуру в техниката, но знам, че пера, залепени върху парче метал, няма да направят от Тео птица. – Ния избута една къдрица от челото си. – Брат ми може да е дребен, но няма начин да успее да полети с *тези* крила!

Тео заряза Павел и Ния да продължат с обидите. Защо двама от тези, които му бяха най-скъпи до сърцето, не можеха да мелят заедно? И остави погледа си да се рее из пейзажа.

Височината на разбития камък му позволяваше да се наслаждава на гледката. Планините се спускаха към Черно море. Сгушени в сенките си, бели къщи с червени покриви бяха накацали по земята. Зад тях водата се простираше към хоризонта. Някъде там баща му се беше изгубил в нощта, когато Тео и Ния се родиха.

Той затвори очи. Морето – сякаш го дърпаше с невидими конци – го привличаше още по-близо към дълбините си. *„Ела при мен. Ще ти покажа пътя към дома“*, сякаш разбиващите се в брега вълни го викаха. Или това бе измамната песен на русалките, създанията от дълбините, за които мнозина от по-възрастните селяни твърдяха, че са примамили баща му – към водния му гроб?

Готов е на всичко – ще даде и най-свидното си – само и само да разбере какъв е бил баща му. Носеше ли Тео нещо от него?

Майка му отказваше да говори по въпроса, макар че двамата с Ния я бяха питали безброй пъти. Селяните също мълчаха, сякаш споменаването на мъртвите е табу. Това щеше да помогне на Тео да знае кой е самият той, защо се различава толкова много от другите деца на Влас. Искаше да се впише сред тях, да бъде като тях, но си остана отритнат – с тази огненочервена коса и блед тен.

„Тео, Тео!" – нима морето го викаше по име?

Той отвори очи: не беше морето, а Ния.

– Опасно е. Погледни колко си високо! – и сложи ръце на кръста – като буквата Ф. – Ще ме послушаш ли поне веднъж и да слезеш оттам?

– Побързай, – Павел размаха телефона си. – Готов съм да пусна хронометъра.

Тео извърна поглед от Ния към Павел, после въздъхна, размаха крилата в продължение на няколко секунди, после спря с тласък нагоре и спусна ръце. Страхът от успеха го изуми много повече от мисълта, че няма да успее или че може лошо да се нарани. Успее ли да излети, ще го смятат за още по-голям особняк – чужд за всички. Странно момче, което става още по-странно – заради щурите си мечти. Но свободата да се рееш във въздуха, о-о...

– Хайде, Тео, – каза Павел припряно. – Поеми си дълбоко въздух и бавно размахай ръце. Използвай силата на вятъра.

– Не го прави, Тео, – простена Ния. – Твърде високо си.

Тео се поколеба само за миг, но продължи да маха.

– Чудесно! – извика Ния. – Е, *Икаре*, щом си достатъчно глупав, че да се водиш по акъла на Павел, знай, че ще се нараниш! И то за пореден път!

Подигравката на Ния жилеше. Момчетата във Влас му се присмиваха, като го наричаха точно с това име. Макар Икар, момчето от гръцката митология, да бе смелчак, определено си е било глупава постъпка да лети твърде високо: слънцето разтопи восъка по крилата му и той падна в морето. Този псевдоним напомни на Тео, че хората смятат, че и той е глупав. С пресилен глас братът промълви:

– Дано дракон да те отвлече!

– Изобщо не е смешно, Тео. – Очите на Ния се насълзиха. Гласът й омекна и той едва чуваше думите й. – Не искам нищо лошо да ти се случи.

Сърцето на Тео се сви. Ния не разбираше защо брат й трябва да успее. И той отвърна глава.

– Хайде, Тео, – Павел отново си погледна телефона. – Не разполагаме с цял ден.

На три Тео пое дълбоко дъх и скочи от камъка.

Крилата се свлякоха надолу по ръцете му. Опита се да продължи да ги движи, но и самият той падна в прахоляк и камъчета, удари лошо коленете си и си натърти дланите. Пискливият звук от метал, стържещ върху камък, отекна в ушите му. Тео изпъшка и се претъркoли по гръб. Над него се носеше облак прах, примесен с пера, оскубани от усуканите крила.

– Ти успя! – извика Павел. – Казах ти, че тези крила ще свършат работа!

Ния прихна:

– Това не беше летене! Това беше падане с крила!

Павел завря телефона си под носа на Тео:

– Летя цели три секунди по-дълго от последния път.

– Последния път скочих от покрива на кола. – Тео се изправи и потърка коленете си – боляха го. – Освен това си мисля, че си включил хронометъра по-рано.

– Тео! – намръщи се Ния, – казах ти, че ще се нараниш. Виж, по ръцете ти има кръв. Мама ще полудее. – И сестра му грижливо измъкна кърпичка от чантата си и му я подаде.

Той почисти ожулванията и разтърси ръце. Деформираните крила се вееха във въздуха и Тео приличаше на гротескно създание. – Павле, помогни ми да ги сваля.

Павел извади от раницата си черна осмоъгълна джаджа:

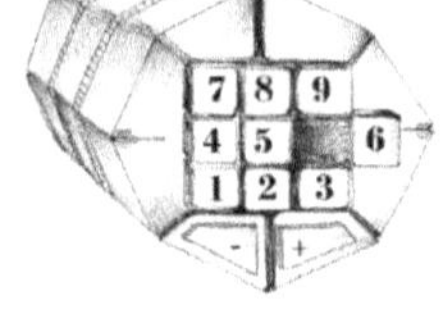

– Да видим: кой инструмент на Павелтрон ще бъде най-подходящ?

– Павелтрон? Ново изобретение? – И Тео протегна ръка. – Я, да видя.

Ния се приближи, грабна инструмента от ръцете на Павел и натисна пластмасовите цифри.

– А това що за простотия е, техничарче?

– Върни ми го! – Павел се протегна, за да си го вземе.

– Не си познал! Кажи ми как работи, – заяви убедително тя.

– Това е вълшебен квадрат с девет полета. Трябва във всяка посока да добавиш цифра най-много до 15.

Ния плъзна напред-назад бутоните от 1 до 9:

– Това е невъзможно, – констатира тя с намръщен нос и бутна джаджата обратно в ръцете на Павел. – Голяма тъпня! Клавиатурата за какво ти е? Не може ли копчетата да се натискат – както е при всички останали машинарийки?

– Така досадници като тебе няма да ми пипат нещата.

Тео размаха счупените крила и натърти към Павел:

– Дали ще ти бъде удобно да спреш да спориш и да свалиш тия работи от мене?

Пръстите на техничаря се понесоха с лекота върху бутоните – нагоре-надолу, наляво-надясно, докато не ги подреди в правилния ред. След това натисна знака плюс в долния десен ъгъл и устройството се отвори, разкривайки набор от миниатюрни инструменти.

– Толкова труд за една отвертка? – Ния грабна острата пръчка от земята, коленичи зад Тео и притисна една скоба – и хоп! тя се отвори. След това направи същото и от другата страна. Счупените крила паднаха на земята.

Павел си прибра отвертката и натисна бутона минус в долния ляв ъгъл. Цифрите сами се пренаредиха – вече приличаха на стандартна клавиатура. Той вдигна едно от крилата:

– Тъпа работа! Погледни! Но мисля, че мога да ги поправя, ако искаш пак да опиташ… по-нататък.

– Не оглупявай, Тео. – Ния се запъти към статуята. – Той няма да ги направи, че да можеш да летиш с тях.

– Тя е права. – Тео се изправи от земята и избърса мръсотията от панталона си. – Я, да разгледаме статуята на дракона и да измислим по-добър фасон.

Ния коленичи до варовиковата основа и потърка пръсти над гравираните дракони – бял и златист – хванати в двубой, като ин и ян. – Чудя се дали това е истинско злато.

– Вероятно, – подметна Павел. – Ще ми се да си бях донесъл комплекта си за изпитване на метали.

Заслушан с половин ухо, Тео се втренчи в жълтите гущероподобни очи на статуята. Звярът отвърна на погледа. Момчето потръпна и погали великолепните крила.

Студеният камък като че настръхна под върха на младежките пръсти. Тео отдръпна ръката си и се втренчи точно на това място. Все още си беше бял камък. Или не беше? Сърцето му започна да бие с все сила и той остави пръстите си да се реят над статуята, а след това ги спусна към камъка. Крилото омекна и се изпъна под неговата ласка. Дълбок глас избоботи като гръмотевица: „*Теодоре, чаках те*“.

Момчето прибра ръката си. Кръв започна да пулсира в ушите му. Гласът изглеждаше всеобхватен. Огледа се, но нямаше никого там – освен Ния и Павел. Сестра му правеше снимки на статуята, а Павел скицираше крилата.

Къде е този, който току-що проговори? Поривът на вятъра издаде стон – като че хиляди призраци се носеха към тях.

– Ей, приятели, вие д-д-дали чухте ли това? – попита Тео.

– Едвам те чувам – заради вятъра, – извика Ния.

– Н-н-някой току-що ми проговори.

Павел сви рамене и продължи да си пише:

– Не бях аз.

Светкавица блесна далеч в морето, последвана след миг от тътен на хиляди гръмотевици. Сигурно това бе чул.

Момчето избърса потните си ръцете от панталона си и погледна към мястото, където бе крилото на дракона – и можеше да се закълне, че то бе омекнало като истинска кожата. По камъка нямаше нито една пукнатина нито драскотина. Тео просто трябваше отново да докосне до крилото – за всеки случай, да се увери. С поглед, закован именно към това място, той бодна статуята с пръст, после се дръпна назад. Камъкът си остана студен.

Тъмни облаци препречиха пътя на слънцето и вятърът се усили. В далечината се чу тътен. Тео погледна към Черно море, където поредната светкавица освети водата. Легендите разказват как Змей се оттегля да спи, когато приближават гръмотевични бури, за да може духът му да се бие със сестра му Ламя. Студени тръпки преминаха по ръцете на Тео. Дали духът на Змей, невидимият им пазител, наистина не е в статуята, готов да се бие с Ламя?

– Ало, тайфата, бурята наближава. Трябва да се махаме оттук, – каза Тео.

– Почти съм готов, – отвърна Павел и продължи да скицира.

– Побързай, – Ния стисна чантата си и се доближи до брат си.

Една гръмотевица се разсея съвсем наблизо – толкова, че статуята изтрака. Светкавица се плъзна по небето. Тео трепна – вече почти беше убеден, че Ламя и Змей се борят сред този пукот от гръмотевици и блясък от светкавици. Почти. Изсмя се нервно. Разбира се, че дракони не съществуват. Това си беше просто приближаваща буря. Той се наведе към статуята, за да успокои нервността си. За миг гръмотевицата пое дъх. Телефонът на Ния иззвъня и тя показа на Тео екрана: „Мама“.

– Не й казвай къде сме! – свито каза той

– Няма, – тросна се Ния и вдигна. Ядосаният глас на майката крещеше по телефона.

Скърцане в основата на статуята грабна вниманието на Тео. Монолитът с изряланите два дракона се завъртя по посока на часовниковата стрелка – отначало бавно, но след това се засили; светлини и цветове започнаха да примигват като при калейдоскоп. Символите по външния ръб на скалата почерняха, а въртящите се дракони започнаха да излъчват златна светлина.

Тео се разтрепери и отстъпи назад. Това вече е лудост! Не може всичко това да е плод на въображението му. И извика:

– Статуята свети!

Без дори да погледне, Павел вдигна пръст:

– Говоря с баща ми. Казва, че трябва да се прибираме преди бурята да ни застигне.

Символите върху паметника се трансформираха в думи: „Игривата сврака може да ти помогне да намериш ключа“. Студени тръпки полазиха Тео по гърба; той запримига учестено, а съобщението междувременно изчезна. „Каква сврака? Какъв ключ?“

– Павле, драконът... Мисля, че се опитва да ни каже нещо.

Статуята излъчваше лилава светлина, а очите й блестяха в зелено.

– П-Павле! – Тео издърпа приятеля си за ризата. – Погледни дракона!

Павел приключи разговора си.

– Какво? Сигурно е от светкавицата. – Очите му станаха кръгли като понички, когато погледна към блестящия дракон. – Та т-това е невъзможно. Сигурно отдолу има газ.

Над главите им отново изтреща гръмотевица, а блясъкът от статуята напълно изчезна.

– Да се махаме оттук, – и Тео се огледа. – А Ния къде изчезна?

– Тео, виж! – крещеше сестра му, докато тичаше към него и сочеше нагоре.

Той изви врата си, за да погледне към небето. Множество огнени топки се изсипа над селото, последвано от оглушителен гръм.

– Това пък какво беше? – попита Павел.

Захладня – все повече облаци се събираха; притъмня. Вятърът свистеше покрай колоните. Започна да се сипе градушка и носена от вятъра, биеше по младежите.

– Да се скрием! – извика Тео и завлече Ния под статуята.

Валеше като из ведро върху крилото на дракона, което ги пазеше от бурята като чадър. Повей горещ въздух помете счупените криле на Тео от земята и те се завъртяха във вихрушката на неземен танц преди тъмнината да ги погълне.

Беснеещи ветрове изкореняваха дървета. Огнена топка разцепи мрака точно над убежището на младите търсачи на приключения. Миризма на изгоряла дървесина, изпълнила въздуха, смъдеше в очите на Тео. Отново се чу тътен, последван от огнен гръм над статуята. Тео покри очи и започна да крещи, докато гласът му не прегракна.

Бученето спря. Сърцето на момчето все още биеше силно в мълчание. Настъпилата тишина беше оглушителна, почти прекалено силна, като звяр, който се присмива над плячката си.

– Павле? – изкрещя Тео, докато все още стоеше прилепен до сестра си.

– Добре съм, – отвърна Павел от другата страна на статуята.

– Страх ме е, – сълзи се стичаха по бузите на Ния.

– Ще те защитя, – и Тео я прегърна; тялото ѝ трепереше до неговото.

Чернееща се фигура запълни небето и се приближи. Въздухът пукаше, а огнени струи се насочиха към тях. Братът се хвърли пред сестра си, а пламъците облизаха едната страна на статуята.

Наситена топлина поглъщаше лицето и тялото му. Тео изкрещя. Хватката му с Ния отслабна.

– Пусни ме! – Ния заби нокти в ръкава му, защото нещо я изтръгна.

Горещ, гранясал дъх заслепи Тео и зрението му се замъгли.

– Ния! – със сетни сили той се пресегна през заслепяващата буря, но докосна единствено нечия груба, лющеща се кожа. Остри нокти се вкопчиха в плътта му и го захвърлиха към студения мрамор. Главата му се удари о́ камъка.

– Тео! – викът на Ния избледня, защото той потъна в мрак.

Глава 2
Тайната на свраката

Тео се събуди със странно усещане: бузите му се охлаждаха в тинеста локва. До него се стичаше вода от статуята; капчици пръскаха тялото му. Той се хвана за върха на крилото на дракона, за да се изправи, но рязко се дръпна и се втренчи в звяра. Все още бе мраморен, а не живо същество. Младежът се изправи и избърса лицето си от ръкава на ризата си. Кръв струеше по ръката му от очевидно дълбока рана на предмишницата му, а метален привкус изгаряше устата му.

Павел се дотътри и седна до него, главата му бе приведена надолу, а ръката му трепереше, докато се опитваше да си отключи телефона.

– Ния? – Тео се огледа.

Тя не отговори.

Виеше му се свят; ушите му кънтяха. Не, не ушите. Телефон. Измъкна телефона си от задния джоб. Пет пропуснати обаждания от майка му, но звукът не беше от него – телефонът бе включен на тих режим. Приглушеният звук идваше иззад задната част на статуята. С притреперваща походка той се запъти натам, откъдето звъненето спря, а после отново започна – като настоятелен комар.

– Ния? – втренчи се в гората, но сестра му не беше наблизо.

Върхът на телефона й, който сега мълчеше, стърчеше от чантата й. До него лежеше златен предмет с размерите на дланта му. Закръглен от единия край и остър от другия, той светеше ярко като пламък. Тео се протегна към него. В мига, в който пръстите му се допряха до повърхността му, наситен хлад жегна ръката му. Момчето потръпна, но не го пусна и дори успя да го обърне. Линии се кръстосваха от едната, грубата му страна, а другата беше гладка. Той го вдигна към слънцето и предметът блесна с цветовете на дъгата.

„*Това пък какво е?*"

– Ния! – извика той.

– Това си беше страховита буря, – Павел доближи приятеля си и сложи ръка на рамото му.

– Ния е изчезнала, – прошепна Тео.

– Помисли: брат ми каза, че идва да ни забере, така че тя по-добре да побърза и да се върне. Той мрази да чака – Павел се ухили, докато още размахваше телефона си. – Знаеш ли, бас ловя, че глобалното затопляне причини бурята, и именно то взе, че я разтопи.

– Хич не е смешно, – намръщи се Тео. – Тя не си *тръгна*. Някой я отвлече.

– Да, бе, друг път! – каза Павел. – Тук нямаше никого другиго. Тя трябва да е наоколо.

– Не мисля така, – и Тео отвори шепата си и му показа златния предмет. – Това преди малко го нямаше тук.

– Вероятно е просто парче от счупена ваза. Или… – Павел се взря по-близо, очите му заблестяха. – Може да е тракийско съкровище.

– Не. Прилича на… – Тео постави предмета до статуята и рязко пое дъх.

Павел се засмя:

– Мислиш, че е драконова люспа? От истински дракон?

– Н-н-не знам. Беше черно като в рог – и Тео избърса сълзите от лицето си. – Остри нокти се впиха в мене. Виж! – и Тео завъртя ръката си, за да може Павел да види все още стичащата се кръв.

– Ния ли ти го причини?

– Не! Не беше тя, – Тео разтърка кожата около раната. – А нея нещо или някой я сграбчи. Опитах се да я спася, но не успях.

– А смяташ ли, че животно я е хванало? – пребледня Павел.

– Мисля, че Змей я отвлече.

– Глупости! Това беше просто буря, – гласът на Павел трепереше въпреки казаното. – Ако Ния е изчезнала, трябва да се обадим на полицията…

– Бръмбари се роят в главата си, Теодоре – прогърмя непознат глас.

– Това сега чу ли го? Драконът отново проговори! – Тео удари неподвижното крило на статуята. – Казвай къде е сестра ми?

Павел се втренчи в Тео, а съществото оставаше безмълвно, погледът – безжизнен.

– Това беше…

– Къде е тя? – изкрещя Тео.

Една ръка стисна рамото на Тео и го извъртя. Той изпищя.

– Хей, хлапе, успокой се. Извинявай, че те стреснах – каза братът на Павел. – Хайде, да ви прибирам у дома. Ще кажа на всички, че Ния е изчезнала, и ще я търсим.

Тео подритваше камъчета по пътеката, докато слизаше от хълма към селото. Пред него Павел и брат му си жестикулираха оживено, вероятно спореха. Защо остави сестра си да остане с тях, когато самият той и Павел не знаеха какво могат да очакват в Каменната гора? Трябваше да я върне у дома, когато тя поиска да остане, а после да се върне отново и да изпроба крилата. Как ще я намери сега? Къде ли я е завлякъл драконът?

„*Теодоре!*" – над главата му прошепна гърлен глас.

– Какво? – Тео се обърна и преглътна вика, надигащ се от гърдите му: пред него стоеше жена, облечена в дреха с качулка. *СТАРАТА ВЕЩИЦА.*

– Върни ми изгубеното ми дете, – прошепна тя.

– Павле, – извика момчето, докато се отдалечаваше, но думата заседна в гърлото му. Приятелят му бе далеч пред него, скрит зад завоя по пътеката.

Вещицата се наведе още по-близо, посочвайки с бастуна си в неговата посока. Черната дръжка сякаш се извиваше като змия, когато тя го размаха пред лицето му. Слънчевата светлина се отразяваше върху няколкото гънки по тъмното дърво и те блеснаха като въглени.

Студена тръпка мина през тялото на момчето и го принуди да направи крачка назад. Децата в селото разказваха страховити истории за старата вещица. Всеки път, когато тя говори с някого, този човек изчезва, никога повече никой не го вижда. Из селото се носеха слухове, че тя даже е продала собственото си дете в замяна на това да получи магически сили. Дали пък не драконът, а тя да е отвлякла Ния? Дали не иска да размени Ния за детето си? Сърцето му щеше да изскочи от гърдите му.

Тя го беше повикала по име. Той направи още една крачка назад:

– Откъде знаеш кой съм?

Старата вещица се приближи и повтори с още по-тих глас:

– Върни ми изгубеното ми дете.

– А-а-аз... не знам къде е детето ти.

От гърдите ѝ се изтръгна стон:

– В Змейково... при сестра ти.

Тео избърса потните си ръце в панталоните си. – Откъде знаеш? Ти ли я отвлече?

– Ела с мен и аз ще ти покажа, – тя мина покрай него и изчезна в гората.

Ще му покаже какво? Ния? Той се почувства като Хензел, но без Гретел. Тя и него ли преследва? И към него ли се опитва да се домогне? Може би има нужда от две деца, преди да успее да си върне детето. Трябва ли да последва вещицата? Нямаше как да знае дали Ния не е при нея, освен ако не тръгне след вещицата. И ако сестра му не е там, то тогава… сигурно наистина дракон я е отвлякъл.

Тео се плесна по главата: вината е негова. Той беше казал на Ния, че му се иска Змей да я открадне. Трябваше да я намери – да поправи грешката си.

Момчето погледна към пътеката, накъдето Павел и брат му бяха тръгнали. Пусто беше. Дори гласовете им вече не се чуваха. Тео пое дълбоко дъх, отклони се от пътеката и навлезе в гората.

Колкото повече се отдалечаваше от пътеката, толкова по-гъста ставаше растителността – и дървета, и храсталаци. Преплетени клони скриваха слънцето, придавайки илюзията, че човек се намира в зловеща пещера. Едва няколко слънчеви зайчета блестяха като светулки тук-там. Той надникна в мрака и чу стъпките на старата вещица. Нищо. Тя се тътреше едва-едва. Как е успяла да стигне толкова напред?

Той подмина венец от цветя като тези, които бе видял по пътя към Каменната гора. Може би това е истинското място, където бе убит овчарят. Тео потръпна само като си представи мъжа – с устни вкочанени в неизказан вик, а кавалът – стиснат в ръката му.

Трябва да се върне. Обаче… Ния зависи от него. Трябваше да продължи.

Мъх омекоти стъпките му. Плътната покривка от клони убиваше силата на бриза, който усилваше миризмата на разлагащи се листа. В близост до него зашумолиха храсти и някакви същества се запромъкваха между дърветата. Клон изпука – като пушка, и разби тишината на гората. Тео се затича напред; сърцето му биеше глухо в гърдите му. След няколко минути се спря да си почине – до огромен орех. Крила изпляскаха някъде над главата му. Чернобяла птица с жълт клюн долетя при него и изграчи грозно, с което накара Тео да продължи да тича навътре в гората.

Дали птицата всъщност не е старата вещица? Дали го наблюдаваше – и него, и Ния – в Каменната гора? Той тичаше ли, тичаше, докато най-накрая тялото му не се разтрепери от болка, а гърдите му не смогваха да си поемат дъх. А сега накъде?

Момчето забави темпо и остави дишането му да се нормализира. Птицата отново изграчи, профуча над главата му и изчезна в мрака. Тео трепереше. И като преглътна страха си, той пристъпи колебливо напред. Може би все пак трябва да се върне и да намери Павел. Погледна през рамо. Дървета и само дървета наоколо, без видима пътека. Трябваше да последва птицата иначе съвсем ще се изгуби. След като направи още няколко стъпки, вятърът поднесе слаб мирис на дим, примесен с аромата на влажна земя. Това трябва да в правилният път!

Едно силно „кряк“ стресна Тео и той подскочи. Птицата отново се появи отнякъде и седна на клонче на няколко крачки пред него, втренчена в очите му. И като наклони глава, тя полетя нататък в гората, кацайки на друга клонка. И отново изкряка.

– Идва-а-ам! – Тео едва влачеше крака.

Когато стигна до дървото, птицата размаха крила и полетя напред.

– Чакай, де!

Не беше вървял дълго, а дърветата се разредиха и през клоните се виждаше светлина. Ароматът на горящо в печка дърво ставаше все по-силен. Дим се виеше от комин на покрив с червени керемиди. Тео забави темпо, когато птицата кацна върху саксия с мушкато пред прозореца на втория етаж на една къщичка. Завеси се вееха около обрулени от времето борови черчевета.

Къщата изглеждаше… нормална, като тези в старата част на града, построени още по времето на Османската империя. В името на безопасността в онези неспокойни времена приземното ниво бе изградено от груб камък и се влизаше само от една врата. Тази врата сега скърцаше – побутвана от повея на вятъра. Ако влезе, това ще е единственият му път за бягство. Устните му трепереха, докато се притискаше към стената. Вътре провлачващи се крака приближиха. Птицата все още стоеше в саксията; не може да е вещицата. Може би летящото същество е нейният домашен любимец или дружка при правене на магии.

Птицата излетя от мушкатото, кацна до Тео и отново изграчи силно. Вещицата подаде глава си през вратата и се втренчи в момчето:

– Няма нужда да се криеш. Влез!

– Много ти благодаря, че ме предаде, – измърмори Тео към птицата.

Беше твърде късно да променя решението си сега. И влезе в къщата на вещицата. Тя затвори вратата зад него и си свали качулката. Тео примигна. Очакваше да е стара, със сплъстена коса, с лице, покрито с брадавици, и с крив нос. Тъмната й коса беше като разплетена дамаджана, да, и бръчки от притеснение пресичаха челото й, но носът й беше прав, а лицето – благо. Изглеждаше на възрастта на майка му. Стара, но не чак толкова.

– Ще глътнеш някоя муха, – каза вещицата.

– А? – каза Тео, преди да разбере какво му говори тя. И той затвори уста.

Момчето хвърли бегъл поглед на стаята, докато тя си сваляше наметалото. Върху белите стени над зиданата камина висеше картина в рамка – пейзаж от сгушени вили на фона на величествени планини. Сини възглавнички с бродерия украсяваха дивана, обърнат с лице към телевизора. Чисти плочки обримчваха пода.

– Изглеждаш разочарован, – засмя се вещицата. – Очакваше паяжини и летяща метла ли?

– Аз… Ти не си ли вещица? – прошепна той.

– Аз съм майка, която е загубила дъщеря си, както ти си загубил сестра си, – въздъхна тя.

– Загубила си дете? – попита с недоверие Тео. Или наистина го е изтъргувала, за да получи умения по вещерски магии…

Тя протегна ръка:

– Дай да видя драконовата люспа.

Тео се поколеба. Дали птицата не го е шпионирала, за да й снесе за златната люспа? Това беше единственото доказателство за случилото се с Ния.

– Ще ти я върна, – тя все още държеше ръка пред него и не помръдна. – Искам да съм сигурна, че е истинска, преди да ти разкажа моята история. Погледът й го пронизa със състрадание и разбиране. – И на мене никой не ми повярва.

Тео постави люспата в дланта й:

– Мисля, че Змей я е отвлякъл.

Вещицата подхвана бастуна и с куцукане се приближи до камината и разгледа люспата:

– Както и предполагах: това не е на Змея.

– Ама… трябва да е от него! – стисна юмруци Тео. – Досущ като тези люспи от статуята е.

– Доближи се. Нека ти покажа нещо, – и тя сложи люспата върху перваза на камината, взе една кутийка за бижута и я отвори.

Тео стисна очи, после ги отвори. Същата златна люспа лежеше върху подложка от кадифе.

– Къде я намерихте?

Женната остави кутията на масата и прокара пръсти върху снимката на едно бебе:

– Дъщеря ми беше открадната преди дванадесет години – в деня на лятното слънцестоене.

Неприятно усещане го преряза през корема. Той е на дванадесет – и тя говори за деня, в който и той се е родил.

– Моето малко цвете беше едва на няколко месеца – с реещ се поглед тя притисна снимката към гърдите си. – Защо не я защитиха? Заклех се да запазя тайната им!

– Кой? Каква тайна?

Вещицата се отпусна върху един люлеещ се стол, но не откъсваше поглед от снимката:

– Тайната на самодивите.

Сърцето му отново започна да бие учестено. Ако драконите са реалност, разбира се, че и нимфите ще са.

– Защо да ти споделят своя тайна? Мислех, че убиват хора и им вадят очите.

– Някои го правят, други – не – тя вдигна лице, покрито със сълзи. – Една нощ станах тяхна кръвна полусестра. Те ме научиха на лечебните тайни на билките и се заклеха да защитят семейството ми. В замяна ме помолиха да пазя един пакет – гласът й се задави. – Спазих си обещанието. А те защо не защитиха дъщеря ми?

– Какво се е случило с нея?

– Дракон я отвлече!

Тео направи крачка назад:

– Откъде знаеш?

– Намерих тази драконовата люспа в люлката й.

– Как може дракон да влезе в къщата ти?

– Те могат да променят формата си – и дори да приемат човешки образ!

– Но… защо му е на Змей бебе? – попита Тео. – Обикновено не се ли краде мома, за която може да се ожени?

– Казах ти, че не е Змей. Той защитава хората, – тежки бръчки забрадиха очите й. – Другият звяр е – жестоката му сестра Ламя!

Тео залитна назад и падна върху един стол. Дъхът му заседна в гърлото му. Змей да открадне Ния бе лоша новина, но не чак толкова, колкото това Ламя да я е отвлякла. Майка му му беше разказвала легенди за Ламя, която пие детска кръв.

Старата вещица подпря глава си с ръце:

– След като дъщеря ми изчезна, настана суша. Старите хора казаха, че Ламя е пресушила водата в нашите кладенци, реки и езера.

Легенди се носеха за Ламя, че ръси градушка върху посевите. Драконът пресушаваше водата в изворите, опитвайки се да поеме от брат си Змей контрола върху земята. И щеше да върне достъпа до водата само ако бъде пожертвано дете.

– Но драконът е взел дъщеря ти *преди* сушата. Вероятно Ламя е поискала жертва, *след* като е пресушила източниците на вода, нали?

– Знам, че няма логика, но люспата… тя е златиста на цвят – цветът на Ламя. Змей е бял. Старата вещица държеше снимка на тъмнокосо бебе и я обърна към Тео. На рамото си бебето имаше белег във формата на сърце.

– Моля те, вземи я. Помогни ми да я намеря.

– Аз? Че какво мога аз да направя?

– Намери пътя до Змейково. Търсих толкова дълго, но нищо не намерих – и тя се наведе напред с протегнати ръце. – Ти искаш да намериш сестра си, а аз трябва да разбера дали дъщеря ми е все още жива.

Тео погледна умоляващия поглед на старата вещица.

– Не знам как да стигна дотам.

Тя затвори ръката му около снимката:

– Трябва да има начин. Карта или нещо…

Тео се отпусна на стола и измърмори:

– Посланието гласеше само, че една сврака може да ми помогне да намеря ключа.

– Какво послание? – вещицата повдигна въпросително вежди.

И като придърпа стола си, Тео й разказа какво се бе случило в Каменната гора. Не спести и посланието за свраката.

– Ама разбира се, – усмихна се тя. – Свраката е пратеник на самодивите. Това е единственото немагическо създание, което знае как се стига до Змейково. Сигурно това е тази птица, която дойде с тебе до тук.

– Че това сврака ли е? – Тези, които живеят близо до Черно море, са целите черни и имат черни човки. А тази откъде се появи? Тео скочи от стола и се втурна към отворената врата.

– Гра-а-а! – И птицата разпери крила и литна към гората.

– Чакай! Трябва да разбера как да стигна до Змейково! – Надеждата на Тео да намери Ния се изпари заедно с птицата.

Докато момчето се взираше в тъмнината, накъдето изчезна свраката, старата вещица се прокрадна зад него. Една врата изскърца и къщата се изпълни с аромат на билки ведно с безгласни шумове. Тео се обърна, когато чу бастунът на вещицата да потропва по пода.

– Ето, вземи това, – и му подаде пухкаво бяло одеяло, вързано със зелена панделка.

– Какво е това?

– Тайната, която самодивите ми оставиха.

– Защо искаш да го взема?

– Занеси го на самодивите. Не знам защо не ми помогнаха. Може би не са могли – и тя протегна одеялото. – Мисля, че свраката ще ти помогне да намериш пътя до Змейково.

Той се поколеба.

– Моля те, – очите й го умоляваха толкова настоятелно.

– Ама свраката изчезна. Как ще намеря пътя?

– Убедена съм, че тя ще се върне.

Ръцете му трепереха, но той все пак пое пакета и развърза панделката. Вътре имаше дълъг, дървен кавал и кожен колчан с една-единствена сребърна стрела. Момчето протегна и докосна необикновеното оръжие. Силно „Гра-а-а!“ стигна до прага на къщата. Тео подскочи и се извъртя. Свраката изскочи навън, след което отлетя към гората. Притискайки пакета към гърдите си, Тео се затича след птицата много по-бързо отколкото някога бе бягал.

– Намери я, моля те. Върни я у дома, – извика вещицата подир него.

И той продължи да тича, докато краката му не го заболяха.

Дърветата оредяха. До ушите му достигна детска глъч. Тази част от гората бе близо до футболното игрище. Тео за момент затвори очи и изрече едно нежно „Благодаря“ – на никого по-специално. Ако е изгубил птицата, поне щеше да успее да се прибере вкъщи.

Момчето се спъна в едно коренище и падна; удари си главата в дънера на едно дърво. Зрението му се замъгли.

Дрезгав глас каза:

– *Намерих го! Намерих този, който може да спаси Змейково.*

– Кой говори за Змейково? – Тео постави ръцете си до тялото си и се опита да се изправи, но отново рухна. Дърветата се въртяха в кръг.

Писклив глас отвърна на дрезгавия:

– *Никога не съм ходил там. Майко, ще ми позволиш ли да му покажа пътя до портата?*

Гласовете идваха отгоре. На клон на стария дъб бяха кацнали две свраки – едната – от къщата на вещицата, и една по-малка. А той как така можеше да разбира какво си говорят? Момчето се пребори и успя да коленичи – в опит да чуе повече.

По-голямата птица – майката – каза:

– *Не знам. Може да е опасно.*

– *Моля те, мамо, моля те, моля те!* – Синът подскачаше по клона и потропваше с жълтата си човка.

– Добре, но внимавай – въздъхна майка му. – Портата е скрита в Каменната гора. Момчето носи ключа. Ще трябва да му помогнеш да отвори портала.

Павел изскочи измежду дърветата:

– Тео, какво стана? Брат ми и аз мислехме, че си зад нас. Сега всички те търсят теб *и* Ния.

– Чу ли това? – Тео посочи към клона на дървото.

– Кое? – И Павел вдигна очи.

– Свраките! Там горе – говореше Тео тихо.

– На клона няма никого – каза Павел.

– Но те бяха там. Говореха си. Честно.

– Говорили са си? Първо статуята на дракона ти проговори, сега – и птиците. Мисля, че си съчиняваш.

Тео се изправи, но тъй като още се чувстваше замаян, се облегна на дървото:

– Те казаха, че портата към Змейково е в Каменната гора.

– Ти си луд, – каза Павел. – Да отидем да намерим Ния, а не някаква порта за място, което изобщо не съществува.

– Истинско е, – каза Тео. – Сигурен съм. И точно там драконът е завел Ния.

– Да, бе!

– Чуй ме, – Тео протегна ръка, за да спре Павел. И му разказа какво се бе случило в къщата на вещицата.

– Ти си прекалено наивен, – отсече Павел. – Тя е луда. Не можеш да вярваш на всичко, което ти казва.

– Ами ако е *вярно*? – гласът му бе е по-силен от шепот. – Трябва да се опитам да намеря Змейково. Ще се върна в Каменната гора.

– Дръжки! Не трябва ли да оставим възрастните да я търсят – където и да е тя?

– Не, аз ... – Вина разяждаше Тео. Не бе защитил Ния. Вместо това си бе пожелал дракон да я отвлече и точно това се случи. – Трябва да оправя нещата.

– Не мога да те оставя сам да се върнеш. И аз ще дойда, – очите на Павел искряха. – Някои от изобретенията ми могат да ни защитят, ако лудата вещица се върне.

По-късно същия следобед Тео се тътреше зад Павел през тесния проход; раниците и на двамата бяха пълни догоре с дрехи, храна, какви ли не джаджи и предмети от първа необходимост. Мирис на боровете, примесен с дъх на мокра пръст изпълваше Каменната гора, смесена с земни следи от бурята. Кръгът скални късове хвърляше дълги сенки – като орда великани. Разноцветни слънчеви зайчета се виеха измежду скалите, което създаваше илюзията, че камъните са живи.

Тео свали раницата си и колчана, който старата вещица му беше дала.

– Да намерим портата – каза той, докато внимателно разглеждаше гравирания силует на двата дракона върху варовиковата основа. Изглеждаше му познат. Ама разбира се! По-рано не го беше забелязал, защото бе по-заинтересован от самата статуя. Свали верижката от врата си, а след това и сребърния медальон, който носеше откакто се помни. Майка му му беше казвала, че е принадлежал на един специален човек, вероятно на баща му. Всяка от седемте страни на медальона имаше руни, издялкани в зъбите. Двата дракона, изобразени в битка – в средата, бяха идентични с издяланите върху варовиковата основа.

Това трябваше да е ключът. Той постави медальона върху гравюрата и леко я натисна.

Никаква порта не се отвори; никакви дракони не се размърдаха, за да разкрият ново послание.

Ами сега? Отговорът сигурно е скрит някъде по тялото на дракона.

Той започна да опипва статуята. Никакви бутони нито лостове нямаше скрити под крилете на дракона. Момчето отстъпи назад и се вгледа в звяра. Очите му останаха студени и безжизнени. Можеше ли да ги пипне? Може би в тях се криеше ключът как да стигнат до Змейково.

– Ей, Павле, можеш ли…

– Гра-а-а! – малка сврака кацна върху потрошения каменен стълб.

– Това е синът, – каза Тео. – Той сигурно ще ни помогне.

Павел се ухили:

– Ама разбира се! Попитай го къде е портата. Нали ми спомена, че по-рано днес си го чул да говори.

– Така е. Как иначе щях да знам, че трябва да се върна тук?

– Хубаво, опитай пак.

– Добре. Тео отвори пакет слънчогледови семки и хвърли няколко към птицата:

– Къде е портата?

Свраката изграчи силно, долетя и закълва семките.

– Гледай, гледай! Птицата проговори! – възкликна Павел. – И какво ти каза?

– Думите му бяха: „Павле, ще ти се изцвъкам на главата, ако не оставиш Тео на мира“ – отвърна Тео с напълно сериозно лице.

Свраката прелетя над главите им. Павел се приведе, покривайки с ръка косата си. Засмя се докато се изправяше:

– Хвана ме! Свраката определено не каза това.

Тео прехапа вътрешната страна на бузите си, за да не се разсмее:

– Не. Нищо не каза. Не знам защо днес ми се счу, че птиците говорят. Може би защото си ударих главата.

Свраката долетя до центъра на кръга и закълва по земята.

– Ето къде паднах тази сутрин, – Тео сграбчи раницата си и се приближи. Трепереше като лист. Прокара ръка по мъха. – Имаш ли нещо в твоя Павелтрон, което да издуха песъчинките от процепите и пукнатините?

– Какво говориш? Естествено, – и Павел извади металния предмет от раницата си, плъзна пръсти по деветте бутона, за да ги подреди в правилната последователност, и отвътре извади инструмент, който приличаше на сламка с копчета: – Я, опитай с това.

Тео натисна върху едното копче и струя въздух прочисти мъха.

– Ей, Павле, виж.

Показа се издялана седемстранна звезда, чиито ъгли приличаха на зъбчати колела. Всеки край се подравняваше по един от скалните късове. Мозайка от цветни камъни като слънчеви лъчи се отразяваше спираловидно върху гравюрата.

– Какво е това? – Павел намести очилата на носа си и се втренчи в звездата.

– Прилича на моя медальон, – Тео потърка средата. – Мислиш ли, че ще се пасне тук?

– Като че са един размер. Я, пробвай!

Тео напасна медальона върху гравюрата. Погледна към Павел и после отново гравюрата, натисна я, докато не щракна на мястото си.

Нищо не се случи. Докато чакаше, вълните далеч долу се блъскаха ó скалите, а грохотът им бе едновременно успокояващ и заплашителен.

Къде е тази порта? Дали нещата, които самодивите са дали на старата вещица, носят магическа сила? Тео извади кавала от раницата си. Руни, различни от тези на медальона, покриваха цялата повърхност на инструмента.

– Мислиш ли, че старата вещица наистина е кръвна сестра на самодивите? – попита Тео.

– Съмнявам се, че те изобщо съществуват, – засмя се Павел. – Посвири на кавала, де, и да видим дали дойдат да потанцуват.

Тео погледна бегло към сенките:

– Май не е добра идея.

– Че защо? Ако съществуват горски нимфи, те са само момичета, а мене от момичета не ме е страх! А тебе?

Тео кимна енергично:

– От момичета – не. От самодиви – да.

– Хайде, свири – стига се мота! – Павел погледна към статуята и се ухили: – Драконът ще ни пази.

Тео допря кавала до устните си и засвири. Тежки вдъхвания придружаваха като цяло писикливите ноти.

Павел запуши ушите си с ръце:

– Спри! Ужасно е! Горчиво съжалявам, че те помолих да посвириш.

С въздишка на облекчение Тео върна инструмента в раницата си:

– Предполагам, че това не е начинът портата да се отвори. Да видим какво още ще открием.

– Губим си времето. Трябва да търсим Ния.

– Гра-а-а! – Свраката се стрелна надолу право към медальона.

– Разкарай се! Ще го счупиш, – изкрещя Тео.

Лъч бяла светлина блесна от медальона и накара цветните камъни около изсечената форма да засияят. Червени, оранжеви и жълти лъчи светлина заблестяха и осветиха всички колони.

– Какво става, бе? – Павел се отдръпна назад.

Тео не сваляше очи от проблясващите светлини.

– Ставай, Тео! – извика Павел. – Това е лудост. Да се махаме!

Тео грабна раницата си и се изправи на крака – които едвам го държаха.

Вятърът извъртя светлините и ги насочи така, че се оформи светеща арка – досущ като вход на храм. На върха ѝ осия злато слънце. Други лъчове светлина оформиха две гигантски триглави змии с червени очи. Съществата се заизвиваха около входа, като всяко захапа с челюстите си част от слънцето.

Тео не можеше да откъсне очи от змиите. Тялото му изтръпна и пот се стичаше по челото му, но не можеше да се движи, за да я избърше. Не трябваше да идва тук. Трябваше да намери друг начин да спаси Ния.

– Мърдай! – провикна се Павел, сякаш бе далеч.

Кръгът светлини ставаше все по-голям и изведнъж погълна Тео.

Глава 3
Лудата крилата жена

Вихър и зной подмятаха тялото на Тео, сякаш бе всмукано в тунел. По лицето му се стичаше пот. Той присви очи, заслепен от изстрелваните комети, пронизващи тъмнината. Момчето се премяташе наоколо като хамстер, който тича безспир в метално колело, а подмятащите му се крайници едва докосваха земята. Гърлото му сподави вик, нечут от рева на вятъра. Смъртта със сигурност бе на разстояние от няколко секунди и той стисна очи в очакване.

Напрежението спадна; въздухът се охлади. Тялото на храбрия младеж притрепери, когато падна върху кадифена мекота. Тео отвори очи и видя лилава мараня:

– Павле, тук ли си?

Никой не отговори. Павел вероятно е бил засмукан в свода. Тео прехапа треперещата си долна устна: беше сам. Но къде?

Съскащ вятър разроши косата му, разпръсквайки маранята, за да му покаже, че бе кацнал върху бяла, облицована с кадифе пейка в открита карета. На вратите мраморен полумесец покриваше огнено сапфирено слънце. Златни лози, натежали от изумрудено грозде, се виеха по ръба. Превозното средство се носеше по небето далеч по-грациозно от колесницата, която

Хелиос, гръцкият бог на слънцето, е имал. Тео отвори и после веднага затвори уста – като рибка гупи. Дали бог не е карал и тази колесница? Погледна напред. Сърцето му заби още по-учестено и той се залепи за седалката.

Три огромни змии теглеха каляската по небето. Сребристите им люспи се разресваха равномерно и в една посока – но спиралообразно. Влечугите се носеха с лекота в небето, сякаш плуваха в океана. Зад него се чу плющене и пукане. Тео се извъртя – очакваше да види поредния звяр, готов да го погълне. Опашката на една змия изплющя като камшик – буквало разцепи въздуха – и вдигна облак искрящ сребрист прах. Всъщност една-единствена змия дърпаше каретата – огромен звяр, но с три глави!

Змията промени посоката и се спуска към земята, раздрусвайки каретата – на свой ред Тео бе притиснат върху предния парапет. Вятърът го шибаше в лицето, пареше бузите му. Момчето се плъзна по пода. Стиснал очи, той се напрегна и притисна глава към гърдите си, очаквайки настъпването на фаталният удар.

Туп! Каляската, теглена от змия, забуксува и спря.

Тео отвори очи. Мрежа от сиви облаци изпъстряше лилавото небе. Това определено не е Влас. Къде е? С трепереши пръсти той извади телефона си от страничния джоб на раницата си. Никакъв сигнал. Никакъв GPS.

Учестеното му дишане изпълваше белите му дробове с влажен въздух. Той се отблъсна с ръце от пода на каретата, за да се изправи. Болка прониза дланта му и той погледна надолу: медальонът му лежеше досами него. Слава Богу, не го е изгубил; преметна верижката през врата си и пъхна медальона в пазвата си. Изправи се и огледа терена наоколо. Седем покрити с мъх колони ограждаха каретата. До тях черен фонтан заемаше централно място: вода от чучур пълнеше коритото на фонтана.

Грачеща чернобяла птица се показа изпод пейката на каретата и се блъсна в Тео – заби нокти в гърдите му.

Тео изпищя и перна птицата:

– Разкарай се!

Птицата освободи хватката си и се понесе към стълбовете. Все още треперещ, Тео се свлече на пейката, а сърцето му не спираше да блъска в гърдите му. Съскащите глави на змията се извиха в унисон и се приближиха. Три чифта рубиненочервени очи го зяпаха, а три разцепени езика плюеха искри към него, придавайки на въздуха миризма като от пиратки. Змията приведе гигантските си глави и го приклещи: всеки момент звярът щеше да се увие около него и да го изяде!

Тео грабна раницата си и въпреки че трепереше като лист, прескочи парапета и се запъти към фонтана. Змията спусна главите си към предната част на каретата и плавно се отдалечи, изчезвайки в навъсеното небе, оставяйки след себе си пътека от искрящ сребрист прах.

Фонтанът зад него бълбукаше. Тео облиза сухите си устни, докато се приближаваше. Събра длани в шепи под медния чучур и пи от хладната течност, жабуркайки се, преди да преглътне. Лъч светлина проряза синевата на водата, разкривайки видение за момиче с рижа къдрава коса. Тя уви бяло наметало върху раменете си и после погали един крилат кон. Тео копнееше да види лицето й, но тя бе обърната с гръб към него. Нежна мъгла изтри видението, а после ефирна птица с окраска с огнени цветове излетя от чешмата и изчезна някъде в небето. Тео изръмжа и се озадачи: това не беше същата птица от каретата. Въобразяваше ли си? Пропълзя напред и отново надзърна във водата. Единствено изтичането на водата от чучура нарушаваше иначе гладката повърхност на водата.

Изтрополиха камъчета около една от колоните. Свраката се спусна към земята и започна да почиства перата по крилата си и дългата си опашка. Сигурно е същата птица, която се криеше в каретата. Дали това не е синът на старата сврака, който Тео чу да говори във Влас, тази, която беше и в Каменната гора, когато порталът се отвори?

Статуята на дракона беше казала нещо за свраката. Че той е ключът? Той, Тео, има ключа? Свраката му беше показала как да отвори портата към Змейково, но дали посланието на дракона не носеше още някакъв смисъл?

– Това ли е Змейково? – Тео извади златната люспа от джоба си и я показа на птицата. – Можеш ли да ми помогнеш да намеря сестра си Ния? Дракон Ламя я отвлече.

Свраката изкряка силно и поклати глава нагоре-надолу, сякаш казваше *не*.

Тео стисна ръце:

– Защо не мога да те разбера? Как ще намеря Ния без твоя помощ?

– Кра-а-а, кра-а-а! – свраката още по-усърдно започна да клати глава.

– Това означава, че не можеш да ми помогнеш или че се страхуваш?

Птицата просто започна да подскача наоколо в кръг. Тео въздъхна и пъхна ръце в джобовете си. Пръстите му докоснаха пакета слънчогледови семки, с които бе хранил свраката в Каменната гора. С подскоци птицата го доближи и отново издаде характерното си грачене.

– Гладна ли си? – Тео подхвърли семките на земята.

Свраката ги погълна като невидяла, докато не започна да кълве и мъх. Надигна глава и долетя досами ръба на фонтана, близо до Тео.

– Съжалявам, нямам повече.

Свраката се взираше във водата. Подскачаше в кръг, сякаш се страхуваше от нещо, припляскваше с крилете си и не спираше да се оплаква с дрезгавото си „Гра-а-а!“.

– Това е само твоето отражение, глупаче, – засмя се Тео. – Много лесно се плашиш. Мисля да те кръстя Бу.

Стомахът му къркореше. Всичките запаси бяха в раницата на Павел. Тео се нуждаеше от храна, за да се посъвземе, и безопасно място, където да прекара нощта – и трябваше да го намери преди съвсем да се е стъмнило. Един бърз поглед наоколо му показа, че се намира на върха на един хълм. Гъста мъгла покриваше гора от овъглени дървета, които се простираха във всички посоки. Далеч долу в долината като че ли се виждаха очертанията на замък. По-нататък се извисяваше планина, чиито върхове и скали бяха обвити в пурпурна мъгла. Това не можеше да е Змейково. Всичките истории, които някога бе чувал, го описаха като красиво място. Защо им е на тайнствените същества да живеят в подобно запуснато място?

Сам никога нямаше да успее да намери Ния тук и му се прииска Павел да бе с него. Тео погледна към свраката, която все още кълвеше нещо по земята. Дори и ако птицата не може да му помогне, поне ще да му прави компания.

– Бу, искаш ли да дойдеш с мен?

Свраката кацна на рамото на Тео и поклати глава наляво-надясно.

– Предполагам, че това е „*да*“, нали?

И Тео тръгна. Разтваряше гъсти храсти, докато не намери каменна пътека, обрасла с бръшлян и горски плодове. Стръмният виещ се като спирала наклон водеше надолу към долината. Тео пое натам. Спря за кратка почивка при река, която течеше в подножието на хълма. Брегът бе обрасъл с превити до земята дървета и храсти. От сивата като метал вода се носеше слаб горчив мирис. С изключение на шуртенето на реката, всичко останало тънеше в спокойствие. И все пак имаше нещо подозрително…

Пурпурната мъгла помръкна с потъващото към хоризонта слънце, а момчето се запъти към замъка, който се простираше в сянката на тайнствената виолетово-черна планина. Светкавици разпраха небето и черни облаци побързаха да се струпат над главата му като ято нахални птици.

Когато Тео стигна до крепостта, за която смяташе, че е замък, от дневната светлина бе останал само бледен лъч. Тялото му трепереше от изтощение от дългото пътешествие, а гърлото му беше пресъхнало като земя, от години невиждала дъжд. Той се спря и потърка почти безчувствените си от болка крака. Астма се увиваше около овъгленото, разпадащо се дърво – както и около всичко останало. Разрушената сграда приличаше на обиталище на призраци или вампири. Момчето се затътри към Бу, който беше кацнал в пролука в портата. Тео се промуши покрай асмите и ръждясалите вериги, които блокираха разкривените врати. Птицата отново се приближи и кацна върху парапет на горното ниво на двуетажната сграда. Когато разхлабените дъски се размърдаха, свраката изкряска и полетя към върха на една повалена наблюдателница в отсрещния край на двора.

Гаснеща светлина се отразяваше върху незапалените факли, поставени в медни скоби по протежението на вътрешната стена. Тео размаха с ръка пред носа си, за да разсее миризмата на изгорени парцали. Почисти саждите от основата на една факла и под мръсотията успя да различи полумесец, гравиран върху слънце – същият символ, който украсяваше вратите на каретата. Сигурно това е мястото, където са живеели жителите на това превозно средство, но къде са изчезнали всички?

– Ехо, тук има ли някого? – извика той.

– Кого, кого? – отговори му ехото.

Изскърца врата.

Тео се приближи с провлачена крачка и провери каменните стъпала, водещи към верандата. Не поддадоха, значи бе безопасно да продължи. Момчето направи няколко плахи стъпки през обгорелия дървен под, но на прага вече се поколеба. Ослуша се, но вътре никой и нищо не помръдваше. Той почука на касата:

– Ехо, има ли някого у дома?

Никой не отговори. Да влезе ли да огледа? Имаше чувството, че се намира на снимачната площадка на филм на ужасите. В ума му засвири страховита музика. Той се поколеба. Но не искаше да спи отвън, затова открехна вратата и пристъпи навътре.

От миризмата на изгоряла коса и плът му се догади. Овъглени останки от полуизядено същество тлееха в жарта на камината.

Кости и окървавена кожа бяха разпилени из цялата стая. Трябваше да излезе оттук. И то веднага! Тук изобщо не беше безопасно. Като покри устата и носа си, той се затътри назад, но се блъсна в някаква маса. Когато се изсипаха на пода, костите глухо издрънчаха – сякаш оживяха.

Нещо изсъска и затрака по пода на стаята горе. Части от изгнила дървесина паднаха от дупките по тавана. Сърцето на Тео препускаше бясно. Той се втурна навън, пресече двора в посока наблюдателната кула и приклекна зад един от издълбаните дървени стълбове, които стояха като стражи от двете страни. С поглед, втренчен във вратата на крепостта, Тео пое дълбоко няколко глътки свеж въздух и изтупа дрехите си в отчаян опит се да се отърве от вонята. Чу потропване до себе си; отскочи и погледна към мястото, откъдето идваше шумът. Издиша нервно. Свраката почукваше по една изгнила греда.

– Бу, скрий се, – прошепна Тео.

Свраката се наежи, но продължи да кълве. Тео се обърна и няколко минути не отлепваше поглед от вратата на крепостта. Никакви сенки не помръдваха вътре; никой не излезе.

Изчака, докато не изгря мътна луна, но пак никой не се появи. Може би шумът беше причинен от гризачи. И въпреки това не му се искаше да се връща там. Каменното стълбище, виещо се около кулата, трябва да води до някоя стая. Надяваше се, че кулата е по-безопасно място от крепостта.

Бу изграчи и профуча под верандата – между счупените ламели на крепостния под.

– Какво ти ста…

Остър порив на вятъра донесе до него неприятна миризма. Кафяво същество с човешки ръст се спусна от върха на кулата. Крилата на чудовището, пропити със съсирена вече кръв, махаха във въздуха, докато съществото се доближаваше към Тео. Момчето замръзна и пребледня – изгуби и малкото останали му сили.

Полу-жена, полу-птица, това създание го гледаше с черните си очи. Крилата й стърчаха много над тялото й, а нокти на лешояд се виждаха там, където трябваше да има стъпала. Разкъсана черна дреха покриваше дундестото й тяло, а заплетената й коса стърчеше във всички посоки. Това същество изви острите си като на куче уши и изсъска, разкривайки уста, пълни с дълги остри зъби. Тя изквича като свиня пред клане и се нахвърли върху него. Размахването на крилата й донесе смрад на смърт.

Тео се втурна към кулата, а ужасът не го оставяше да си поеме дъх. И тогава се сети за стрелата – пресегна се над рамото, извади оръжието и го заби в гърдите на звяра. Чудовището отново изквича и раздра лицето му с ноктите си. Бузата му изтръпна там, където тя го беше одрала. Жената звяр яростно му се нахвърли и още по-дълбоко заби ноктите си в рамонете му. Тео изпищя от изгарящата го болка и се опита да издърпа ноктите й, но тя се беше вкопчила здраво. Замъкна го в двора; вееше го като байрак след себе си. Той ритна във въздуха, но болка обзе цялото му тяло. Всеки размах на крилете й разнасяше мръсотия, която обсипваше калдъръмената пътека. Очите му се напълниха, когато дъхът й достигна до лицето му. Не можеше да си представи, че нещо може да мирише по-лошо от смрадта, която се разнасяше от тялото й, но грешеше. Сякаш бе погребан сред хиляди гниещи зомбита.

Поредният повей на крилата й го вдигна от земята; този път едното му рамо понесе най-голямата болка – и Тео изкрещя. Съществото се надигна още по-високо, приближавайки се до върха на кулата. Хватката й се разхлаби. Очите й го пронизаха с грозен блясък и тя извади ноктите си от рамонете му. Той се извърна във въздуха, но не спираше да се държи за крака й. Щеше да умре! Размазан на земята. Само ако можеше да лети…

Тремор разтресе тялото му, мишниците му изтръпнаха. Той отново се загледа в лицето на страховития звяр и се прицели със сребърната стрела. Тя грабна оръжието със зъбите си и го изтръгна от хватката му. Озъби му се, отвори челюстта си и остави оръжието да падне. Стрелата издрънча върху камъните, зачерквайки надеждата му да оцелее. Съществото замаха с крилата си с постоянен ритъм. Смрадта наддаля и Тео напълно изгуби сили. Догади му се. Пот покри ръката му и той започна да се плъзга надолу по крака на звяра.

Съскащ звук прониза въздуха и стрела прободе крилото на чудовището – и то издаде ужасяващ агонизиращ писък. Изгубила баланс, жената птица се понесе надолу. Тео разхлаби хватката си. И той на свой ред изкрещя, докато тичаше към кулата: плъзна се надолу и тежко се удари върху каменната стълба. Всичко наоколо му се завъртя.

Притискайки се към стената, Тео пристъпи в кръгла стая и затръшна вратата зад себе си. Отвън звярът издаваше кресливи звуци, докато прелиташе от прозорец на прозорец – тънки пролуки в каменната стена, които ноктите й безпощадно деряха. Малко по малко хоросанът започна да се рони. Най-напред главата й, след което и тялото й се провря през един такъв процеп. Полу-жената полу-птица разпери крила; очите й се срещнаха с неговите. Със скок тя го доближи още повече – спря се едва на сантиметри от него. Устата му пресъхна; той прилепи гръб до стената.

Глава 4
Непознатата

Вратата на кулата се отвори с трясък досами каменната стена. Мирис на пръст, примесен с борове, се понесе от момичето, което влезе. Беше на годините на Тео. Сложи стрела в лъка си и я насочи към звяра:

– Махай се, ако ти е мил животът!

Тео се притисна още по-близо до стената. Момичето на него ли говореше или на звяра?

Жената птица изсъска и сграбчи стрелата с пръстите си. Изтръгна я от крилото си и я запокити пода. След това отново изпищя с дрезгливия си глас, изскочи през разбития прозорец и отлетя към тъмната гора.

Кожен ботуш подритна Тео по крака. Той вдигна глава, за да погледне своята спасителка. Къдрави кичури с цвят на лунна светлина обрамчваха бледото й лице. Едно зелено и едно синьо око се бяха втренчили в него. Носеше бяла туника, привързана със зелен пояс. Върху главата й бе положен венец от бръшлян, на гърба си носеше колчан със стрели, а огърлица, украсена с мъниста, пера и нокти, се поклащаше нежно на гърдите й.

– Откъде се сдоби с това? – и тя протегна сребърната стрела към него.

– От една старица. Приятели я помолили да я пази.

Момичето го гледаше, после подхвърли стрелата до него.

– Ти коя си? – попита той, докато поставяше стрелата в колчана си.

– А ти кой си? – повтори тя като ехо.

– Казвам се Тео. Благодаря ти, че ме спаси.

– Какво правиш тук? – момичето скръсти ръце пред гърдите си.

Татуировки покриваха ръцете й от лактите нагоре, редувайки две хоризонтални със зигзагообразни линии. Лик на елен украсяваше едното й рамо, а над животното имаше звезди, луна и две линии отдолу. На другото рамо сияеше слънце над змия с опашка, завита в кръг; серия от пет точки бяха изобразени над и под влечугото. Какво ли означават?

Тео прехапа долната си устна. Лицето и раменете му пулсираха от неизказано вълнение:

– Аз съм уморен и гладен и тялото ми ме боли. Исках да намеря безопасно място да прекарам нощта.

– Безопасно? Тук? – учудено попита момичето. – Дворът е опасно място след залез слънце. Няма как да си от Змейково – иначе щеше да го знаеш.

Значи това ужасно място *е* Змейково. Какво го е унищожило? Със сигурност не винаги е изглеждало така.

Момичето го огледа от горе до долу:

– Странни дрехи си облякъл. От къде си?

– От Влас.

– Това пък къде е?

– До Черно море.

Момичето се ухили и на бузите й се очертаха големи трапчинки. Очите й блестяха, когато тя потупа Тео по ръката:

– Черно море? Ти да не би да си човек?

Тео избута ръката й:

– Разбира се, че съм човек. Ти да не би да не си?

– Не, – каза тя, изправи гърба си, вдигна глава и подметна косата си. – Аз съм Дива, една истинска самодива.

Дива? Дали наистина е нимфа? Щеше ли да му навреди? Тео се отдръпна от нея – и се премести по-близо до стената.

– Майка ми ми е разказвала истории за това как правите хората да полудяват и да… да…

Останалите му думи излизаха като безсмислици. Раната в бузите му все още пулсираше. Той сложи ръка върху разраненото място и като я отдръпна, видя чернилка и зеленикава гной, всичко примесено със съсиреци кръв.

– Отровата на създанието ще те накара да халюцинираш, – протегна ръка Дива. – Ела с мен и аз ще намажа раната ти с мехлем.

Думите й профучаха покрай ушите му. В един миг изглеждаше, че тя танцува пред него, в следващия го дръпна от пода, сложи ръката си под рамото му и го поведе към стълбите.

– Не-е-е, – ръцете му нямаха сили да я отблъснат. Тя щеше ли да го накара да свири на кавал, докато не падне мъртъв – като овчаря от Влас? Или щеше да му извади очите?

Стаята се завъртя, а тялото му гореше, сякаш лава течеше във вените му. Краката му отказваха да се движат, затова тя го вдигна през рамо, сякаш изобщо не й тежеше. С грацията на пантера момичето почти прелетя надолу по стълбите и през двора; а кожените й ботуши не издаваха и звук. Докато беше още в крепостта, тя се придвижваше по протежение на тъмния, мрачен коридор и накрая се спря пред една дървена врата. Пантите изскърцаха, когато Дива я побутна и отвори.

Запалени свещи придаваха на стаята мека кехлибарена светлина, създавайки сенки навсякъде по стените. Лавици, претрупани с книги, бяха действителната облицовка на стените покрай камината. Купчина книги имаше и върху малкото легло, скрито в бледо зелена палатка, а други бяха разхвърляни по пода.

– Добре дошъл в моята бърлога, – и тя го положи да се облегне на стената; огради го с възглавници. – Ето, дръж това, – и притисна студена кърпа на челото му.

Той я държеше на място, но притрепери, когато Дива потърка мазило с аромат на мента по раздраната му буза и рамене. Болката мигновено намаля, а умът му започна да се прояснява:

– Какво ми правиш? – прошепна той.

Дива присви очи:

– Няма да те нараня. Винаги съм искала да се запозная с човек… да науча за вашия свят.

– Не убиваш ли хора?

– Никога!

– Извинявай, – Тео сведе поглед и измърмори. – А аз никога не съм срещал самодива.

– Сигурна съм, че никога не си срещал и харпия. Но ти май повече се уплаши от мене, отколкото от нея.

Гласът на Тео се усили:

– Това чудо харпия ли беше?

– Да. И си голям късметлия, защото тя обикновено не се отказва толкова лесно от плячката си.

И това ми било *лесно* бягство?

– П-п-помислих си, че с песните си харпията привлича жертвата си и я успива до смърт.

– Тези, които живеят на шайки – да, – каза Дива. – Онази, която те нападна, е единак, отхвърлена от другите. Тя не може да пее и затова създава илюзии, за да улови жертвите си.

Тео отново потръпна:

– Радвам се, че харпията беше сама.

– Но като че ли е по-лесно да се измъкнеш от шайката.

– Защо?

Дива го изгледа сериозно:

– Самотните харпии са много по-силни от останалите. Можеш да познаеш коя е най-успешния ловец, защото мирише най-лошо. С гордост разнасят съсирената кръв на своите жертви.

– Това беше най-голямата смрад, която някога съм подушвал!

– Добре, че дойдох навреме, – и погледна към лицето му. – А сега как се чувстваш?

Той докосна бузата си. Вече я почувства по-малко подута. А болката в раменете му беше намаляла.

– Това е вълшебно лекарство! Благодаря ти.

– Няма нужда от благодарности. С това се занимавам, – Дива посочи към палатката. – Можеш да спиш там. След малко трябва да изляза, за да патрулирам в гората.

Тео попита с пелтечещ глас:

– Не се ли страхуваш да излизаш сама, когато харпията е наоколо?

– Не. Сур и аз се грижим за ранените животни, – и тя се изправи и напълни джобовете си с ядки. – Обслужи се сам с храната.

– Кой е Сур?

– Мой приятел – една сърна.

– Сърна?

– Заспивай сега. Ще ти разкажа за него по-късно. И аз имам въпроси към тебе – и момичето добави още стрели в колчана и затвори вратата зад себе си.

Тео пропълзя в палатката и постави глава на възглавницата. Ама че щур ден! Беше срещнал змей, триглава змия, харпия и момиче самодива. Кой ли още живее на това странно място? Как ще оцелее при нови предизвикателства? Поне вече не беше сам. Дали Дива ще му помогне?

Беше глупаво да си мисли, че обикновено момче като него може само да спаси сестра си. Искаше единствено да намери пътя към Влас. И да каже на възрастните как да стигнат до тук, за да спасят Ния. Може би Павел вече ги беше довел в Каменната гора и сигурно са на път.

Но как ще отворят портата без неговия медальон?

Тео се въртеше в леглото. Нещо рязко го бодна в ребрата – от едната страна, и той се закова седнал. Вдигна ръка над препускащото си от притеснение сърце. Това беше Бу, а не харпията. Свраката скочи на пода, подметна глава и кресна.

– Бу, ти си добре! – Тео протегна ръка, за да погали птицата по перата.

Дива седеше пред палатката и сряза на две зелен плод колкото дланта й:

– Бу е смешно име.

– Аз го наричам така, защото май се плаши и от собственото си отражение.

– Га, га-а-а, – главата на Бу кимаше нагоре-надолу.

Дива се засмя, а Тео си представи, че свраката казва „Не е вярно!“.

И Тео приседна на пода. Дали ако я попита, Дива ще му помогне да намери Ния? Нямаше представа от къде да започне да търси сестра си. Ния сигурно е ужасена – а може би дори наранена. Отвори уста, за да помоли за помощ, когато коремът му изкъркори.

Дива побутна купа ядки и плодове към него:

– Сигурно си и жаден, – каза тя и му подаде парче от зеления плод, който беше нарязала. Мъхът по черупката го погъделичка по ръката. Тео помириса плода, после изсмука червената пулпа от сърцевината.

– Не мога да усетя нито вкуса, нито мириса му.

– Не можеш – това е воден плод: няма вкус, няма мирис. – Сянка премина през лицето й. – Само това има за пиене тук – реката е отровена.

– Откъде берете този плод? Не виждам живи дървета…

– От храма и от още няколко свещени места, които Ламята все още не е разрушила.

– Ламята! – Тео трепна. – Защо й е да унищожава Змейково? Брат й Змеят не е ли владетел там?

– Беше, – Дива присви очи и стисна устни от яд. – Ламята му го открадна, после изгори всичко – нашите села и библиотеката. Сестрите ми изследваха родовата ни история и имаха няколко книги там.

Още един въпрос напираше да бъде зададен – огън изгаряше езика на Тео. Той задържа дъха си, но думите се изплъзнаха шепнешком:

– Кога го стори това тя? – Дали не се беше случило вчера?

– Най-жестокото предателството от Ламята се е случило преди 12 години, когато съм бил бебе.

– Дванадесет? – Тео дълго издиша поетия въздух. Ако беше толкова отдавна, не можеше да е, защото той бе пожелал дракон да отвлече Ния. Сигурно е станало, когато Ламята е откраднала дъщерята на старата вещица. Но защо?

– Какво се е случило?

– Ламята от векове е тероризирала Змейково. Тя и Змеят постоянно са водили битки – като огъня и водата, но Змеят винаги е успявал да я държи под контрол, защото тя се е ужасявала от него. Преди 12 години са водили тежка битка за контрол над царството. Макар че почти всички в Змейково, включително и моите сестри, са били на страната на Змея, все пак Ламята успява да спечели, – Дива се спря и стисна ръце. – Тъй като нейната тъмна магия е ставала все по-силна, успяла е да освободи и зли същества като харпиите от зандана, затвора на замъка.

Тео се приведе по-близо:

– А на Змея и … на сестрите ти какво им направи?

– Превърна Змея в камък и го скри, където никой не може да го намери.

– Камък? – Възможно ли беше статуята в Каменната гора да бъде истинският дракон? – Намерих драконовата статуя на Змея.

Очите на Дива светнаха:

– В човешкия свят?

– Да, и мисля, че Змеят ми проговори в ума ми, след като се докоснах до статуята му – добави Тео. – Трябва да му е останало малко магия, щом успя да го направи.

– Какво каза?

– Предаде ми съобщение, че свраката може да ми помогне да намеря ключа. Така стигнах до Змейково.

– Интересно, – Дива отново огледа момчето от глава до пети и Тео потрепна.

– Ами сестрите ти?

Дива въздъхна:

– Ламята ги е хвърлила в зандана – тях и други оцелели, и ги кара да добиват скъпоценни камъни от мините.

– Всичките ти сестри ли са там? – попита той, коремът му се сви от напрежение. Дали и Ния не е там? Как щеше да я спаси?

– Да… не. Една от тях остана тук, за да се грижи за мен. Дива стана и започна да крачи из стаята, докато смучеше парче от водния плод.

– А сега къде е?

– Изчезна – прошепна момичето с дрезгав глас.

– Къде? Да защитава животните?

Дива спря да се разхожда и избърса една избягала сълза:

– Не. Мъртва е. Вчера, на Еньовден.

Тео притисна ръце към поклащащата му се невярващо глава.

– Дали Ламята я е убила? – задържа дъха си. *Дано Ния да не е мъртва.*

– Не лично, – Дива се свлече на пода до него и допря колене до гърдите си. – Сестра ми и нейният елен патрулираха из гората, когато харпия я нападна и уби.

– Защо тогава не уби харпията в кулата?

– Не беше тази, а и така или иначе самодивите не убиват за отмъщение – каза Дива. – Харпиите обикновено никога не са ни притеснявали. Сигурна съм, че Ламята им е казала да го направят.

– Никой ли не може да спре дракона?

– Търсих в книгите, за да видя дали има начин да я победим, – и момичето въздъхна. – Готова съм на всичко, за да спася сестрите си.

Гняв и страх се надигнаха в душата на Тео. Гняв към жестокостта на Ламята и поради собствената си безпомощност. И страх, че вече може да е твърде късно. Майка му щеше да е съсипана, че е изгубила дете – сега, след като вече бе изгубила съпруга си. Не можеше да позволи на Ламята да погуби семейството му.

Тео стисна медальона под ризата си, докато кокалчетата му не побеляха. Изглежда, че с пулса на живо същество металът се затопли – през пръстите на ръцете му, биейки заедно с ритъма на собственото му сърце, подхранвайки яростта му и придавайки му сили.

Тео измърмори през зъби:

– Ще убия дракона!

– Ти ли? – Дива го огледа от глава до пети. – Какво те кара да мислиш, че можеш да убиеш Ламята, след като собственият ѝ брат не успя? Защо изобщо искаш да го направиш?

– Тя отвлече сестра ми! – изкрещя той.

– Откъде знаеш, че е Ламята?

– Усетих горещия й дъх и люспите. И… – Тео извади златистата люспа от джоба си. – Намерих я на земята.

Дива я разгледа, лицето й се помрачи:

– Възможно е. Прилича на люспа от Ламята – и момичето върна люспата на Тео, влезе в палатката и се върна с книга в ръце – книгата бе подвързана с кожа и имаше оръфана морава корица. Дива седна до него и заразлиства из страниците.

– Това е Ламята, – и момичето прокара пръст върху рисунка с черно мастило.

Сърцето на Тео запрепуска лудо. Студените очи на дракона излъчваха – не, крещяха – зло. Три зъбещи се кучешки глави бълваха огън, а люспи низ след низ покриваха огромното туловище на летящото влечуго и неговата назъбена опашка.

– Всяка от главите й може да погълне цял човек, – продължи Дива. – Как ще убиеш такъв звяр?

– Не знам – прошепна Тео. – Но трябва да спася Ния.

– Откъде знаеш, че е жива? Ламята жертва деца.

– Не знам. – Ния *трябва* да е жива.

– Ако е така, ще е късметлийка, ако Ламята я направи слугиня. По-малко късметлиите работят в мините – каза Дива и се наведе още по-близо. – Е, как мислиш, че изобщо ще влезеш в замъка на Ламята, ще преминеш покрай стражите й, ще намериш сестра си и ще я измъкнеш оттам?

– Не знам, но…

– Има много неща, които не знаеш – изсумтя Дива. – Как изобщо стигна до Змейково? Обикновено единствените хора тук са тези, които самодивите доведат.

Тео й разказа за приключенията си: старата вещица, свраката, портала, „разходката“ с каретата.

Дива го изучаваше внимателно:

– Все още ли носиш медальона, с който отвори портата?

– Да, – отвърна момчето, докато измъкваше „ключа" от ризата си.

– Хм, това може да означава… – и тя отново прелисти през страниците, спирайки от време на време и всеки път с пръст проследяваше думите.

– Какво? – Тео се наведе по-близо, за да изучи странните символи в книгата – приличаха на руните върху медальона му.

Дива погали страница с изображение на жена с огненочервена коса. Тя държеше черен лък, украсен със златна змия. Ръката на жената се протягаше назад, за да вземе стрела от колчана. Дива погледна жената, след което и Тео.

– Коя е тази? – попита Тео.

– Една красива кралица – въздъхна Дива. – Трябва да тръгваме. – И тя пъхна моравата книга с кожена корица в голяма чанта през рамо; добави малко плодове и други предмети. После грабна лъка си и колчана със стрели.

Тео се задави и се изкашля:

– Защо? Харпията ли се връща?

– Не, Сур не патрулира снощи с мене. Изгубих връзка с него и затова знам, че нещо не е наред – сълзи блеснаха в очите на Дива, но тя успя да ги задуши с думите си. – Днес планирах да отида в храма на великата богиня Бендида… и да й разкажа за сестра ми.

– Б-б-богиня? – изписука гласът на Тео. – Тя може ли да унищожи Ламята?

– Не, но мисля, че може да ни даде напътствия.

– Не е ли всемогъща, щом е богиня? – попита Тео.

– При тракийските божества не е точно така – изсумтя Дива. – Всички те работят заедно, за да поддържат равновесието в природата. Но никой от тях не е върховен. Ламята развали равновесието, когато открадна силата на другите.

Тео потрепери. Ако една богиня не може да навреди на Ламята, как щеше той да спаси сестра си от дракона?

– Значи никой не може да я победи?

– Ти можеш, – и момичето леко му се усмихна.

Тя сигурно се майтапи!

– Аз? Казах го само защото бях ядосан.

– Довери ми се – Бендида ще ни обясни.

Да й се довери? И Тео се сети за Каменната гора, където през портата беше влязъл в Змейково. Хората са извършвали жертвоприношения на древните божества там. И наистина ли самодивите са извършвали тези обреди? Затова ли Дива искаше да го заведе при богинята си? За да направи жертвоприношение с него?

– Аз… – и момчето се отдръпна.

– Още ли те е страх от мене? – Дива сви рамене. – Тогава стой тук и чакай харпията тази вечер да се върне. – Ръцете й трепереха, докато с бръшлян си връзваше косата на конска опашка. След това си взе торбичката и излезе през вратата.

– Не, идвам, – Тео потисна страха си. – Бу, идваш ли с нас или оставаш тук?

В отговор свраката просто излетя през вратата.

Тео като сянка крачеше зад Дива през гора от извити, изгорени дъбове. Мек килим от разлагащи се листа под краката притъпяваше шума от стъпките му. Пътеки водеха във всички посоки, много трудно проходими, но Дива вървеше с увереност. Кратки лъчове светлина успяваха за миг да проникнат през заплетения балдахин от клони. Когато момчето минаваше през вплетени плътно дървета, клоните се извиваха и свиваха и отваряха като звяр, който разгъва остри нокти, готов да сграбчи плячката си. Останал без дъх Тео изпуфтя, докато бързаше да следва Дива.

– Как се казва това място? – попита той. – Едно такова призрачно…

– Гора Родина.

Птиците престанаха да чуруликат, а препускащите наоколо животни останаха неподвижни. Бу се сви на рамото на Тео, опитвайки се да се скрие в пазвата му.

Стотици сини светещи предмети примигваха около дърветата. В гората се носеше тих екот на полугласно ръмжене и се разпростираше като пожар. Бу се свря още по-близо до Тео. Дива спря изведнъж и Тео се блъсна в нея.

– Т-т-ти видя ли тези мигащи светлини? – попита той.

– Шшшт. Не е на добре.

Момчето хвърли поглед към гората. Светлините се приближаваха.

– Не ги гледай, – и Дива сложи ръка пред очите си. – Побързай, но не тичай.

Тео сведе глава, втренчи се в стъпките на момичето пред себе си и заситни зад нея.

– Какви са тези същества?

– Комари. Трябва да пеят, а не да ръмжат.

– Какво могат да ни сторят?

Тя спря и се наведе по-близо:

– Чела съм, че когато се ядосват и ръмжат, пълзят в очите, носа и устата на човек. Не можеш да се отървеш от тях, дори и да се гмурнеш под вода. На рояк стоят и чакат да те хванат в смъртоносната си мрежа. Щом влязат в човек, го изяждат отвътре навън.

Тео покри устата и носа си, а Дива ускори крачка. Зъбите на момчето тракаха, краката го боляха, но Дива продължи със забързано темпо, а изминатото разстояние сякаш бе километри. Малко по малко ръмженето намаля.

– Вече сме в безопасност, – Дива спря.

Тео се осмели да открие устата си. Бу отлетя от рамото му, кацна в основата на пребяло дърво и закълва червени, трънливи растения.

Дива обиколи дървото – имаше то-о-олкова голям ствол, че Тео не можеше да увие ръце и на четвърт от обиколката му.

– Това е специално дърво. Великата богиня Бендида го е посадила, когато храмът е бил завършен.

Тео погледна назад. Никакви мигащи светлинки не ги следваха. И все пак предпочиташе да е някъде на закрито…

– Колко още докато стигнем до храма?

– В края на този тунел, – каза Дива.

Тео направи колеблива стъпка напред. Масивните бели клони на това древно дърво се преплитаха с клони на дървета от другата страна на пътя. Многоцветните светлини блещукаха, правейки вътрешността да прилича на пухкави бели облаци.

Звън ехтеше надолу по коридора. Малки гущери с пеперудени крила и златисти антенки пърхаха вътре, прелитайки между преплетените корени и клоните. Бу се стрелна към един, който се сгуши върху розово-белия цвят на един лотос.

– Тези гущери… пеперуди… каквото и да са. Прекрасни са, – каза Тео. Не всичко в Змейково беше унищожено – или пък опасно.

– Няма време да им се възхищаваме. Нещо не е наред. Не виждам храмът да свети, – и тя сграбчи ръката му и се затича нататък в тунела.

Животинките се разпръснаха и изчезнаха в пукнатините на дърветата. Едва тогава Тео улови първия полъх, който донесе мирис на дим. В края на тунела къдрави филизи се издигаха измежду камъните там, където трябваше да е храмът. Миризма на овъглена дървесина изпълваше въздуха. Бели петна покриваха тук-там почернялата гранитна сграда, която сега бе само камара камъни. Една-единствена арка бе останала непокътната. Най-горе покрити със сажди скъпоценни камъни оформяха лъчите на гравирано слънце. В основата й лежаха два матови златисти коня, обвити в мъгла.

– Не! – Дива се втурна напред и застана посред цялата тази разруха.

С разрушен храм и без богиня, която да се мярка наоколо, можеше ли някой да помогне на Тео да намери Ния? Момчето изрита безцелно пепелта. Изцапана изумрудена шнола излетя напред. Той вдигна бижуто и го избърса с края на ризата си, преди да го покаже на Дива. Тя изстена.

– Това принадлежеше на една от жените пазачи на храма, добра приятелка на сестра ми.

Доста хора ги нямаше – може би всички бяха мъртви. Той можеше да запази спомена за поне един от тях жив. Погледна към тези диви, русо-бели къдрици, които се стелеха по раменете на Дива.

– Мисля, че намерих идеалното място къде да я сложа засега, – съобщи важно той и защипа шнолата върху къдрица в косата й.

Бузите й засияха в розов блясък, а очите й се ококориха:

– Трябва да намеря Сур! – и тя мина покрай руините, а Бу летеше до нея.

Тео се забърза след нея. По цялата дължина на бяла каменна пътека мозайки с лунни фази се редуваха със сцени с жени, облечени в туники като тази на Дива. На някои от картините жените яздеха пегаси с по 6 крила, докато се борят със страховити същества; на други танцуваха под ярка лунна светлина. Тео стигна до Дива – посред едно обгорено поле.

– Няма ги. Всички са изчезнали. Бендида. Храмовите прислужници. Сур… – пламъкът в очите й се угасна, раменете й се отпуснаха и тя скри в ръце главата си. – Защо не усетих, че му се е случило нещо лошо?

– Може би се крие в гората.

– Не! – Дива се обърна. – Елените са воини. Те никога не се крият. Ламята или го е убила, или го е пленила. А Бендида … сигурна съм, че змеят дракон не е пленил богинята!

С меко дрезгаво грачене Бу кацна на рамото на Дива и се сгуши в нея.

– Косара, – прошепна Дива. – Тя ще знае какво се е случило… ако Ламята не я е хванала и нея. – И момичето се втурна по украсената горска пътека.

Тео хукна след нея:

– Чакай ме!

Глава 5
Нещо във водата

Здрачът се прокрадна по хоризонта, когато двамата стигнаха до една долчинка.

– Какво е това? – Тео зяпна в недоумение пред едно искрящо във виолетов цвят дърво.

Очите на Дива блестяха с петънца в същия цвят. Мигайки, тя притисна длани към бузите си.

– Свещеното дърво на Знахаря.

Дървото определено не отговаряше на това, което той разбираше под думата „дърво“. Сребристи сърцевидни листа оформяха богата му корона – по всички клони. Някъде там седеше птица с огнени крила и сякаш златисто покритие по краищата. Златна вода извираше от основата на ствола и се вливаше в нещо като вир. Оттам се губеше под дъгата.

Около дървото се издигаше мараня, миришеща на сладък мед. Едно младо момиче се материализира от парата. С прозрачната си кожа тя приличаше по-скоро на видение. Венец кървавочервени цветя украсяваше снежнобялата й коса. Облечена беше в сребърна рокля с втъкани черни символи на слънцето и луната. В ръката си държеше кристално кълбо със златисти нишки, които се преплитаха вътре.

– Косара! Ламята е разрушила храма! – ръцете на Дива трепереха, когато стисна лъка си. – Богинята е изчезнала, и слугите й… и дори еленът.

Косара сведе глава, затвори очи и си затананика със затворена уста непозната мелодия.

– Всичко е наред с нашата велика покровителка. Богинята се е върнала в небесното си царство, – и замълча. – Останалите, боя се, са при сестрите ти в затвора на Ламята. Засега никой още не е пострадал.

Дива въздъхна дълбоко и отпусна хватката си от колчана.

– К-к-коя си ти? – прошепна Тео.

Момичето се поклони:

– Аз съм Косара, пазачът на Знахарското дърво и покровител на неговия пратеник – чичопей. – Гласът й стана сладък и чист, като аромата на маранята, която се носеше наоколо. – От векове насам на моето племе се пада тази чест.

– Какво е това знахарско дърво? – попита Тео.

– Дърво на живота и мъдростта, почитано заради своята сила, защото трите му части осигуряват хармония между небето и земята и земята и подземния свят, – обясни Косара. –Короната търси божествена мъдрост, като се протяга към небето, където живеят всички небесни същества. Твърдият и стабилен ствол свързва всички земни същества – към вечния живот свише – чрез клоните на дървото, и с вечната смърт долу – чрез корените.

Косара заобиколи дървото и докосна клон, простиращ се над вира. Листата зашумолиха, изпращайки неземна мелодия към небето. Чичопеят разпери крила. Засветиха искри в множество цветове, но птицата остана мълчалива.

– Изгубил е песента си, – сви тъжно рамене Дива.

– Така е, – допълни Косара. – След като драконът заклейми земята ни, птицата остана без дух. А без неговата песен нашата земя е напукана и жадна, нищо вече не цъфти, – с тъжни очи Косара погледна Дива и Тео. – Времето изтича за всички ни. Не знам още колко ще имам сила да задържа отровата на Ламята да не попадне в свещения извор.

– Ламята? – Тео стисна юмруци.

– Отговори ли дойде да търсиш? – поинтересува Косара.

– Да, – отвърна притеснено Тео. – Може ли дървото да ни помогне да намерим начин да спасим сестра ми Ния?

– То разкрива истини на тези, които го уважават. Ела, докосни ме по ръката. – Косара му помаха с длан и го доближи. – Ще получиш отговорите, които трябва да знаеш.

Тео погледна Дива, която поклати глава в знак на съгласие. Той пристъпи по-близо и положи пръсти върху дланта на Косара. Тя затвори ръка над неговата.

Искри загъделичкаха кожата му и се втурнаха нагоре по ръката към гърдите му, а след това по страните му. Медальонът под ризата му се нагря, изгаряйки плътта му. Момчето изкрещя, издърпа го и вдигна ризата си, за да разтрие болезненото място.

Символите се бяха прехвърлили върху кожата му като татуировка, образувайки кръг от следните думи:

ᚱ⧖ᚲ‹Ч⧖ᚱᛁᚹ Ѵ⧖ᚲ‹Ӄ

– Знакът, който толкова очаквахме, – и Косара се усмихна и пусна хватката си.

Дива бавно се усмихна:

– Значи това, което книгите предсказваха, се оказа вярно?

– А какво са предсказали книгите? – Тео свали ризата си и падна на колене върху мъха пред вира, където Бу кълвеше в търсене на буболечки. Момчето потърка темето си – болката подсказваше, че болното място е започнало да отича.

– За неродения герой, – разясни Косара. – Сега протегни ръка си над водата.

Тео изпълни дадените му указания; чудеше се какво е значението на посланието и защо бе белязан. Медальонът никога не бе оставял белег върху кожата му, а го носеше постоянно.

Момчето се облегна назад, когато вирът започна да бълбука под протегнатите му ръце, запълвайки долчинката с опияняващ аромат на билката орлови нокти. Блясъкът под повърхността се засили, докато не се превърна във въртящо се кълбо. Цветът на тласъци премина от виолетов през индигов, син, зелен, жълт, оранжев и накрая – червен.

– Задай си въпроса сега, – каза Косара. – Оракулът е готов да ти даде знак.

Тео затвори очи, извади златната люспа от джоба си и я стисна в дланите си:

– Как мога да победя Ламята, за да спася сестра ми?

Момчето отвори очи и се вгледа в неподвижната вода. Кълбото отново пулсираше във виолетов цвят. Изчезна, оставяйки повърхността да отразява не образа на Тео, а разкъсана книга с кожена корица, покрита с черни драконови люспи. Във видението се появи и едно клекнало същество – неговите ципести като на жаба крайници отвориха тома.

Водата се размъти и изникна нова сцена: село, обхванато в пламъци. Бушуващите огньове всъщност бяха три отделни огнени струи, излизащи от главите на Ламята, докато тя сееше опустошение. Сякаш пъкълът проблясваше в нощното небе всеки път, когато драконът разнасяше чудовищните си глави, хвърляше огън и подпалваше всичко наред – и сгради, и жители. Хората се блъскаха безцелно във всички посоки, за да избегнат смъртта. Красива, червенокоса жена с бебе на гърди тичаше и крещеше като обезумяла.

Пламъците във видението се приближиха, облизвайки ръба на водата във вира, протягайки се към Тео. Той наблюдаваше тази сцена едновременно с интерес и ужас, неспособен да мръдне.

Ламята летеше по една широка пътека между две сгради, заклещила сестра му близначката в улица без изход.

– Само се опитай да спасиш сестра си и ще ти сторя по-лошо и от това, което сторих на брат ми Змея, – фучеше тя. – Трябваше да го разкъсам крайник по крайник, а само го пропъдих. Махай се от Змейково иначе няма да успееш да се спасиш от гнева ми.

– Не! Моя си! – Изображението на Тео във водата извади сребриста стрелка от колчана си.

Пот изби по лицето на момчето и започна да се стича в очите му, замъглявайки зрението му и затрудняквайки прицелването. Ламята се приземи и земята се разтресе под краката й. Не, не трепереше земята. Това беше той. Трепереше истинският той. Тео изкрещя, а Косара изчезна в маранята. Той стисна очи, но ужасяващата сцена остана в съзнанието му.

Дива се притече към момчето:

– Какво стана? Какво видя?

Той отвори очи. Преди да успее да отговори, пара се издигна от вира и кристализира в хиляди златисти скъпоценни камъни, които с пльокване падаха във водата. Изсред тях си направи път черен опал с човешки размер. Завъртя се, разбърквайки скъпоценните камъни около себе си. Хиляди съскащи златни змии изплуваха изсред отломъците от разрушения вир и запълзяха по мъха, без да спират да плезят раздвоен език. Остър мирис на сяра задуши аромата от цветята. Тео скочи и изрита влечугите, които се опитваха да се увият около краката му. Бу изглеждаше невъзмутим, докато кълвеше онези, които се плъзгаха покрай него. Опалът от вира се отвори с трясък. Тео пое дъх. Показа се черна кобра – изви глава; тъмните й зли очи се взряха в Тео. Бу изкряска. Влечугото се изви, перна свраката и я хвана със зъби.

Дива сложи стрела в лъка си.

– Бу! – Тео се втурна направо към кобрата.

Чудовището се олюля и очите му отново се вторачиха в Тео. Момчето без колебание скочи сред златните змии все още във вира. Краката му потънаха в масата шаващи влечуги. Те запълзяха по панталоните и ризата му. Той ги изтупа и изрита, но те продължаваха да пълзят по него. Със сетни усилия той успя да удари кобрата.

– Пусни Бу! – изрева Тео.

Звярът изсъска и се наклони назад, готов да нападне. Отвори челюстите си и изпусна Бу. Разкъсаното крило на свраката висеше отпуснато. Тео грабна птицата и я пъхна в ризата си. Челюстите на кобрата се отвориха широко. Момчето искаше да даде на влечугото нещо за дъвчене – за да не станат той и Бу храна за звяра – затова хвана шепа змийчета, навили се около врата му, и ги вкара в устата на кобрата. Челюстите на звяра се затвориха от раз. Всичко около кобрата – останалите златни змии – спряха да пълзят и се свиха на топка. Кобрата разтърси глава и очите й блеснаха, преди да се наежи, втвърди и разтвори в облак черен дим.

Тео се изкашля и се опита да разнесе дима от лицето си. Кобрата я нямаше, а малките змии се бяха превърнали в кристали, които се разтваряха в златната вода. Във вира се понесе черен лък с гравирана златна змия – подобна на тази, която царицата в книгата на Дива държеше.

Момчето взе лъка – т. е. кобрата, превърнала се в лък – и излезе от вира. Бу все още се гушеше в него и грачеше сякаш се задъхваше; сърцето на птицата туптеше в един ритъм със сърцето на Тео.

– Страхотен лък, – прошепна Дива, прокарвайки пръсти по лъскавото черно дърво.

– Преминахте теста, – чу се мек, гъделичкащ смях от маранята около знахарското дърво. –Ще се справиш с пътуването, юначе.

– Юначе? – Думата заседна в пресъхналото му гърло. Страх, а не смелост, го бе накарал да се бие със змията, за да спаси Бу. Искаше ли Косара неговият приятел да бъде наранен, или просто очакваше Тео да измисли начин да победи звяра?

Жената пристъпи от маранята, присъствието й бе по-ефирно и от преди.

– Сребристата стрела, която имаш, е изкована с драконов дъх. Това е единственият начин да победиш Ламята.

А Косара откъде знаеше, че той носи стрелата? От видението при вира? Образът на жената избледня преди той да успее да попита.

– Не се страхувай! – мелодичният й глас все още се носеше около него. – Използвай инстинкта си и специалния си подарък.

Тео най-сетне вдигна поглед към призрачния образ. Благосклонната усмивка на Косара разсея страховете му. Беше ли той подвластен на нейната магия или тя бе напълно искрена?

– Времето на Змейково изтича. Необходима ни е твоята помощ, – леко се поклони жената. – Дива ще те придружи. Тя е дете на природата и съществата й се покоряват. С добри приятели човек може да постигне всичко.

– Не се страхувай, – прошепна Дива, – повярвай в себе си и ще можеш да спасиш сестра си и да помогнеш и на Змейково.

– Потърси Джабалака в Студеното мочурище. – Последните думи на Косара не бяха нищо повече от шепот, лек допир до ушите му. Казаното изчезна отвъд хоризонта – заедно със слънцето.

Тео се втренчи в маранята, докато Дива не го побутна.

– Можем да прекараме нощта тук. Присъствието на Косара ще ни пази от харпиите. На зазоряване първо трябва да намерим Джабалака. Но точно сега… – Тя свали торбичката си и бръкна вътре. – Нека превържа крилото на Бу.

– Дива, – каза Тео, докато внимателно изваждаше Бу от пазвата си и постави свраката върху постелка от мек мъх. – Защо Косара каза, че Змейково се нуждае от моята помощ? И защо ти каза, че Бендида ще ни обясни как мога да победя Ламята? Никой не ми дава отговори, само възникват още повече въпроси.

– Мисля, че затова Косара ни праща да се срещнем с Джабалака. – Дива отвори един буркан и разтърка крилото на свраката с жълт мехлем, ухаещ на мента, а Бу тихо крякаше.

– А… защо *ти* не можеш да победиш дракона? Знаеш как да се биеш, как да лекуваш. Знаеш всичко за Змейково. – Момчето замълча. – Можеш да стреляш със сребристата стрела. Нямаш нужда от мен. Аз само ще те бавя.

Тя го погледна, сякаш погледна в душата му:

– Имам своите подозрения, но не знам всички отговори. Джабалака има… специални познания за тези неща. Най-добре той да ти каже.

– Добре, ще почакам. – Тео седна върху мъха до нея и погали свраката по перата, но птицата не помръдваше. – Бу ще се оправи ли?

– Утре сутринта ще е като нов! – каза Дива. – Лечебният мехлем върши чудеса, ако си спомняш – твоята рана.

Момчето докосна бузата си – белегът от порязването бе напълно изчезнал.

– Косара дали възнамеряваше да ме нарани? – прошепна Тео.

– Какво? – Дива отметна глава. – Не. Разбира се, че не. Бу беше на погрешното място. Тя уважава природата. Всички ние я уважаваме… поне уважавахме – преди Ламята да започне да господства.

Тео ѝ вярваше. Косара единствено очакваше той да бъде смел и да не избяга, когато се появи кобрата.

– Ще ми разкажеш ли за Змейково, какво е било преди?

Дива извади от торбичката си книгата с кожената корица и я отвори на доста изтъркана страница.

– Мястото, където те срещнах, беше крепост на самодивите. Сестра ми ми е казвала, че звънък смях се е носел по улиците.

Златната порта, украсена с пегаси, като онези, където той се беше приземил, блестеше. Многоцветни декорирани къщи бяха кацнали от двете страни на улиците. В дворовете деца се люлееха на бръшлян, висящ от гигантски дървета. Възрастните събираха цветя от великолепни градини, цъфтящи с най-невероятни цветове.

Тео вдъхна дълбоко, представи си прекрасния аромат:

– Било е красиво, както го описват легендите.

– Така е, – въздъхна Дива. – Сестрите ми са си играели в реката, която видя, когато пристигна. Носел се е мирис на билката орлови нокти.

Тя отгърна една страница, показа му златната река, която е пресичала крепостта.

– Когато животно роди малки, те се къпят – къпеха – в езерото на самодивите, където реката свършва, за здраве и защита.

– Водата винаги ли е имала магическа сила? – поинтересува се Тео. – Старите хора твърдят, че водата във Влас носи магическа сила, но само в определени дни от годината.

– Всичко в Змейково носи някаква магическа сила, – Дива прегърна книгата към гърдите си. – Сестра ми казваше, че всяка година сраки са идвали за извършването на церемония в езерото на самодивите, но откакто съм се родила, не съм виждала жива срака. Е, вече освен Бу.

Тя прелисти още няколко страници и спря, за да покаже на Тео картина на поле със сраки, летящи над хиляди цветя, които приличаха на ярки жълти слънца.

– Ако някога победим Ламята, можем отново да извършваме тази церемония. Бих искала да го видя.

– Красиво е, – каза Тео. – Радвам се, че ще дойдеш с мене, Дива. Не мисля, че сам мога да се преборя с Ламята.

– Искам да я победя толкова, колкото и ти, защото тогава и моят дом ще бъде отново щастлив. Тя пъхна книгата обратно в торбичката си. – Трябва да си починем. Аз ще запаля огън. Можеш да ми помогнеш, като събереш сух мъх и клонки.

Тео натрупа туфи мъх и намери няколко пръчки. Хвърли ги до купчината, която Дива бе събрала.

– Следващия път събери само сухи, – каза наставнически тя, като хвърли настрана пръстта и корените. – Гледай какво правя, ако случайно следващия път се наложи ти да го направиш.

След като начупи клоните на по-малки парчета, тя ги подреди по големина. Извади нож от кожуха си – от единия джоб, после изрови от торбичката си парче кремък. Направи гнездо от изсъхналия мъх и положи клонки наоколо му. Кръстоса клоните като основа за индианска колиба; с ножа изстърга парчета от плоската страна на кремъка и ги положи в гнездото. После го обърна и прокара ножа по заоблените страни, докато искри не запалиха гнездото от мъх. С разрастването на пламъците тя добави и по-големи пръчки. Съчките пукаха и скоро пламъците се превърнаха в буен огън.

Момчето се сгуши по-близо до топлината; и Бу не изостана. Мислите за това какво ще му каже Джабалака държаха Тео буден до късно през нощта.

Глава 6
Шепот в мрака

На зазоряване, след като хапна ядки и горски плодове, Тео преметна своя лък през едното си рамо, а Бу важно кацна на другото. Свраката първо подскачаше насам-натам, но най-накрая си намери място и притихна. Тео все още беше с изопнати нерви – какво ли ще му каже Джабалака…

Дива седеше със затворени очи, сякаш дълбоко потънала в размисли; лицето ѝ гледаше към небето. Малки сребристи лунички блестяха по бузите ѝ. Тя примигна, протегна се и се изправи:

– Трябва да потренираме стрелба, преди да тръгнем.

– Ще ме научиш ли? Никога не съм използвал лък и стрела.

– Трябваше да се сетя, – въздъхна Дива. – Гледай ме и прави същото.

Приближиха се до края на гората и момичето се погледа да намери голямо изсъхнало дърво.

– Първо: поставяш стрелата. – С лъка, насочен надолу, Дива постави стрелата в тетивата. – Второ: опъваш лъка. – И тя дръпна тетивата назад, докато лъкът не се изви на дъга, а стрелата с перата доближи до едното си око. – Трето:

прицелваш се. – Вдигна лъка и го насочи към мъртвото дърво.
– И отпускаш.

Фиу! Стрелата се заби в самия център на ствола на изсъхналото
дърво.

– Видя ли? Елементарно е: едно, две, три и отпускаш! – Дива
постави нова стрела и я остави да излети. Стрелата се понесе из
въздуха и се заби в ствола на дървото – досами първата.

– Твой ред е, – пърхайки като пеперуда около Тео, тя се ухили,
а очите ѝ бяха като тлееща жар. – Хайде, можеш да го
направиш. Лесно е. И е голяма веселба.

Тео извади сребристата стрела от колчана си и тръгна да опъва
тетивата назад. Ръцете му трепереха от мисълта, че с това
оръжие трябва да се бие срещу Ламята.

– Чакай! – плесна Дива с ръце. – Упражнявай се с моите стрели.
Твоите са специални.

Той подмени сребристата стрела и взе тази, която Дива му
подаде. Бу изграчи в ухото му и скочи на рамото му.

– Не сега, Бу, – и той постави свраката на земята.

Тео прехапа долната си устна и бързо вдиша няколко пъти.
Мускулите на врата му изпъкнаха, докато опъваше тетивата.
Впери поглед в стрелата, която Дива беше изстреляла в
дървото. Ще успее ли да уцели близо до нейната стрела?
Присви очи и отпусна тетивата.

Туп. Тя падна в мъха на няколко крачки пред него.

– Не е зле като за първи опит, – каза Дива.

Не е зле? Беше ужасно, но той оцени насърчението, получено
от нея.

– Прекалено си напрегнат. Отпусни се. Опитай заедно с мен.
Дива постави стрела в лъка си, вдигна го и се прицели към
изсъхналото дърво.

Тео копира движенията ѝ. Дива хвърли бърз поглед към него:

– Спокойно. Отпусни се. Издишай дълбоко.

Той издиша и усети, че раменете му олекват.

– Бавно отпусни пръстите си и пусни стрелата. – Дива пусна своята с безцеремонна точност.

Той се съсредоточи върху целта – дървото – и разхлаби хватката си. Стрелата излетя напред към дървото. *Туп.*

– Супер изстрел! – Дива го потупа по гърба. – Беше ниско, но уцели дървото. Лесно е, нали?

Тео сви рамене и подготви следващия си изстрел. Не беше лесно, но нямаше да се откаже. Ния се нуждаеше от него. Беше я вкарал в тази бъркотия; трябваше да успее и да я измъкне.

– Как се научи да използваш лъка? Много си добра!

– Сестра ми ме научи – беше част от обучението ми като самодива – за да мога да защитавам горските животни, – въздъхна тя. – Липсва ми нейния смях и дори споровете с нея.

– Ще намерим и другите ти сестри и моята. – Тео постави ръка на рамото на Дива. – Ния не винаги е била мила към мен, но ми липсва.

Дива прочисти гърлото си:

– Разкажи ми за нея.

– Тя е моята близначка, но не си приличаме много, – каза Тео. – Дори на външен вид сме толкова различни. Тя има кръгли бузи като на катерица и тъмна коса.

– А каква е по характер? – Дива се наведе. – Смела ли е? И грижи ли се за животните като тебе?

– Тя никога не е харесвала животни, – каза той, – но когато бяхме малки, гледаше да не се нараня, особено когато ходехме на лагер. Предполагам, защото кожата ми е толкова бледа и лесно ми излизат синки… вероятно си е мислела, че съм порцеланова кукла.

– Порцеланова кукла?

– Извинявай. Това просто означава, че човек да е толкова крехък, че лесно да се счупи. Тео протегна крака. – Пораснахме и Ния се промени. Тя все още ме защитава, но започна да се държи като принцеса, която винаги иска най-доброто от всичко. – Тео се намръщи. – Мама трябваше да носи стари изпокъсани рокли, за да може Ния да има каквото имат и другите момичета – модни дрехи и лъскави обувки, най-новите играчки.

– Звучи ми като че е глезла, – изсумтя неодобрително Дива.

– Нещо такова, но мисля, че и липсваше баща, който да е около нас, докато растем. – И на Тео му беше трудно. Момчето се бе опитало да стане мъжът в семейството, но толкова копнееше за любовта на бащата – някой, който да го научи как да ловува, да плува или да рита топка. – Мисля, че се е чувствала по-малоценна от другите деца, които имат двама родители.

– Какво се е случило с баща ти? – Дива несъзнателно зарови пръст в тази болезнена тема.

Тео погледна надалеч:

– Той се е удавил… в нощта, в която сме се родили.

– Е, и ти нямаш баща, а не си егоист.

Момчето опъна тетивата и пусна още една стрела. Изстена. И тази не уцели дървото.

– Нека ти споделя една тайна на самодивите – или по-скоро трик. – И тя му подаде стрелите си и се отпусна на земята. – Съсредоточи се върху мястото, където искаш да се прицелиш. Отпусни мускулите си. Концентрирай се. Умът ти ще се отвори за възможността и зрението ти ще се насочи към мишената ти като през тунел. Когато всичко, което виждаш, е мишената, пусни стрелата.

Тео опита още няколко изстрела. Два-три бяха по-близо до дървото, но повечето се приземиха в мъха пред него.

– Това направо е невъзможно! – обобщи той опитите си.

– С времето ще ти стане по-лесно, – каза Дива. – По-късно може пак да потренираш. Готов ли си да тръгваме?

Той сви рамене. Как някога би бил готов да спаси сестра си от триглаво чудовище?

***

Тео и Дива достигнаха Студеното блато без да срещнат нито едно от сияещите сини насекоми, които изяждат хората отвътре нито някакви други опасни същества. Единственото плашещо нещо беше стрелбата на Тео със стрели. Всеки път, когато спираха да си починат, той се упражняваше, но подобрение в уменията му нямаше.

Момчето потръпна, когато стигнаха до брега на блатото. Покритите с мъх дървета държаха счупените си клони нагоре, сякаш са вдигнали ръце, за да се предадат на врага. Изсъхнал клон изпука и сякаш изстена, преди да се пльосне в блатясалата вода. Чу се кратко бълбукане и последва отделяне на серни пари.

– Кой е Джабалака? – Тео вътрешно се напрегна.

Дива се ухили, сякаш си каза виц сама на себе си:

– Той е пазителят на тайните. Страшничък образ.

Тео си представи магьосник с жезъл и островърха шапка, някой, който с магия може да оправи нещата. Провери моста, пресичащ блатото и стисна устни:

– Хюстън, имаме проблем.

– Кой е Хюстън? – попита оживено Дива.

– Това е… няма значение. – И посочи моста. – Това е нашият проблем. Дървото е изгнило и липсват летви. Ще трябва да минем през водата, за да стигнем до къщата на Джабалака.

– Не искам да пресичам през блатото. – Дива изви устни и сбръчка нос. – Мирише на мъртви животни. Тази миризма завинаги ще се впие в моите кожени ботуши.

Тео се изсмя. Не беше и помислил, че нещо би притеснило Дива:

– След като унищожим Ламята, може да си направиш нови ботуши – от драконова кожа.

– Не, благодаря, – отново сбърчи нос тя.

Плясък отекна по-нататък в блатото. Близо до брега изгнили листа и клонки лежаха досами мътната вода, която бълбукаше и от време на време изригваше. Вместо крякането и цвърченето на птици, на което Тео беше свикнал у дома, сега резки писъци и тихо мърморене гъргореха сред блатото. Той потърка настръхналата кожа по ръцете си и посочи:

– Изглежда някаква светлина мига ей-там. Да видим дали няма и друг начин да преминем оттатък.

Стъпките им отекваха в калта – до самия ръб на водата. Бу се оттегли да поспи в ризата на Тео, сякаш се приспиваше от звука. Не след дълго стигнаха до мястото, където потънала в мъх пътека досами водата ги водеше към светлината.

Дива се озърна да види откъде бяха дошли:

– Разбирам защо Джабалака живее тук. Никой не би могъл да ни проследи и да го намери. Нашите стъпки вече са пълни с нов слой тиня.

Тео вървеше по брега на блатото. Малко зелено създание изскочи от скривалището си и скочи по-дълбоко във водата. Тео постави един крак върху плаващия мъх.

– Да се надяваме, че мъхът ще ни издържи, – и като се ухили на Дива добави: – Не ми пука, ако обувките ми се вмиришат.

Тя вдигна крак и направи гримаса:

– Тези ботуши вече са унищожени. Като се прибера, трябва да си направя нови.

Тео стъпи върху мъха и се препъна:

– Хайде, меко е като гъба, но достатъчно твърдо.

Вървяха по пътеката един зад друг. От време на време зловещи зелени светлинки присветваха над повърхността на водата. Поне не бяха сините насекоми.

Дива се извъртя и зареди лъка си със стрела:

– Водни.

– Хайде, пак – поредните творения в този свят! – изстена Тео.

– Водните са злобни водни същества. Внимавай къде стъпваш. Могат да те хванат…

Голям клон пльосна във водата до тях и с клокочене потъна. Тео отскочи назад, а кракът му потъна в дупка в хлъзгавия мъх. Загубил равновесие, той падна по гръб в калта, огъвайки пътеката като вълни. Тиня се разплиска по лицето му. Момчето се избърса, но мърсотията остана – точно като индиански краски по време на война:

– Гадост! – единствено тази дума се отрони от устата му.

Бу изкряка под ризата на Тео и го клъвна по гърдите.

– Извинявай, Бу. Добре ли си?

Свраката подскочи и кимна с глава напред-назад.

– Тео, ставай бързо! – извика Дива.

Две зелени ципести ръце изскочиха от водата, а лепкави нокти хванаха косата на Тео и го цапардосаха по лицето. Други ръце хванаха глезените му като пиявици и го замъкнаха към мътната вода. Дива се протегна към него, но мократа му ръка се изплъзна от хватката й.

– Пусни ме! – Тео риташе и удряше съществата.

Успя да задържи дишането си, преди ръцете да го дръпнат надолу. Водата се сгъсти като лепило, тежеше му върху гърдите. Тео изрита сякаш в нищото и се насили да се изправи от калта. Хватката с нечии остри нокти продължи да го удря и да го притиска. Той удряше създанията, но те се отдръпваха навреме. Мехурчета изплуваха в тинята, когато той издиша. Нямаше още дълго да издържи така. Оставаше му въздух само за още няколко секунди.

Нещо дръпна колчана му. Тео се протегна през рамото си и сграбчи създанието. Заловеният изпищя, а останалите се разпръснаха. Още повече мехурчета се разнесоха в калта. Стиснал здраво гърчещото се същество, Тео изрита тинята и подаде глава над повърхността. Изплю мръсотията от устата си и пое дълбоко въздух, докато държеше непознатото същество на ръка разстояние. Кръгли зелени очи върху набръчканото като на старец лице го гледаха.

– Тео! – Дива коленичи и протегна ръка. – Хвани се, а аз ще ти помогна.

– По-добре ти хвани това *нещо*, – и той насочи към нея съществото с ръст на дете. – И го дръж здраво.

Филизи мъхове висяха от брадичката на Водник, преплели се в космите на рошавата му зелена брада. Вода се стичаше от водораслите, покрили създанието. Старецът с ципести ръце се бореше, а тялото му, покрито с черни люспи, се поклащаше над пътеката, в схватката на Дива.

– Спри да мърдаш! – Дива се втренчи в съществото и го разтърси.

Старецът дръпна назад дългите си заострени уши и изсъска, оголвайки остри зъби в широката си уста. Другите слизести същества офейкаха по дърветата, където сияещите им очи светеха от хралупите. Сякаш погребална песен от съскащи гласове поде писъците на Водник.

Тео се измъкна от тинята с много шум. Полувтвърдената маса, която го държеше като в капан, бавно се разтвори, изпълвайки дупката, която бе останала след него.

– Каква е тази кал? – той продължаваше да чисти доколкото може остатъка от калта, напоила дрехите му.

– Удушаваща вода – изсъска създанието. – Престъпиш ли нашите земи, аз те удавям и ти взимам душата. Съхранявам я в чаша, за да ме направи могъщ.

Няколко водни изплуваха от една хралупа и нервно заподскачаха наоколо.

Тео свали колчана си и надникна вътре:

– Сребърната ми стрела е изчезнала! Тези същества са я откраднали.

С една ръка, обвита около кръста на Водник, Дива тръгна към старото дърво. Съществата започнаха да пищят и изчезнаха. Тя бръкна вътре, но веднага издърпа ръката си:

– О, драскат като диви котки, – и тя се върна при Тео и разтърси Водник. – Кажи им да ни върнат стрелата.

– Не, не, не! Моя е. Няма душа. Ще задържа стрелата. Заменям я само за душа! – Водник злобно огледа Бу. – Взимам птицата, ако не мога да получа друг.

Дива разтърси създанието още повече:

– Няма да получиш нито една душа! Това не го ли вдяна?

– Мое! Искам блестящото! – Водник посочи главата на Дива.

– Искаш косата ми? – извика недоумяващо тя.

– О, не, не, не. Блясък в косата. Мое е! – Съществото хвана шнолата със смарагдовозеления еделвайс.

Дива свали бижуто със свободната си ръка и я размаха пред Водник:

– Това ли искаш?

– Мое е! – Старецът се извъртя, опитвайки се да я отскубне от ръцете на момичето. – Дай ми го!

Дива погледна Водник:

– Върни ни стрелата.

– Няма да върна стрелата. Разменям я за душа! – съществото нададе вой. – Пусни ме, хубава самодиво. Дай ми бляскавото нещо.

Припряното цвърчене отново започна да се засилва от вътрешната страна на хралупата.

Дива стисна Водника още по-силно:

– Не! Върни стрелата на моя приятел.

– Нямам стрела. Измамен съм. Нямам нищо. Лукавия я открадна. Той прави номера на непознати.

– Лукавия, казваш? – Дива го стисна още повече.

Тео протегна ръка:

– Я да видя дали мога да примамя Лукавия.

И като хвана твърдо шнолата Тео се приближи до хралупата и размаха бижуто пред създанията:

– Лукавия, излез! Виж тази чудна бляскавост!

Зелените очи примигнаха от хралупата. Изскочи една глава и Лукавия изпълзя от хралупата, а в юмрука си стискаше сребристата стрела.

– Върни я, Лукави, – и Тео протегна ръка.

– Мене, мене, мене, – създанието скочи върху Тео в опит да сграбчи шнолата.

Двамата се претърколиха по пътеката. Тео се извъртя и приклещи Лукавия върху полюшващия се мъх и изви назад пръстите на съществото. С учестено дишане той хвана стрелата и забърза към Дива:

– Сега на кого да дадем шнолата? На този или на Лукавия?

– На мене! Ти ми обеща! – старецът, когото Дива държеше, се изви и се протегна към бижуто.

– Не, на мене ,– изкрещя Лукавия от дървото.

– Никога нищо не сме обещали на никого от вас, – отсече Дива.
– Лукавия открадна стрелата от Тео.

– Лукавия я открадна от мене! Аз я искам!

– Не, моя е! – изпищя на свой ред Лукавия.

Дива отметна дивите си руси – та чак бели – къдрици, за да огледа по-добре страхливите същества:

– Ако ме ядосате, ще ви превърна всички вас, слузести същества, в червеи.

Без изключение блестящите зелени очи изчезнаха някъде навътре в дървото. Водата се завъртя като вихрушка и забълбука – съществата оживено започнаха да изчезват в блатото, докато не остана единствено плененият Водник.

– Можем да му дадем блестящото бижу, след като си върнах стрелата, – и Тео задържа шнолата пред очите на Водник.

– Не. Той нищо няма да получи, понеже краде. – Дива бутна ръката на Тео и се загледа в създанието със студени, непоколебими очи. – Ти открадна стрелата *и* се опита да убиеш моя приятел. Ако искаш бижуто, което блести, ни дължиш нещо. Кажи ни къде можем да намерим Джабалака.

Водникът примига няколко пъти:

– Защо търсите Господаря?

– Необходима ни е неговата помощ да се преборим с Ламята, – каза Дива.

Треперейки като лист, създанието бавно придоби вече морав цвят:

– Не мога да ви помогна. Господарят ще ме убие. Ламята ще ме изгори на чипс, – и той се замята във въздуха, за да избяга. – Пуснете ме!

– Не, докато не кажеш, че ще ни помогнеш, – Дива го разтърси на всяка дума.

– Боли ме! – Водник одра Дива по ръката. – Ще помогна! Ще помогна!

Тя го стисна още по-силно:

– И без номера!

– Не, не, не. Аз искам блестящото нещо.

Тя го пусна и той с подскоци – като жаба – влезе в хралупата на дървото. Оттам се чу шепот и шумолене. Миг по-късно старецът се върна, главата му бе ниско наведена.

– Съгласни сме. Следвайте ме. Аз ще ви отведа при Господаря. Не ме винете мене, ако той ви изяде – просто не търпи компания около себе си.

Глава 7
Страхливецът жабочовек

Водник скачаше от клон на клон с уменията на маймуна, докато ги водеше все по-навътре в блатистата местност. Голи клони на дървета се простираха надолу като ръце на скелет. Миризмата на разлагаща се растителност се засили. Сред непрестанното бръмчене на насекоми и граченето на птици навсякъде църцореше или бълбукаше вода в тези изобилващи с чудовища мочурища. Единствено светлината на очите на Водник ги водеше в тъмнината.

С Бу на рамо Тео хвана ръката на Дива, за да не падне върху корените, промушващи се през мъхнатия път. Точно когато Тео се почуди още колко трябва да вървят, Водник скочи върху клон на дърво, което приличаше на разярена мечка.

– Господарят живее тук, – каза създанието. – Дайте ми наградата.

– Още не. – Дива обиколи покритото с мъх дърво. – Не виждам врата.

– Това е къщата на Господаря. Вратата е там.

Тео се приближи и започна да дращи върху ствола на дървото, докато не се разкри дървена рамка.

– Виждате ли? Врата. – Създанието скочи от клона и се приземи в краката на Тео. Изпъна ръка: – Моята награда.

Дива поклати глава в знак на съгласие:

– Ще спазим обещанието си. Ето ти наградата.

Старецът извади един от острите си нокти и грабна шнолата през закопчалката – все едно я наниза на шиш за дюнер, оставяйки тънка следа кръв върху дланта на Тео.

– Ох! – Тео продължи да гледа Водник, докато странното създание не изчезна в сенките, и после почука на вратата. – Не чувам никого.

– Нека аз да опитам. – Дива захлопа по вратата.

Бухал, кацнал върху сух клон, избуха веднъж и отлетя.

– Ще го изплашиш, – каза Тео.

– Джабалака, пусни ни да влезем, – извика Дива. – Знам, че си там.

– Не сте дошли да ме заведете при ... *нея*, нали? – извика писклив, но и трепетещ глас отвътре.

– Коя е *тя*? – Тео попита Дива.

– Сигурно Ламята. – Дива отново удари вратата с юмруци. – Пусни ни да влезем!

Мълчание. След миг Джабалака проговори с тих гласец: – Как минахте покрай водните?

– Стига приказки. – Следващото блъскане на Дива образува малка пукнатина на дървото.

– Не ми руши къщата.

Пантите изскърцаха и вратата се отвори – малкият процеп позволи на ивица светлина да пропълзи в мрака.

– Кои сте вие? Наистина ли *тя* не ви е изпратила? – Дрезгавият глас на Джабалака все още показваше съмнение.

– Не, не ни е изпратила тя, – каза Тео и се представи: – Аз съм Тео, а това е Дива. Необходима ни е твоята помощ. Моля, пусни ни да влезем.

– Елате утре. Късно е и съм уморен.

Изгърмя гръмотевица и червеникаво-оранжева светлина освети блатото. Свистяща хала огъна дърветата; сухите клони започнаха да пукат, а по-малките от тях бяха понесени от вихъра във всевъзможни посоки. С викове и писъци съществата се втурнаха да намерят убежище в дупки и хралупи. Мигащите светлинки изчезнаха, погребвайки мястото в непрогледен мрак.

Тео се сви до вратата в зловещата тишина. Отново се появи тихото ръмжене, което лека-полека започна да се усилва.

– Лямята! – ахна Джабалака. – Някой я е разгневил. Бързо, влезте, преди да ме е намерила!

В мига, в който вратата на къщата на Джабалака се отвори още малко, Тео се хвърли под ниската рамка и влезе напреки, последван от Дива. Джабалака тресна вратата зад тях.

В стаичката нашарени с пепел тухли оформяха камина, заобиколена от лавици, вградени в стената. Книги бяха нахвърляни и по пода, купчина имаше и на масата, където светлина, хвърляна от маслена лампа, освети лицата им. Затъмнен коридор се извиваше на една страна. Един-единствен стол до масата украсяваше стаята. Немислимо беше други предмети или мебели да се добавят в това ограничено пространство.

Тео се обърна да благодари на своя „страшен" домакин. Въпреки страха си дори почти се засмя. Не повече от 40 см на ръст и почти идеално кръгъл, Джабалака приличаше на добре облечена топка лой. Ходеше с помощта на жабешките си крайници, лепнати за долната част на това, което би могло в друг мащаб да се нарече туловище. Жълти очи изпъкваха от набръчканото му зелено лице, а от върха на главата му се спускаше кичур червеникаво-руса четина.

Джабалака скочи на стола и махна с кривите си ръце, които започваха от там, откъде обикновено се намира вратът. Гласът му трепереше, докато говореше:

– Ако не сте пратеници на Ламята, защо сте тук?

– Косара ни изпрати, – отвърна спокойно Дива.

– Надяваме се да имате отговори, – добави живо Тео.

– Отговори на какво? – Човекът жаба подръпна папийонката си с трите си дундести пръста на едната ръка и придърпа тирантите, които държаха панталоните му от червено кадифе.

Тео сви рамене:

– Предполагам, че тя имаше предвид ти да ми кажеш защо аз трябва да победя Ламята.

Джабалака скочи от стола и се скри зад масата, свивайки се възможно най-далеч от гостите си. Той махна с пръсти пред лицето си:

– Ох, ох, ох! Вече изгубих всичко и Ламята ме превърна в… *това* чудовище. Ако научи, че съм помогнал на някого, ще ме измъчва така, както е измъчвала баща ми.

Тео коленичи пред Джабалака:

– Трябва да знам това, което ти знаеш, за да мога да я победя. Моля те, помогни ни.

– Защо е толкова важно за теб? – Човекът жаба се покри под стола. – Мога да разбера защо самодивата иска да се отърве от Ламята – заради това, което драконът е сторил на сестрите й. Но ти? Изобщо живееш ли в Змейково?

Тео се задави в думите си, докато говореше за отвличането на сестра си; разказа историите, които старата вещица му бе споделила и завърши с това как се бе озовал в Змейково.

– Не ни прогонвай. Моля те.

– Откъде каза, че си? – прошепна Джабалака.

– От Влас.

– Ох, ох, ох, – Джабалака скръсти ръце, после ги отпусна, след това започна да тактува нервно с пръсти. – Искам единствено да живея в мир и да си чета книгите. Достатъчно са ми бедите от този дракон.

Дива прочисти гърлото си:

– Ако победим Ламята, ще можеш да се върнеш към стария си живот и няма да трябва да изглеждаш в този си вид.

Тялото на Джабалака потрепери:

– Колкото и да мразя този си вид, поне съм жив. Няма да имам живот, към който да се върна, ако ви помогна.

– Моля те, – Тео наведе лицето си към Джабалака. – Помисли за всички останали, които страдат заради Ламята. Моята сестра. Всички хора от Змейково. Децата, които Ламята е откраднала от моя свят. Можеш да помогнеш на толкова хора.

– Освен това, – уверено добави Дива, – искаш да не се покориш на Косара ли? Тя очаква да ни помогнеш.

– Нашата любима жрица? – Джабалака повдигна очи. – Не, не, не, нито дори за нея.

– Можеш ли поне да ми кажеш какво означава „нероден герой“? – попита Тео.

– Какво? – прошепна човекът жаба. – Защо ти е да знаеш?

– Това е... моят медальон жигоса това на гърдите ми, когато Косара ме докосна. – И той повдигна ризата си и показа белега.

– Ти? – Джабалака зяпна от почуда. – Ох, ох, ох. Не е момичето? Какво е сторил драконът? – измърмори той.

Тео се втренчи още по-близо:

– Какво искаш да кажеш?

– Ох, ох, ох, каква загадка! – Джабалака изпълзя от скривалището си. – Боя се, че всичко е изгубено, но ще направя каквото мога. Библията на Ламята съдържа информацията, от която се нуждаете.

– Библията на Ламята? – Дива повиши глас. – Мислех, че е изгубена още преди двеста години.

– Различни пазители са я криели. – Джабалака тръгна с патешка походка към една лавица от библиотеката и с лекота извади черна, покрита с люспи книга, макар че дебелият том правеше човека жаба да изглежда като джудже.

Тео се приближи. Това беше книгата, която бе видял във видението си във вира при дървото на Знахаря.

– Само от корицата тръпки да те полазят! – набързо заключи момчето.

– Така е. – Джабалака със скок се върна на стола си, отвори книгата и хвана парче от счупена лупа от масата. – Ламята е убила майка си и е използвала кожата ѝ за корицата – като магическа защита.

Тео потрепери, но Дива протегна ръка, за да докосне книгата.

– Внимавай. – Джабалака придърпа тома към себе си. – Смята се, че причинява бедствие или заболяване на всеки, който я допре.

– Тогава ти защо я докосваш? – недоверчиво сбърчи вежди Тео.

– Аз съм пазител на тайните, така че съм защитен. – И Джабалака постави отворената книга върху кекавите си крака.

Очите на Дива се движеха напред-назад на всяка страница, която Джабалака отгръщаше.

– И как стана пазител? – попита Тео.

– Всичко е започнало през Средновековието. Един от моите прадеди е сключил договор с Ламята, за да се сдобие с власт. – Джабалака прелисти няколко страници. – Тя е искала цялото знание от Змейково – от началото на времето. Моят кръвен роднина е убил или измъчвал магическите същества в Змейково и е откраднал тайните им, записвайки ги в тази книга и е обещал да предаде книгата – и властта – на следващото поколение. В замяна Ламята му е дала възможност да стане магьосник.

– Сигурно и тя е имала тайни. – Тео се надяваше, че Косара го е пратила тук, защото книгата съдържа нещо, което ще му помогне да победи Ламята. – Тя определено не би му доверила тази информация.

– Не, никога не е вярвала на никого. За щастие той е знаел, че тя трябва да притежава физически книгата, за да използва силата й, затова я е скрил с магия. – Джабалака направи пауза. – Тя го е преследвала, хвърлила го е в затвора и накрая го е убила, като го е стиснала между две плочи с пирони, но никога не е успяла да намери книгата.

– И така тя се озова при тебе ли? – попита Тео.

Джабалака въздъхна:

– Когато един пазител умре, силата и знанието му се предават на най-големия му син. Ето защо… Трябва да живея, за да защитя сина си, който в момента се крие.

– Синът ти? – Тео покри устата си, за да заглуши надигащия се в него смях. Представи си попова лъжичка, която описва тайни в *Библията на Ламята*.

Джабалака прочисти гърлото си и строго погледна Тео:

– Това е жива книга, затова всеки пазител вписва историята и тайните на Змейково.

Дива надникна над рамото на Джабалака:

– А ти писал ли си в книгата?

– Да, писах за Ламята – потръпна той. – Баща ми никога не ми каза, че тя може да разбере какво е написал всеки пазител. Гневът й не закъсня. Тя ме превърна в това зловещо същество и каза, че извърши още по-големи злини, ако кажа на някого.

– Няма ли да те убие, за да не разкриеш някоя от тайните й? – попита Тео.

– Изчаква… – Джабалака се вгледа в Тео с жълтите си изпъкнали очи, а след това се отърси от погледа му.

– Не може ли да те намери, ако книгата е при тебе? – попита Тео.

– Само ако пиша в нея. – Джабалака прелисти няколко страници, които показваха заплетени рисунки на същества, които живееха в Змейково, включително цветна илюстрация на Ламята – на цяла страница.

– Какво толкова си написал, че тя е толкова ядосана? – и Дива се приведе още по-близо.

Мълчание изпълни стаята. Джабалака избърса вежди и прошепна:

– Къде да намерим една от душите й.

Тео примига бързо:

– Тя има душа? И то повече от една?

– Всъщност три. – Джабалака се сви още по-назад в стола си, като не спираше да се взира във вратата. – Тя ги е скрила от всички. Дори нейният другар не знае къде да ги намери.

– Ами ти? – Тео се протегна, за да докосне страницата, но изгаряща топлина обгори пръстите му.

Джабалака го плесна през ръката:

– Предупредих те. Това не е игра. Книгата е опасна. Тя съдържа силата на светлината и тъмнината, като битката между Ламята и Змея.

– Извинявам се, – и Тео скръсти ръце. – Къде е душата на Ламята?

– Търпение. Ще стигна и до там. Най-напред трябва да знаете други неща. – Той прочете на себе си съдържанието на една страница, прелисти още няколко и отново спря. – Хм, ето нещо: Ламята живее в замък на върха на Черната планина. Има три души. Убиването на първата душа ще ослепи една от драконовите й глави. Когато…

– Драконови глави? – Тео потърка челото си. – Че какви други глави би имала?

Преди Джабалака да успее да отговори, Дива се намеси:

– Драконите могат да променят формата си – и например да приемат човешки вид.

– О-о-о, – Тео беше забравил, че старата вещица му го беше казала. Не беше сигурен дали тази новина е добра или лоша, но може да е по-лесно да се победи човек, а не дракон.

– Мога ли да продължа да чета? – Джабалака припряно потупа с лупата по страницата.

– Извинявай, – тихо каза Тео.

– Както казах: когато втората душа умре, още една драконова глава ослепява. След като третата душа е унищожена, две очи от нейната последна и най-мощна драконова глава ослепяват. Само един може да я убие – нероденият герой.

– Нероденият герой? – Тео притисна ризата си, където беше татуировката с тези думи. – Като моята татуировка ли? Какво означава това?

Гласът на Джабалака омекна.

– Това е дете, което все още не е родено, но чиято съдба е предопределена да постигне велики дела.

Тео седна на пода и подпря челото си с длани, а домакинът жаба с монотонен глас продължи да чете от книгата. Велики дела? Той – едно хлапе? Тези пророчества са написани за него още преди да се е родил! Та той не беше никакъв герой.

Джабалака го подритна:

– Слушаш ли?

– Извинявай. Ще повториш ли последното, което каза? – попита Тео.

– Съсредоточи се! – Джабалака върна една страница и зачете. – Една от душите на Ламята е положена в яйце, охранявано от древния женски лешояд Леш, който живее близо до Гората на душите. Унищожиш ли яйцето, ще разбереш къде да намериш следващата ѝ душа.

Тео се почеса по главата:

– Защо Ламята ще подскаже как да намерим душите й?

Джабалака се намръщи:

– Нищо ли не чу от това, което прочетох? Нека да намеря предходния текст.

Човекът жаба върна още няколко страници назад. В стаята зажужа муха и той изстреля дългия си език и залови насекомото. Тео покри устата си – този път го хвана гнус.

Джабалака продължи:

– Ето го: Дори камъните и почвата на Змейково са магически, пропити със сила, по-голяма и по-силна от самата Ламя. Природата се опитва да се възстанови в чисто състояние. Когато мощта на Ламята бъде разбита, част от магията на дракона ще се просмуче в почвата. Природата я събира в утробата си и я връща като следа. – Джабалака въздъхна. – Змейково е било земя, наситена със зеленина. Птичи песни са огласявали въздуха, а водата е била кристално чиста и сладка. Всички са живеели в мир. След като Ламята изгори земята ни, природата покри раните си с мъх и зачака онзи, който ще я изцели и възстанови.

Тео надникна в книгата:

– Само толкова ли? Не казва ли нищо повече как да победим лешояда или Ламята?

– Чакай малко. – Джабалака прелисти няколко страници. – Ето още малко текст: „След като Ламята е ослепена, нероденият герой ще я победи със сребърна стрела и ще освободи Змейково“. Това е всичко, което имам. Ако ти си този герой, сега всичко зависи от тебе.

Дива се усмихна и прошепна:

– Носиш медальона на неродения герой *и* сребърната стрела.

– Как ...? – запелтечи Тео. Защо той – едно обикновено момче, което си живееше обикновен живот. Как може той да спаси всички?

Медальонът принадлежеше на баща му, а самодивите бяха дали стрелата на старата вещица. Думите първоначално трябва да са били написани за баща му. Трябваше ли той да поеме това, което баща му никога не успя да свърши? Тео се приближи до огнището и се облегна на стената.

Меки стъпки го последваха.

– Добре ли си? – попита Дива.

– Не знам – Тео се обърна. – Защо не ми разказа за медальона?

– Първоначално не бях сигурна – Дива се наведе към стената и съвсем го доближи. – Исках да попитам Бендида, но… нея я няма. Вярвам на Косара. Тя носи мъдрост във всяка своя дума. Освен това ти превърна кобрата в красив лък. Трябва да си някакъв герой.

– Как така? Едва успявам да изстрелям стрела от лък. – Тео потупа крака си и разклати библиотеката. Няколко тома паднаха на пода.

Дива посочи към Джабалака, който ги погледна навъсено.

– След като Ламята докара цялото това унищожение, се надявах, че поне легендата за героя е вярна. И тогава се появи ти – дребно кокалесто човешко същество, което носи медальона и размахва стрела срещу една харпия.

Тео сниши гласа си, стомахът му е беше свил:

– Мислиш ли, че наистина съм герой?

– Легендата си е легенда, а героите често са най-малко подходящите кандидати. – Дива се усмихна. – Освен това приказката се е пренасяла в продължение на векове, по-дълго и от времето, в което сестрите ми са живи, а те са доста стари.

– Искаш да кажеш на двадесет или тридесет години?

– Не, по-скоро на *стотици* години. – Дива изсумтя. – И са *млади* в сравнение с другите.

Тео се отдръпна назад:

– Ами ти? Мислех, че си на моята възраст.

– Така е. – Тя побутна настрани кичур коса от лицето си.

– Аз… не знам дали мога да го направя. – Тео отново зарови лице в ръцете си.

Дива ги избута и вдигна брадичката му:

– Спомни си какво каза Косара. Имаш приятели, които да ти помогнат. Не е нужно да го правиш сам. Хайде да поспим. Утре ни чака дълъг ден – ще тръгнем към Гората на душите, за да намерим Леш и първата душа.

Тео въздъхна и вдигна книгите от пода. Бу се приближи до него. Едно досадно чувство му казваше, че се прави на глупак. Легендите и пророчествата често грешаха. Дива нямаше нужда от него. Никога не е пропускала целта. Защо не можеше тя да застреля Ламята?

Глава 8
Странна къща в гората

Един крак леко подритна Тео и го събуди:

– Време е да ставаш, поспаланко, – прошепна Дива.

– Не мога да повярвам, че съм успял да заспя. Толкова неща занимават ума ми… – Момчето се прозя и се почеса по бузата, докато се изправяше на крака.

Тео прекара половин нощ въртейки се и обмисляйки щурите неща, които Джабалака каза, както и ужасяващите неща, които вероятно се налагаше да направи. Как щяха да намерят лешояда Леш и да унищожат една душа? А после още две души – само за да отслабне силата на Ламята?

Трябваше да преглътне страха си и да се опита да бъде героят, който трябваше да бъде. Може би това е единственият начин да спаси Ния. Тя сигурно е ужасена, защото вече цели три дни е в лапите на Ламята. И дали Ния е още жива? Тео изскърца със зъби. Трябва да е жива. Той *щеше* да я спаси.

– Бих искала да остана, но трябва да тръгваме, – въздъхна Дива, докато разглеждаше всички книги.

Тео се съгласи.

– Къде е Джабалака? Искам да му кажа довиждане и да му благодаря.

– По-добре е да го оставиш да спи. Цяла нощ остана буден, за да вари блатна вода и да я прецежда от мръсотията, за да можем ние, особено ти, да изплакнем дрехите си от калта.

Тео помириса втвърдената си риза. Тинята от блатото бе засъхнала върху дрехите му и в косата му.

– Джабалака ми спомена, че може да живее в блато, но не иска воня вътре в къщата си. – Тя посочи бъчва, пълна с чиста вода. – Измий си косата и преплакни дрехите си, но ще трябва да ги носиш мокри. Дълъг път ни чака, ако искаме да стигнем до Гората на душите преди залез. – И тя сграбчи торбата си и стегна въженцето. – Джабалака остави малко храна на масата. Вземи я, като свършиш с къпането и прането; ще ядеш по пътя. С Бу ще те чакаме отвън.

Тео изпра и изстиска дрехите си. Уморен, но чист, остави на Джабалака бележка, в която му благодари. След това се приведе и излезе от къщата.

Дива скочи от корена на дървото, върху който седеше, и погледна към вратата:

– Той все още ли спи?

– Да, – поклати глава Тео.

– Добре, да тръгваме. – Тя пое по път, различен от този, по който бяха дошли. – Това е пътят, за който Джабалака каза, че ще ни отведе до Гората на душите.

– Кра-а-а, кра-а-а, – изграчи Бу и заподскача около Тео.

– Дива, чакай. – Тео сложи Бу на рамото си, където свраката се притисна още по-близо и заграчи тихо. – Ти не каза ли, че крилото на Бу бързо ще зарасне? Защо още не лети?

Тя се върна и внимателно разтвори крилото на свраката – усети точно къде кобрата го бе ухапала.

– Изглежда и на пипане се усеща здраво. Може би някой просто иска безплатен транспорт. – И тя отново тръгна по пътеката. – Побързай!.

Тео вървеше до Дива без да обели и дума. Тревожни мисли бяха ангажирали ума му – за Ния и за всичко, което Джабалака бе казал. Ако едва успяваше стрела да хвърли, как щеше да победи Ламята?

След като излязоха от Студеното блато, вървяха по тесен път, който се спускаше към друга гора. Тео ускори крачка и заобиколи едни черни кристали, пръснати по пътя, като си спомни как златните се бяха превърнали в змии във вира до Знахарското дърво. Кой знае сега черните какво са всъщност? Малки кобри?

Мъглявото небе съвсем притъмня от придошлите облаци. Лек повей охлади въздуха и го изпълни с мелодичен звън.

– Дива, някой свири. А дърветата блестят. – Тео изтича до края на гората. – Леле, че красиво!

Вместо листа клоните имаха малки камбанки. Той докосна един клон и множество медни звънчета зазвъняха нежно.

Дива го дръпна назад:

– Това е Гората на шепнещите камбани, – дръпна го Дива назад. – Трябва да намерим начин да я заобиколим. Една вещица живее наблизо.

– Колко време ще ни отнеме? – позволи си той да поспори. – Ако се бавим прекалено дълго, Ния може и да умре.

– Ще се наложи да се върнем до Знахарското дърво, после да заобиколим езерото близо до замъка. – Дива за миг затвори очи. – И да заобиколим още няколко опасни места.

– По-бързо ли е да минем през гората?

– Да, – отвърна тя.

– Трябва да опитаме. Коя е тази вещица?

– Баба Яга.

– О, не! – Тръпки сякаш хиляди паяци пропълзяха по гърба на Тео. Стисна очи и обви гърдите си с ръце, за да не се разтрепери. – Майка ми ми е разказвала истории за нея и за двете й изгубени деца и как тя… тя…

– Ги е изяла ли? – довърши Дива.

– Да, – Тео поклати глава и отвори очи. – Но понякога и помага на децата, ако й направиш услуга. Имам нужда от всичката възможна помощ, за да спася Ния.

– Не знам, – намръщи се Дива. – Тя ще те измами. Сестра ми добри думи казваше за нея, но…

– Моля те, трябва да опитаме. Всичко, което имам, е лък и стрела, с които дори не мога да стрелям.

– Това е лоша идея, Тео, но искам да видя дали тя ще върне дълга, който има към сестра ми. – Дива тръгна по пътеката в гората, а Тео я последва.

Полюшващи се клони продължиха своята мелодията от камбанки, докато двамата вървяха напред; гората не се изпълни със звън от хиляди преплетени мелодии, превръщайки се в нежна приспивна песен. Звукът не успокои Тео: у дома имаше кошмари след като бе чул историите за Баба Яга.

Гората оредя и се разкри дъбрава, оградена от ограда. Тео се вгледа по-внимателно. Гадост! Вместо дъски ламелите на портата бяха кости от човешки крака, преплетени с костеливи ръце. Заключващият механизъм на вратата представляваше уста с остри зъби. А най-лошото от всичко… Тео ахна и затаи дъх. Човешки черепи с блестящи очи бяха накацали върху върховете на стълбовете по целия периметър на оградата.

Едно пронизително „кра-а-а" прекъсна успокояващата песен. Тео откъсна очи от костеливата ограда:

– Що за ужасен шум? Звучи по-зле и от граченето на Бу.

– Това е къщата на вещицата.

– А? – Тео погледна към пустата дъбрава. – Не виждам…

Дървена колиба с цвят на аметист, държаща се на два пилешки крака, изникна пред него и прескочи оградата. Кра-а-а.

– … къща, – тежко преглътна Тео.

Колибата тичаше в кръг, а летяща лилава котка я гонеше. Котката с крила като на прилеп и с дълга опашка с пера по самия й край, заплашително мяукаше. Ноктите й се разпериха и прибраха, сякаш имаха намерение да разкъсат къщата на парчета.

– Ррррау, – лилавата котка пикира съвсем близо до Бу.

– Кра-а-а! – изграчи Бу и профуча настрани – от рамото на Тео към ново скривалище – един храсталак край оградата.

Задуха поривист вятър и зъбите на черепа затракаха. На фона на цялата бъркотия се чу един писклив глас:

 – Маци-писи, глупава котка, не плаши нашите вкусни… Искам да кажа гости приятели.

Вещицата се рееше над главите им в дървен хаван, използвайки гигантско чукало, което й служеше за гребло. С глухо тупване тя се приземи пред Тео и Дива. Топка сплъстена побеляла коса се криеше под синьо-лилавия шал, завързан като пиратска кърпа над главата й. Тя отметна заплетения парцал с дръжка настрани, а усмивката й се разнесе върху набръчканото й лице, покрито със зелени и лилави петна.

– Добре дошли, деца. – Тя изскочи от хавана и изправи прегърбения си гръб… доколкото успя.

Котката бавно се приближи до нея и се отърка в глезените й. След като остави чукалото при портата Баба Яга грабна котката от земята и после вдигна дългия си гърбав нос във въздуха и подуши около Тео.

– Най-странното дете, което някога съм подушвала… виж, Мацо, нали? – измърмори тя. – Не съм сигурна дали ще е добър на вкус… Ей, дръж се прилично в моя дом!

Тео отстъпи. Вещицата се облегна на оградата от кости и черепи:

– Е, какво ще кажете за себе си? Защо позвънихте на звънеца на моята вратата?

Тео излезе от замаяността си.

– Звънеца на Вашата врата? Когато къщата Ви се движи наоколо, как може ние да сме натиснали звънеца?

– О, хо-хо. – Вещицата заподскача от крак на крак. – Имах предвид камбанките в гората. От километри чух, че пеят.

Котката се извъртя и избяга от хватката на вещицата и се отдалечи, за да преследва отново къщата.

– Котката ми обожава да тормози къщата ми, – обясни Яга и замахна с оредялата метла към летящата котка, но не я уцели. – Маци, иди гони прилепи и мишки! Остави къщата на мира. Как мога да поканя гостите си да влязат, ако продължаваш да мъчиш бедната къщурка? – И Яга замахна с метлата в праха; помете боклука наоколо. – Сигурно умирате от глад. Обичам деца за обяд… или за закуска… или на всяко хранене.

– Извинявай, – Тео изправи раменете си и се приближи към Дива. – Не искам да бъда изяден.

– Изяден? – Вещицата сложи ръка върху сърцето си. – Не, не. Хи-хи. Това е гаден слух, който всички разказват за горката Баба Яга.

Дива изсумтя. Баба Яга заобиколи Тео и притисна гърбавия си нос досами бузата му и още веднъж го подуши. Гнусният й дъх го накара да му се догади.

– Прекалено мършав и блед си, за да бъдеш изяден. Кой или какво си?

– Казвам се Тео, а това е моята приятелка Дива.

Баба Яга хвана няколко кичура от косата на Дива, после ги пусна да паднат.

– Какъв срам! Сега не мога да те изям, нали? Сестрите ти ми бяха приятелки… преди Ламята да ги плени.

Дива се втренчи в очите на Баба Яга.

– Тук сме, защото имате дълг към сестра ми.

– Към нея, а не към тебе. – Вещицата отвърна на погледа, после сви рамене. – Ами влезте вътре и ми кажете какво искате.

И тя отвори портата и им помаха да я последват. Дълга черна опашка с пера разлюля високата трева. Баба Яга промуши костеливите си пръсти през храстите:

– Изгубих старата врана. Тази може да я замести.

– Не! – Тео я избута. – Той е мой приятел, а и не е врана. Сврака е.

– Все тая! – Вещицата се намуси и тръгна към колибата. Постави крак на най-долното стъпало, но пилешките крака отскочиха назад и се завъртяха. – Глупава къща, спри да танцуваш!

Колибата заби ноктите си в почвата, но обърна гръб на всички. Баба Яга започна да нарежда странни думи като песнопение и къщата се завъртя. С всяка крачка, която правеше, колибата скърцаше, сякаш беше измъчвана. Тео се сви и закри ушите си. Най-накрая вратата застана срещу тях. Прозорците приличаха на очи с кръвнишки поглед, а входът се движеше, сякаш се опитваше да говори.

Баба Яга изкатери скрибуцащите дървени стълби и отвори вратата.

– Късно стана. Не можете да си тръгнете, докато аз не ви позволя, затова влизайте вътре.

Тео я последва върху треперещите стъпала. Какво се казваше в историите за Баба Яга, ако вещицата те покани в къщата си? Трябва да я убеди, че не го е уплашила и че знае как да преговаря с нея. И също така трябва да изпълнява всяка задача, която му възложи. Той обърна глава, за да се увери, че Дива е зад него. Горещ, лепкав въздух от каменно огнище, стелещ се от единия край на колибата до другия, го удари в лицето, когато влезе вътре. Момчето неволно насочи носа си към миризмата на разложено, носеща се от парата на бълбукащ чайник, окачен на желязна верига. Като се вгледа по-отблизо, Тео се сви още повече: крака от големи паяци, зашити с мрежа, покриваха дъното на чайника. Те скочиха в тлеещата жарава и накараха гнусната течност да се разлее и съска, докато се стича по черните стени на съда.

Баба Яга грабна ръката на Тео с костеливите си пръсти и го завъртя, за да застане пред лицето й:

– Как да ти помогна?

– Аз…, – и той изви ръката си, за да се освободи.

– Надушвам страха ти, – заяви вещицата, докато душеше из въздуха.

– Как можете да помиришете нещо при вонята, която се носи от гозбата Ви? – отстъпи Тео.

– Какво искаш? Не се разхождаш ей-така с пъстрия си лък. – Баба Яга се протегна, за да докосне златната змия върху лъка. Змията изсъска; раздвоеният й език перна черното дърво.

– Магия. – Очите на Баба Яга заблестяха. – Със сигурност не е на добре. Винаги съм харесвала пакостниците.

Тео завря ръка в джоба си, върховете на пръстите му докоснаха златната люспа на Ламята.

– Какво криеш там? – Баба Яга извади ръката му и разкри съкровището му. Веднага го грабна от него.

– Върнете ми го! – Тео се протегна, за да си го вземе. – Не можете да го вземете.

Баба Яга подуши люспата:

– Това е на Ламята, така че за нищо не става. – И вещицата му я върна и се почеса по главата. – Откъде се сдоби с нея?

Тялото му трепереше, докато мушкаше люспата в джоба си. Може да е смел и да остави вещицата да си мисли… че не го ужасява.

– Тя… – Гласът му започна да става писклив. Докато преглъщаше страха си, реши да направи втори опит – като сега вече се вгледа във вещицата. – Ламята изгуби тази люспа, когато отвлече сестра ми.

– Драконът краде много деца, за да ги принася в жертва. – Баба Яга се намръщи. – Тя е жестоко чудовище, което обича да пие кръв. Така или иначе момичето най-вероятно вече е мъртво.

– Не е вярно! – изкрещя Тео, опитвайки се да убеди повече себе си отколкото вещицата. – Трябва да я спася. Джабалака ни каза как да намерим… Ох!

– Шт! – Дива дръпна крака, с която бе изритала Тео.

– Хм. Искате да влезете в замъка, нали? – Вещицата се почеса по брадичката. – Ще ви кажа нещо. Чувствам се по-щедра отколкото гладна. Ще ви дам нещо, което ще ви помогне. – И тя закуцука към лавица с отвари и билки, порови зад бурканите и извади предмет, който бе опакован в малка торбичка. – Ето, – и подаде пакета на Тео.

Той взе торбичката и извади предмета. На дланта му лежеше 6-сантиметрова топлийка с червен камък вместо главичка. *Нищо особено.*

– Карфица? Как ще ми помогне да спася сестра си? – Начумери се момчето. – Мислех си, че ще ми дадете нещо като магическо оръжие.

Вещицата го прие като обида:

– Неблагодарник! Подаръкът си е подарък и трябва да се благодари за него. Освен това вече имаш вълшебен лък.

Тео наведе глава:

– Благодаря Ви.

– Никога не знаеш кога ще загазиш. – И Баба Яга се изкикоти, но спря, когато Тео не поде шегата. – Хм, повярвай ми. Тази карфица може да те вкара… или изкара от много тесни пространства. Ще ви трябва, ако сте в замъка.

Тео вдигна рамене, върна карфицата в кесийката и я сложи в джоба си – при златната люспа. Баба Яга се залепи досами момчето и доволно потри ръце:

– Сега искам нещо в замяна.

– Я, чакайте малко! Казахте, че това е подарък. – И Тео бръкна в джоба си и дръпна кесийката, за да я върне на вещицата. Торбичката не помръдна.

– Казах ти, че ще те измами, Тео, – натърти Дива, а после се обърна към вещицата. – Ами дългът, който имате към сестра ми?

– Когато се нуждае от услуга, може да ми поиска. Момчето все още ми дължи нещо. – Баба Яга потри ръце. – И знам точно какво искам. Жива вода, за да мога да остана вечно млада и красива. Не искам да ми казват „Баба Яга“.

Ако Тео не беше толкова уплашен, щеше да се засмее. *Баба.* Тя изглеждаше по-стара и от столетница. Старата вещица заподскача и се ухили, показвайки зелени венци и зъби като желязо.

– Хи-хи. Хо-хо. – Баба Яга почеса мръсната си коса и извади бълха, която размаза между ноктите си. Запъти се към един прашен рафт и взе голям метален буркан, който бутна в ръцете на Тео. – Напълни ми го с жива вода.

Дива бутна съдината:

– Не този размер. Малко бурканче.

Вещицата я погледна, но взе буркана и се върна с розов флакон с големината на човешки пръст.

Несигурен дали да приеме още нещо от вещицата, Тео погледна към Дива. Тя поклати глава в знак на съгласие и той взе флакона.

– Добре, радвам се, че се споразумяхме. – Баба Яга се приближи до бълбукащия бульон и отсипа няколко гнусни лъжици в една купа. И бучки от нещо-си. – Няма ли да ми правите компания – гъбки и жабешки бутчета?

Тео се запуши устата:

– Не, благодаря. Мирише ужасно!

– Добре, тогава можете да си вървите. – Баба Яга плесна с ръце. – Маци, красавице, тя ще ви изпрати.

Сякаш по команда виолетовата котка се изкачи по стъпалата и се отърка в глезените на Баба Яга, мъркайки нежно и размахвайки крила.

– Ах, красавице! – Баба Яга извади гърчеща се бяла мишка от дълбок джоб. Държеше я за опашката и я размяташе пред носа на котката. – Имам почерпка за теб, ако покажеш на нашите гости как да избягат… да си тръгнат.

Котката се спусна към гризача, глътна го целия, но изплю опашката. Размаха крила и отлетя през вратата. Вдигна високо глава, погледна назад, изплющя с опашката си и изчезна.

Дива затрополи надолу по стъпалата:

– Хайде, да тръгваме.

Тео побърза да излезе от колибата.

В близост до портата с костите дълго черно перо се бе закачило в храстите. Тео коленичи и разтвори плевелите, които миришеха също толкова отвратително, колкото и яхнията в къщата на Баба Яга.

– Шшт. – той погали свраката по перата. – Спокойно, вече си тръгваме.

Бу се обърна и измърка симфония от крякания. Долетя до рамото на Тео и потърка клюна си о врата му.

Баба Яга вдигна кокалест пръст във въздуха и извика зад тях:

– Не забравяй обещанието си иначе ще съжаляваш. Жадувам за детска плът, а не за жабешки бутчета.

Тео потрепери:

– Ще се върнем… с живата вода.

Кикот се изплъзна от устните на Дива.

– Какво е толкова смешно? – попита Тео.

– С малкото бурканче Баба Яга няма да може да направи това, което си мисля, че всъщност иска да направи с живата вода.

– Какво?

– Да поръсва труповете, за да ги съживява.

– Измами измамницата? – Момчето отново погледна към вещицата. Тя му помаха с метлата, а колибата вече се носеше във вихъра на танца. За пореден път.

Котката изръмжа. Летеше от клон на клон. Домашният любимец на вещицата слезе до оградата и изсъска.

Дива мина през портата:

– Да се махаме оттук. Котката става нетърпелива.

На ръба на имота на вещицата котката посочи с опашката си към сухото речно корито.

– Благодаря ти, Маци. – Дива махна за сбогом на крилатата котка, докато животното се отдалечаваше във въздуха. Момичето се приведе напред. – Да побързаме. За вещицата се знае, че преследва *посетителите* си, когато си тръгват – връща ги, за да ги убие.

– Защо би го направила, след като я уверих, че ще получи това, което иска.

– На настроения е. Никога не е добра идея да се доверяваш на вещица.

Глава 9
Неочакван посетител

Тео и Дива вървяха по сухото корито на реката, докато не се натъкнаха на порутена мелница. Избледнели и потрошени червени плочки лежаха по земята, оголвайки напълно изгорелите подпокривни греди. Водното колело беше издърпано от сградата, чиито ламели бяха изкривени или изобщо липсваха. Сажди покриваха каменните стени, редувайки тъмни със светли петна.

Бу влетя през вратата. Тео я отвори още по-широко – тя изскърца и мърсотия падна от касата. Той отърси праха от косата си и надникна вътре.

Бледа светлина влизаше през прозорците върху оскъдното обзавеждане: бъчви, счупени столове, обърната маса. Разхлопано на вид стълбище се виеше до таванско помещение. Чували зърно лежаха в безпорядък, някои пълни и вързани, а съдържанието на други бе разсипано по пода, сякаш собствениците са припряно са изоставили сградата. Бу започна да кълве разпръснатите семена.

– Определено това е подходящо място, където да прекараме нощта, – отбеляза Дива. – На сутринта можем да потърсим Гората на душите.

– Как ще я намерим? – поинтересува се Тео. – Знаеш ли къде сме сега?

– А-ха. – Дива повдигна вежди. – Имам си това, – и извади от торбичката си пожълтяла хартия и я разви.

– Карта? – Тео наведе лице към ръчно начертаната карта. – Интересно!

– Какво?

– Не съм знаел, че Змейково е остров с формата като дракон.

– Да, остров в едно безкрайно море. Родината ми е малка, но това е единствената вселена, която съм изследвала.

– Как се сдоби с картата?

– Взех я от *Библията на Ламята*.

– Защо? Чу какво каза Джабалака: това е опасна книга. Усетих топлината й, а дори не бях докоснал страницата. Нещо лошо може да ти се случи.

– Имам собствена магия, а и не почувствах нищо, когато се докоснах до нея. – Момичето върна картата в торбичката си. – Сестра ти е в опасност, както и моите. Нямаме голям избор. Трябва да знаем къде отиваме.

– Ти каза, че е рисковано аз да се доверя на вещица, но няма проблем ти да ни докараш неприятности с вълшебната карта, така ли?

– Не се тревожи толкова. Знам какво правя. – Дива изтърси празен чувал за зърно и го разстла на пода. – Рано е, но нека си починем. Не мисля, че ще успеем да стигнем до Гората на душите преди свечеряване. Можем да видим по кой път да тръгнем утре.

– Добре. – Тео имаше лошо предчувствие за картата, но се надяваше, че Дива е права. Тя разбираше магиите по-добре от него. – Тук е студеничко. Дали да не си накладем огън?

– Можем да се справим и без огън. Прекалено съм уморена. – Дива се прозя и затвори очи. – Снощи цяла нощ не съм спала – четох от книгите.

– Да се опитам ли аз да наклада огън? – попита той, но Дива вече дишаше дълбоко.

– Бу, искаш ли да ми правиш компания?

Свраката замахна с човката си към дървения под и продължи да кълве разсипаното зърно.

– Ще отида сам, – измърмори той. – Предполагам, че това да си герой означава да правиш нещата сам.

Тео остави наръч дърва до камината възможно най-тихо. Избърса мръсотията от ризата си и стана да събере мъх и малки пръчки за разпалки, но се върна при огнището. До стената бяха подредени купчинки сух мъх, клонки, парче кремък и нож. Момчето погледна към Дива – тя не беше помръднала. Дали някой наскоро не е палил огън или бившите собственици са оставили всичко така? Той докосна камъните най-близо до овъгленото дърво: бяха по-топли от останалите.

– Ди… – Не, нямаше да я буди. Щеше сам да провери мелницата.

Дебел слой прах покриваше стълбите. Значи нямаше никого на тавана. Огледа се зад стълбището. Белези от влачен по земята предмет ясно се очертаваха в пепелявата мърсотия – нещо е имало там. Може би животно. По пода нямаше отпечатъци с изключение на неговите и на Дива. Линии минаваха по праха, сякаш този някой се е опитвал да прикрие следите си. Някой определено е бил тук. Друга самодива, която се е спасила от гнева на Ламята? Щеше да чака, докато Дива не се събуди, за да огледа и тя наоколо.

Засега щеше да запали огън. Върна се при камината и направи гнездо от мъх по същия начин, по който Дива му бе показала. Неговият скелет от съчки определено не приличаше на нейния, но момчето се надяваше, че все пак ще му се получи. Наложи се няколко пъти да удари кремъка, преди да се получи искра. Духна върху пламъка в посока към мъха и подпалките и след малко лумна истински огън. Тео се усмихна, надявайки се Дива да се гордее с него, че е направил нещо както трябва.

Докато беше все още светло, той реши да се поупражнява и в стрелбата с лък. Сега бяха по-близо до намирането на лешояда… и душата на Ламята. Опипа с пръсти медальона си. Ако можеше да уцели мишена, към която се цели, щеше да има далеч по-голям шанс за успех. Със сигурност не можеше да забие топлийка в лешояда. Грабна лъка и колчана си и пое надолу по пътеката, но не толкова надалеч, че да не вижда мелницата, в случай че се върне последният й обитател.

Тео приближи до едно изсъхнало дърво и последва указанията на Дива. Едно, две, три, изстрел. Туп. Стрелата се заби там, където той се целеше. Направи няколко крачки назад и отново се опита. Усмихна се. Отново добре се получи.

– Хубав изстрел, – каза Дива зад него.

Той скочи и се обърна:

– Мислех, че спиш?

– Просто си почивах.

В гората няколко клона изпукаха и се чуха тежки стъпки.

– *Стой далеч от децата ми* – каза прегракнал глас.

– Чу ли… – започна Тео.

– Шшт. – Дива сложи пръст на устните си и протегна ръка, за да му направи знак да не се движи. Тя сложи стрела на тетивата на своя лък; Тео стори същото.

Кафява мечка вървеше тромаво по пътеката. Изправи се на задни лапи и изрева, а в същото време мяташе глава наляво-надясно.

– Тео, не мърдай, – каза Дива с нисък глас.

Две мечета изскочиха от гората и се започнаха да се въргалят – боричкаха се.

– Дива, не я убивай.

– Няма. Убивам само когато трябва. Дръж ги на прицел със стрелата си, а аз ще ги изплаша.

Дива остави лъка си и стрелата, разтърси непокорната си коса и сви рамене – заприлича на дива котка, готова да нападне. Грабна амулета си от нокти и пера, който носеше до хълбока си, наведе глава и затвори очи. С другата си ръка очерта спирала във въздуха. Торнадо от сребрист прах покри тялото й като гигантски пашкул.

Тео остана вцепенен, когато сребърната буря утихна. Пот се стичаше по носа му; студени тръпки минаха по тялото му. Той бързо премигна и потърка очи, но образът не се промени. Там, където преди миг стоеше Дива, сега стоеше присвит вълк с чисто бяла козина. Разкази се разказваха как самодивите могат да променят формата си – но това, което се случи, определено го ужаси. В тази си форма щеше ли да си спомни кой е той или щеше да го нападне?

Вълкът се прокрадна още по-близо, а той се отдръпна:

– Д-д-дива?

Тя се приближи достатъчно, за да оближе ръката му, сякаш да го успокои. После, наежен, вълкът се обърна и се запъти към ръмжащата мечка. Оголи зъби и слюнка започна да се стича от пастта му. И мечката на свой ред оголи зъби; падна на четири лапи и застана между вълка и малките си – побутна ги с носа си да се запътят към гората. Когато мечетата изчезнаха, мечката изрева още веднъж и също се скри в гората.

Вълкът се затича в кръг – като куче, което гони опашката си; и отново се появи същата сребриста вихрушка. Тео затвори очи и стисна лъка си. Не можеше да наблюдава в какво ще се превърне Дива сега.

– Тео? – тихо проговори Дива. – Не се бой.

Той отвори очи и отпусна хватката си. Тя се беше превърнала в момиче. Докато вървяха обратно към мелницата, той потръпна от мисълта, че Дива се бе превърна във вълк, но за пореден път го беше спасила. Без значение колко си мислеше, че може да я защитава – подобни мисли му се въртяха в главата, докато тя спеше, Дива винаги щеше да бъде по-силна – той е само човек; тя е самодива.

– Беше страхотна, Дива. Видяното беше невероятно. – Той избърса праха от една бъчва и седна отгоре. – Исках да ти кажа, че си мисля, че някой…

Камъчета изтрополиха навън, на пътеката, и Дива изчезна. Пронизителен писък се разнесе из въздуха, последван от мълчание. Бу изграчи и се скри зад камината. Тео скочи от бъчвата, за да провери къде е Дива, но замръзна на място, когато я видя да се връща и да вкарва в мелницата нечие тяло.

Той се втурна напред, втренчен в неподвижния човек върху дървения под.

– Павле! – Неговият приятел също беше успял жив и здрав да се добере до тук. Или вероятно беше добре досега. Тео коленичи и провери дали е ранен. Нямаше и една драскотина. Потупа го по лицето и леко го разтърси. – Какво му е? Защо не се събужда?

– Припадна.

Тео се отдалечи, довлече един непълен чувал зърно и го постави под главата на Павел. Седна до него и продължи да потупва лицето на приятеля си. Погледна към Дива:

– Какво стана? Мечката ли се върна?

– Не. Попитах го кой е и какво прави тук, – каза Дива. След като му казах, че съм самодива, той изпищя и каза, че не иска да бъде омагьосан. После колабира.

Тео отклони поглед от Дива, погледна Павел и после отново момичето. Покри устата си, за да потисне напушващия го смях:

– Предполагам, че най-сетне е повярвал, че ужасяващите истории за самодиви са верни.

– Хм. Не трябва да вярваш на всичко, което чуваш.

Тео наплиска лицето на Павел с малко вода.

– Не, спрете да ме целувате. – Клепачите му се отвориха.

– Не те целувам, – и Тео потупа Павел по рамото. – Аз съм.

– Тео? Какво… – Павел примигна бързо и потърка слепоочията си. – О, главата ми. Къде съм?

– В Змейково.

– Стига, бе! Май е възможно, а? Странни неща се случват тук. Съжалявам, че у дома не ти повярвах. – Павел се извърна към Тео и се набра на лакти, за да се изправи, но се отпусна на пода и покри ушите си. – Каква е тази ужасна врява?

– Бу, сврака. Тази, което беше и в Каменната гора, – каза Тео. – Уплаши го, когато изкрещя. Когато не грачи, той се крие или яде.

– Какво се е случило с мене? О, спомням си… – Павел трепереше, но сграбчи ръкава на Тео и прошепна: – Къде е тя? Тебе омагьоса ли те?

Дива подритна с крака си Павел по обувката:

– Не съм омагьосала никого, глупако.

Очите му сс ококориха и Павел погледна яркото й лице и изкрещя:

– Не!

Тео сложи ръката си върху устата на Павел:

– Спри! Тя не е…

– Глупави момчета! – Дива изрита вратата. – Излизам да събера още дърва за огрев. Ще се върна, когато тоя спре да врещи. Почва да ми се гади от такива писъци.

Тео вдигна ръката си от устата на Павел и му помогна да се изправи. И двамата седнаха върху преобърнати бъчви. Павел се хвана за главата:

– Кое е това момиче?

– Казва се Дива.

– Много е сръдлива, ама и доста красива. – Той се обърна, загледан в настъпващата тъмнина, сякаш уплашен, че отново ще я види, но в същото време и нетърпелив.

– Ти нали не обичаше момичета, – засмя се Тео. – Мисля, че тя в крайна сметка те омагьоса.

– Мислиш ли? – Павел пребледня, а устните му притрепериха.

Тео също се хвана за главата:

– Какво ти става? Тя е просто едно момиче.

– Самодивата не е просто момиче.

– Друго разправяше в Каменната гора, –ухили се Тео. – Освен това тя ми е приятелка и ми помага да намеря Ния. Познава горите и създанията тук.

Павел изви врата си в опит отново да надникне през вратата и после се обърна към Тео:

– Какво правите вече четири дни?

Тео разказа на приятеля си за приключенията си.

– Това е лудост – каза Павел. – Никога не бих повярвал, че всички тези същества съществуват.

– А ти как стигна до тук? – попита на свой ред Тео. – Не беше в каляската с мене. Не мислех, че си успял да минеш през портата.

– Приятели сме. Не можех да те оставя сам да се забъркваш в неприятности. – И Павел се изправи и скочи върху чувалите под краката му. – Опитах се да те хвана, но тунелът ме засмука. И аз се качих на колесница като твоята, но тя ме изхвърли тук.

– Чудя се защо не кацнахме на едно и също място.

Трясък до огнището накара Тео и Павел да подскочат. Дива изтупа ръце от остатъците клони, които бе оставила да паднат в краката й.

– Тео, ти каза, че Бу е бил с тебе, нали?

– Да, – каза Тео.

– Ти се приземи, където се оставят свраките, тъй като е близо до Самодивското езеро. – Дива се обърна към Павел. – Колесниците стоварват всички останали тук. Когато самодивите още ги имаше по тия земи, те правеха празници и вдигаха пиршества в чест на гостите.

– Бих се зарадвал на едно пиршество, – и Павел потърка корема си. – Каквото и да е, само не ядки или плодове. Имате ли нещо за ядене? Почти привърших храната, която донесох.

– Бъди благодарен, че изобщо има храна, мрънкало такова!

– Казвам се Павел, – натърти той.

Дива се обърна и разтвори картата на Змейково върху прашния под:

– Трябва да планираме къде ще отидем утре, за да тръгнем рано.

– Къде сме сега? – попита Тео.

– Това е старата мелница. – И посочи място, което приличаше на драконово стъпало. – А Гората на душите е тук. Тя проследи бледата пътека на картата, водеща към опашката на дракона. – Вероятно е ден на разстояние, ако вървим чевръсто.

– Но не знаем къде точно се намира Леш. – Тео се вгледа в картата. – Джабалака каза само, че лешоядът е близо до Гората на душите. Цялата тази област е доста обширна. Леш може да е и от другата страна на това изгорено място.

– Хей, аз съм добър в намирането на разни места. – Павел извади телефона от джоба си.

Тео го потупа по рамото:

– Google няма да ти помогне тук. Нямаш обхват!

– Това не е всичко, което имам. – Павел претърси раницата си и извади различни предмети. – Ножове, фенерче, кибрит, пижама… Опа! – Лицето му почервеня и бързо прибра последното.

– Какво е това? – Дива взе черен осмоъгълен предмет.

– Моят Павелтрон, – с гордост съобщи той.

– Известен ли си? – попита тя. – Щом притежаваш нещо, кръстено на тебе.

Тео засия:

– Павел е умен и е изобретател на куп невероятни неща.

Павел отвори джаджата и показа инструментите един по един – като швейцарско армейско ножче. – Отвертка, мини трион, лазерен показалец и това…

– Нищо от нещата тук няма да ни подскаже накъде трябва да вървим, – изсумтя Дива.

– Чакай, – Павел протегна ръка. – Намерих това, което търсех.

Дива взе кръглия предмет от ръката му:

– Какво е това?

– Компас, – натърти той. – Показва посоките: изток, запад, север и юг. Стрелката винаги сочи на север, за да можеш да знаеш в каква посока вървиш.

– Знам накъде да вървя, – отсече Дива.

Павел хвърли бегъл поглед към пожълтялата карта:

– Не мога да я чета, – и прибра ръката си. – Ще разчитам на компаса, ако случайно ни потрябва.

Дива му го върна, след което нави картата и я върна в торбата си:

– Да поспим, за да може утре да стигнем до Гората на душите преди мръкване.

Павел извади метална палка от раницата си. Единият й край бе покрит с телена мрежа, а другият – с шайба. Пет черни диска минаваха на равни разстояния през средата. Момчето вдигна палката пред гърдите си и завъртя шайбата, докато палката не започна да бръмчи.

– Какво е това? – протегна се Дива да го вземе. От предната част на устройството излетяха искри и тя отскочи назад. – Ох! Това ме ужили!

– Извинявай! Това е Павелокупол, моята лична невидима защита.

– Още нещо, което си кръстил на себе си?

– Да, – отново се долови нотката гордост в гласа му. – Въздухът преминава през тези дупки отгоре и се превръща в електричество. Тъй като горната част е извита, тя създава невидим купол около мен. У дома го използвам, за да не ме хапят насекоми. – Момчето погледна към гората. – Това е призрачен град, с изключение на онези ядосани същества полужени.

– Това са харпии, – Дива още разтъркваше пръсти. – Изключи го и го прибери.

Павел прибра устройството, наведе се към Тео и прошепна:

– Харпиите не са единствените ядосани същества наоколо.

– Поспете малко, момчета. – Дива се запъти към ъгъла на стаята, а бялата й рокля танцуваше след нея. – Не искате да ви нападнат други *ядосани същества*, нали?

Лицето на Павел почервеня:

– Мисля, че ме чу. Чудя се на кое се вбеси повече – на „ядосан“ или „същество“? Обзалагам се, че вече проиграх шансовете си да ме хареса.

Тео се засмя. Най-накрая едно момиче, което да не припада по най-добрия му приятел.

На следващата сутрин те вървяха докато не стана обед. Дива спря в основата на един хълм, проверявайки две пътеки: едната обрасла с трева и храсти, а другата – скалиста. Извади картата и я завъртя в различни посоки и четеше бележките, написани на ръка.

– Накъде? – попита Тео.

– Картата показва само един път. Не много хора са пътували насам. – Тя посочи обраслата пътека. – Но лешоядите живеят високо в скалисти местности, така че е вероятно другата пътека е правилната, за да намерим Леш.

– Ако изобщо лешоядът е тук, – въздъхна Тео.

– Нека да проверя с моя компас – Павел постави уреда в средата на картата. Стрелката се завъртяла бързо, но после спря в една точка между двете пътеки. Той разтръска компаса: – Май работи колкото и GPS по тия ширини…

Тео прокара пръсти през косата си:

– Хайде да се пробваме със скалистата пътека, тъй като изглежда по-лесна за катерене. Ако не открием лешояда, после може да проверим и другата.

Когато стигнаха до върха, Тео се намръщи. Нищо освен камъни и сухи храсти:

– Май сме тръгнали в погрешната посока.

Слязоха обратно. Тео се поколеба. Леш можеше да е на върха на другата пътека. Порови в джоба си и сграбчи златната люспа на Ламята. Ето за какво ставаше дума: да победи звяр, който наранява всички около себе си.

– Готов ли си, юначе? – Дива стисна здраво лъка си.

– Всъщност, не. – Той се напрегна, очаквайки да издържи на болката от ноктите на лешояд, както беше с харпията. Можеше ли да победи едно чудовище, което пази драконово яйце? Вече беше задобрял с лъка и стрелата, но не можеше да се мери със специалиста тук – Дива. Но ако Джабалака можеше да рискува живота си, като им каза как да унищожи Ламята, Тео може да го направи. Ния зависеше от него. Старата вещица зависеше от него. Всички в Змейково зависеха от него.

Той отново стисна златната люспа, сякаш беше неговият талисман. Вероятно дните и часовете на Ния изтичаха. Момчето отблъсна мислите, че Ламята вече й е сторила нещо ужасно. Трябваше да направи всичко възможно. Времето се движеше на забавен каданс, но той извади ръката си от джоба и насили краката си да тръгнат по пътя, където щеше да посрещне съдбата си.

Глава 10
Заловен от лешояд

С вика „Ще разузная трасето“ Дива изтича по стръмнината, за да намери лешояда, преди Тео да се опита да я спре. Бу литна след нея, а Тео и Павел побързаха да я догонят.

Свраката изкряка някъде вътре в гората, далеч от пътеката.

– Накъде? – попита Павел. – Нагоре или настрани?

– Ще проверя къде отиде Бу, а ти се качи нагоре по пътеката и виж дали Дива е тръгнала натам. – Тео тръгна в посока крякането на свраката. Клони го удряха през лицето, закачаха дрехите му, докато той си проправяше път през дървета и храсти:

– Бу, къде си?

Сенки като тъмни души пропълзяха около него. Клоните се залюляха, а храстите зашумоляха. Писък, идващ от едно дърво зад гърба му, разцепи въздуха – като предсмъртен вой на животно. Тео се затича по-бързо.

Граченето на свраката стана по-силно. Бързайки към нея, Тео се хлъзна върху купчина листа и падна на колене. Калта под него омекна и поддаде. Изненадан, той се пресегна към коренища, за да спре потъването, но те се изплъзнаха от хватката му и той падна в една яма. Лицето му се размаза върху разложени листа, кал и… човешки кости, някои все още покрити със изсъхнала плът. Други бяха напълно оглозгани.

Зловонието напълно го обезсили и той повърна, после покри долната част на лицето си с ръка, докато се опитваше да се изправи на крака. Черепите, които бе разтревожил, се завъртяха покрай него.

Трябваше да излезе от ямата. Изви врата си и вдигна очи. Върхът на канавката беше извън обсега му, но корени стърчаха от почвата. Той сграбчи едно коренище с двете си ръце и стъпи върху стената. Растението се изплъзна през ръцете му, докато той се опитваше да се измъкне. Загуби равновесие и отново падна на дъното. Опита се още веднъж, но за пореден път не успя, твърде слаб от гаденето и с болки по цялото тяло – от падането.

– Ди-и-ива! Па-а-авел!

Ослуша се да чуе стъпките им, но гората бе потънала в тишина. Звук, по-лош от тишината, кресна над него. Сянката на огромна птица затъмни ямата, а съществото кръжеше над главата на момчето. Когато птицата изчезна, отново стана по-светло. *Къде е*? Тео обви ръце около раменете си.

Пръст от ръба на ямата се търколи в косата му. Той се обърна и погледна нагоре. Дълги-предълги нокти се виждаха в единия край на ямата. Крив клюн и снежнобяла глава бяха допълнението към пронизващите очи на хищника.

– Леш, – каза Тео с дрезгав шепот. Защо Джабалака не го предупреди колко огромна е тази птица? Лешоядът като едното нищо ще го вдигне и ще го отнесе.

Прегърбен като старица, Леш се беше курдисал на ръба на ямата. Пооправи си главата, изсумтя и изсъска, и се наведе, за да огледа своя пленник. Тео се надяваше, че е вярно, че лешоядите предпочитат да ядат мъртво месо.

Приближаващи бързо стъпки газеха сухи клони.

– Тео! – извика Дива. – Къде си?

– Дива, внимавай! Леш! – изкрещя Тео.

Лешоядът изви дългия си врат, за да погледне зад себе си. Една стрела мина покрай него. Птицата изсумтя, после подскочи веднъж преди да полети.

– Къде си? – попита Дива отново.

– В яма с купчина листа. Внимавай да не паднеш и ти!

Русо-бели къдрици се надвесиха над ръба, последвани от пребледнялото лице на Дива. Легнала по корем, тя се протегна надолу:

– Добре ли си? Виж дали можеш да хванеш ръката ми.

Тео се протегна, но хватката й бе далеч извън обсега му.

– Не се притеснявай. Ще те спасим. – И тя се отдръпна. – Сигурна съм, че твоят приятел с всичките му джаджи, кръстени на самия него, все ще има нещо, което можем да използваме, когато и той дойде.

– Къде е Павел? Случило ли му се е нещо?

– Не, спря, за да освободи Бу от един храст.

Тео се радваше, че са намерили свраката. Наведе се към стената. Нещо изшумоли покрай панталоните му. Той плъзна крака си настрани, но непоносима болка сякаш изгаряше задната част на прасеца му.

– Ох! – само това успя да каже Тео. Наведе се напред и нави крачола си. Възчерен плъх се беше впил в глезена му. Момчето риташе гризача с другия си крак, докато животното не освободи хватката си и с цвърчене не се скри под едно коренище.

– Какво стана? – Дива надникна в ямата.

– Един плъх ме ухапа. – Тео потри наранената кожа.

Павел пристигна и хвърли късо конопено въже, вързано с възли:

– Съжалявам, че не е достатъчно дълго, за да го вържеш през кръста си. Ще трябва да се хванеш за края му, а ние ще те издърпаме.

След като грабна с две ръце въжето малко над последния възел, Тео извика:

– Готов съм, по ваш сигнал.

Въжето тръгна нагоре, а той зарови крака в меката пръст, за да се изкачва странично по стената. Изпусна се и отново се озова на дъното, навяхвайки вече тръпнещия от ухапването глезен. Дланите му бяха прекалено потни и хлъзгави. Той потърка пръст в тях и дръпна въжето:

– Хайде пак да опитаме. Готов съм.

Дива лежеше на земята, гледайки надолу по стената на ямата:

– Постави пети върху корените – за по-добра опора – докато не те измъкнем.

След като опря един крак върху здраво коренище, Тео отново хвана въжето. Влакната противяха кожата по дланите му, докато приятелите му го изтегляха нагоре. Ръцете му трепереха, болезнени колкото и глезена му. Въжето се триеше в стената и буца пръст се разби върху лицето му. Очите му се насълзиха, а носът му притрепери. Тео се изкиха и още повече пръст се разнесе наоколо.

– Очите ме щипят. Побързайте. Трябва да си изчистя очите!

– Давай, Тео, – викаше Павел. – Почти успя.

– Вдигни ръка, – каза Дива. – Мисля, че вече мога да те стигна.

Една здрава хватка стегнато обви пръстите на Тео. Той висеше във въздуха, но после пусна въжето, за да вдигне и другата си ръка. Два силни захвата го стиснаха. Дива и Павел заедно успяха да го издърпат навън.

– Тео, мисля, че се превръщаш във върколак, – засмя се Павел. – Очите ти са кървавочервени. Сега ти остава само да си пуснеш козина по цялото тяло и ще си един истински вълк.

– Не е смешно, – Тео потърси бутилката си за вода и буквално изстиска последните няколко капки в очите си и бързо примигваше, докато не изчисти пръстта.

– Извинявай! Знаеш, че се шегувам, когато съм притеснен. – Павел притисна пръсти към носа си. – А как смърдиш…

– Пълна гнус е там, долу – като разложено месо. – Тео изтупа дрехите си. – Тонове кости, някои са с късове плът върху тях.

Дива се намръщи:

– Вероятно тук носят храна на Леш.

– Храна ли? – потръпна Тео.

– Сестра ми ми е казвала, че Ламята донася тук телата на измъчваните деца, за да може Леш да ги разкъса, – каза Дива.

– Ти сериозно ли? – гласът на Павел рязко стана висок.

– За съжаление, да, – сбърчи нос Дива.

– Не и Ния, – тихо отсече Тео.

– Сигурна съм, че е добре и не е … там долу. – Дива стисна рамото му. – Това е само едно от многото ужасни неща, които Ламята прави. Още една причина да я унищожим.

Нещата се влошаваха. Какво може да направи едно дванадесетгодишно момче, дори и с помощта на най-добрия си приятел и на една самодива? Как можеше да намери три души – най-вероятно всички пазени от чудовища – и да победи дракон, когато дори лешояд го ужасяваше?

– Тео, чуваш ли ме? – Дива говореше близо до ухото му.

Той насочи очи към нея:

– Извинявай, какво?

– Трябва да намерим безопасно място да пренощуваме.

– Какво ще кажеш да вземем душата на Ламята? Трябва да спася Ния!

– В момента е твърде рисковано. Лешоядът ни видя. – Дива се върна да огледа пътеката. – Трябва да изчакаме до сутринта.

Павел я последва. Бу грачеше в краката на Тео, сякаш се извиняваше, че му е докарал неприятности. Момчето вдигна свраката и направи гримаса, когато направи стъпка напред с надеждата, че ще може да върви, въпреки пулсиращия му глезен, където плъхът го бе ухапал.

Петна розово-виолетово небе пропълзяха през балдахина от клони, когато Тео и Дива се наместиха върху парче земя, покрито с мъх. Павел изоставаше, освобождавайки крачоли и маншети от бодливи къпини. Храсти обикаляха чворести дървета, които приличаха на орда гиганти, борещи се за превъзходство.

Павел приседна до Тео:

– Тези дървета са зловещи.

– Не могат да ти навредят – поне не сега. – Дива се завъртя и започна да рови из торбичката си.

– Какво искаш да кажеш „не сега“? – Павел се отдръпна от ствола.

– Никога ли не сте чували за исполините? – учудено попита Дива.

Челюстта на Павел увисна:

– Великани? Да, бе!

– Огледай се наоколо. Какво виждаш? – попита тя.

Павел огледа бегло гората:

– Огромни дървета, които приличат на великани. Тонове къпинови храсти. Следи от обгорели площи.

– Исполините са естествени врагове на драконите, – вещо каза Дива. – Легендите разказват, че когато майката на Змея и Ламята е била жива, исполините са се биели срещу нея. Тя ги е подмамила тук, където те са се заплели в къпиновите тръни. Превърнали са се в камъни и с течение на времето около тях са пораснали дървета.

Павел преглътна тежко:

– Дали да не си намерим друго място, където да пренощуваме?

– Не, – отвърна тя. – Въпреки че исполините са се превърнали в камъни, тяхната магия спира драконите да не влизат в долината. Ще бъдем в безопасност, ако Ламята дойде.

– Освен това, – подметна Тео, – аз повече не мога да вървя. – Кракът му тръпнеше, затова той издърпа крачола на панталона си и се извъртя, за да огледа раната си. Кръв се стичаше надолу – просмуквайки се в чорапа му.

– Нека да погледна. – Дива коленичи до него и свали обувката и чорапа.

– Не е зле, – каза той със стиснати зъби. – Плъхът ме ухапа само повърхностно.

– Не забравяй, че имам лечебно мазило, която върши чудеса. – И тя извади бурканче с жълта маз от торбичката си. – Освен ако не мамиш като Бу, за да получиш повече внимание, – усмихна се тя.

Свраката изграчи и поклати глава нагоре-надолу, сякаш отрича обвинението. Всички се засмяха.

– Не, – отвърна Тео. – Вече се радвам на достатъчно внимание.

Изпитваше болка и беше изтощен. Предпочиташе да се прибере вкъщи и да се върне към спокойния си начин на живот. Какво можеше да постигне тук? Дива беше по-силна от него, бе далеч по-добър боец, а и винаги трябваше да лекува раните му. Павел беше по-умен и можеше да създава всякакви джаджи, които да ги пазят. Всичко, което Тео умееше, бе да се наранява и да ги бави. Нямаха нужда от него да оцелеят, но той определено имаше нужда от тях.

Тео се намръщи, когато Дива започна да размазва по крака мехлема с аромат на мента, втривайки го в раната с лек натиск. Болното място тръпнеше от топлината, облекчавайки болката, но не и яда му.

– Едновременно ме боли и ме е гъдел, – засмя се през сълзи Тео.

Дива грабна лъка си и се обърна към Павел:

– Трябват ни дърва за огрев. Ще ми помогнеш ли да съберем малко?

– Иска ли питане? – каза Павел с широка усмивка.

– Мога и аз да помогна, – изстена Тео, когато помести крака си.

– Трябва ти почивка. Дива и аз ще се оправим. – И Павел се изправи на крака. – Оздравявай, че да може да се биеш утре с Леш.

Тео се надигна от земята:

– Добре съм. Идвам. – Не можеше да си седи, докато приятелите му вършат всичко. Дори и с болка, все щеше да носи нещо – най-малкото поне мъх и дърва.

Дива се протегна, за да му предложи опора:

– Можеш ли да вървиш?

– Да, – каза Тео. – Вече започвам да се чувствам по-добре.

Дива и Павел вървяха от двете страни на Тео. Събираха изсъхнал дървен материал и мъх, промъквайки се по скалистия път, виещ се през гората. Това ги доведе до края на една урва.

Дива разпери широко ръце към далечна долина:

– Гората на душите, – прошепна тя. – Мястото за упокоение на онези, които са починали в Змейково.

Сърцето на Тео замря. Момчето загуби ума и дума. Меки кехлибарени петна, сякаш хиляди светулки, озариха моравото небе долу. Тео отпусна рамене, затвори очи и отвърна глава назад, вдишвайки земните аромати на гората. Хладен ветрец потърка бузите му. Дали духът на баща му лежи в спокойно място като това – но някъде у дома? В далечината се чу ръмжене. Момчето отвори очи. Светлини се носеха над долината като пламтящи стрели. Настъпи зловеща тишина, проникваща през нощта и омагьосваща идиличния момент.

Спомни си бурята, която Ламята предизвика, докато бяха в Каменната гора. Дали този дракон не ги приближаваше сега? Обърна се към Дива и каза:

– Това Ламята ли е?

– Да, – поклати глава Дива.

Дали Баба Яга не беше решила да каже на дракона, че той и Дива са тук? Дали Ламята не идваше насам, за да провери душата си, която Леш пазеше? Но вещицата не знаеше, че те търсят именно душата на дракона, не е ли така? Само Дива и Павел знаеха. И Джабалака.

Ако Баба Яга не ги беше предала, дали човекът жаба не беше сключил сделка с Ламята, за да спаси живота си?

Цяла нощ небето трепереше от рева на звяра, който търсеше жертвата си. Него! Тео потръпна. Неспособен да спи под гигантските дървета, той седеше и си мислеше за Ния. Беше ли измъчвана или Ламята се грижеше нищо не се случи със сестра му – докато драконът не забие ноктите си в нея? Всеки изминал ден му даваше все по-малко увереност, че ще успее да спаси Ния. И ако я спаси, тя щеше ли да му прости, че той си пожела да я залови дракон?

Когато и последната мигаща звезда изгасна при появата на светлината, Дива се присъедини към него, като положи ръка върху неговата:

– Нервен ли си?

– Разбира се. – Стомахът му се сви. – Никога не съм наранявал никого. Ламята ме накара да се ядосам, защото тя отвлече сестра ми, така че сега мразя дракона толкова много, че ми се иска той да умре. Но Леш не е направил нищо лошо на мене, на семейството ми или на приятелите ми. Да вземем яйцето – душата на Ламята – без да нараним лешояда.

– Ще се опитаме. Ако стигнем достатъчно рано, тя може да се върне в ямата, за да провери дали си умрял, за да яде останките ти.

Тео сви устни:

– Гадно! Не мисля, че мога да ям нещо, докато всичко това не приключи.

– Мисля, че трябва да оставим Павел тук с Бу, – прошепна Дива. – Трябва да сме бързи, а птицата ще ни се пречка…, а и не мисля, че твоят приятел може да ни помогне, дори и с джаджите си.

– И аз идвам, – обади се Павел зад тях.

Дива въздъхна и погледна към Тео:

– Какво ще кажеш?

Тео погледна към Павел. Неговите свити устни и блясъкът в очите показаха на Тео без съмнение приятел, който щеше да го последва, ако тръгнат без него.

– Нека дойде. Винаги правим всичко заедно.

Дива се намръщи на Павел:

– Чудесно! И да не оплескаш нещата! Да хапнем първо.

– Не мисля, че мога, – каза Павел. – Да тръгваме.

Дива се изправи и събра лъка, колчана и торбата си.

– Преди Тео да падне в ямата, намерих пътека, която – според мене – води към гнездото.

Веднага щом стигнаха до там, Дива изтича по скалистия наклон и изчезна яко дим. Бу изграчи от рамото на Павел.

– Дива, чакай! – Тео вървеше толкова бързо, колкото болезненият му крак му позволяваше.

Павел погледна по пътеката:

– Много е бърза.

– Забрави ли, че е самодива?

– И е много красива, – въздъхна Павел.

– Съсредоточи се, – каза Тео. – Това е по-сериозно от твоето влюбване.

Павел се изчерви:

– Не е влюбване. Въпреки това би могъл да ми позволиш да взема душата, за да я впечатля.

– Трябва да спреш да мислиш за това момиче, преди да си си навредил. – Дърветата оредяха, колкото повече напредваха. Тео се спря и посочи клоните: – Виж!

Пред тях се издигаше гигантска сива скала с формата на зловещо крилато чудовище. Мъх висеше над огромните му очи, издялкани от камъка.

– Дива, къде си? – прошепна Тео.

– Ето ме,– излезе тя иззад статуята. – Леш е все още в гнездото си. Можем да изчакаме да отлети или да се опитаме да му отвлечем вниманието.

– Да изчакаме, – предложи Павел.

– Да го разсеем, – прекъсна го Тео в същия миг.

Покри ги сянка, когато гигантският лешояд плавно се издигна над главите им.

– Леш напуска гнездото, – каза Дива. – Зад статуята има пещера. Можем да се скрием там, докато птицата не се отдалечи.

И тримата побързаха да се шмугнат през отвора. Вътре стояха плътно един до друг в тясното пространство, нямаше място дори да се завъртят.

– Не мога да се движа, – изхлипа Павел, – а някой ме е настъпил по крака.

– Тихо! – сръга го с лакът Дива.

– Хей, вие двамата, спрете. Имаме проблем. – И той посочи навън.

Камъчета се търколиха по пътеката. Леш изсумтя и изсъска пред тесния вход на пещерата, гледайки ги с жълтите си очи.

Павел изстена:

– Предполагам, че е решил да не ходи до ямата. Ами сега?

– Накарай го да се чувства неудобно. – Тео извади стрела и я заби в лешояда. Леш изсъска и протегна извития си врат към стрелата.

– За пореден път нападаш чудовище със стрела, – отбеляза Дива.

Тео потръпна, като си спомни случката с харпията:

– Трябва да направя нещо. Тук няма място, за да опъна тетивата.

– Всъщност може да се получи. – Дива грабна една от собствените си стрели и я заби в лешояда.

– Ами аз? – каза Павел. – Може ли и аз?

Дива каза през рамо:

– Нямаш ли джаджа или аксесоар, който да подплаши лешояд?

– Притиснат съм до стената, – извъртя се Павел зад Тео. – Не мога да се завъртя, за да погледна в раницата си.

– Вземи стрела от колчана ми, ако можеш да го стигнеш, – каза Тео.

Главата на Леш се изви, кълвейки една след друга стрелите. Отскочи обаче назад, когато Тео уцели гърдите му. С ядно сумтене лешоядът се отдръпна на подскоци, разпери криле и отлетя.

– Вече определено няма да остави гнездото без надзор, – заключи Дива. – Ще ни чака.

– Ти и Павел му отвлечете вниманието, – предложи Тео. – Аз ще се изкача и ще взема душата на Ламята от гнездото.

– Няма да стане. Кракът ти е ранен. Аз ще отида. – Дива остави торбата си в пещерата и пое по пътеката. Скрита зад камъка, тя направи знак на момчетата да отвлекат вниманието на Леш.

Павел погледна към Дива със замечтан поглед:

– Какво момиче?!

Тео го сръчка:

– Внимавай, любовнико. Животът на Дива е изложен на риск. – С лък и колчан до себе си Тео се подаде навън, като остави раницата си да се изтърколи до входа на пещерата. Сърцето му препускаше лудо, когато започна да махна с ръце и да танцува като шаман, крещейки с пълно гърло към лешояда:

– Хей, Леш, грознико, ела ме хвани.

Лешоядът разпери криле и долетя към тях. Бу изграчи и отлетя от рамото на Павел – скри се в пещерата. Докато Леш се рееше над момчетата, Тео продължаваше с клоунадата и обидите. Дива изскочи от скривалището си и забърза нагоре. Звярът обаче извъртя глава, изсъска и обърна посоката си – запъти се към Дива.

– Внимавай! – изкрещя Тео.

Лешоядът докопа в човката си ръба на робата на Дива. Момичето обаче заби юмрук във врата на Леш, но клюнът му остана стиснат като менгеме.

– Остави я на мира! – извика Павел.

– Не! – изкрещя Тео в един глас с приятеля си. Кожата му бе влажна и лепкава. Дива можеше да умре заради него, защото той не беше успял да стигне до яйцето пред нея. – Идвам!

Втурна се по пътеката, но се препъна и изкълчи глезена на вече ранения си крак. Стенейки от болка, момчето в яда си започна да удря по земята. Трябваше да направи нещо, за да я спаси. Ако се налага, и ще пълзи. Дива издърпа стрела от колчана си и прободе Леш. Звярът пусна дрехата й и с подскоци освободи пътя й.

– Дива! – Павел се затича към Тео.

– Павле, спри. – Тео успя да седне. – Ще я разсееш. Тя може да успее и без наша помощ.

Дива сграбчи талисмана си с пера и нокти, който висеше до кръста й. С вилнееща вихрушка тя вдигна от земята камъчета и остатъци от клони. Когато изкуствената буря утихна, тя се беше превърнала в изящен бял сокол. Но все пак много по-малък от Леш. Тео трябваше да бъде подготвен, ако нещата се влошат.

Извади сребърната стрела. Поклати недоумяващо глава, а Леш изсъска, когато соколът се вкопчи в шията му. Лешоядът обърна главата си и с човката си сграбчи сокола за крака. С писък соколът запляска с крила, за да се освободи, но Леш не пускаше.

– Дива, дръж се! Не се предавай. – Тео се изправи, натоварвайки здравия си крак. Трябваше да успее. Дива се нуждаеше от него.

Павел извика:

– Тео, помогни й! Леш ще я убие!

Тео сграбчи лъка си; ръцете му трепереха. Ако не уцели Леш, лешоядът ще убие Дива. Момчето зареди сребърната стрела, но дръжката го ужили – проговори му в съзнанието му: „*Още не. Можеш само веднъж с мене. Запази ме за Ламята*“.

Болката в крака се усили и всичко се завъртя пред очите му. Той взе една стрела, която Дива му беше дала. С опъната тетива той се прицели.

– Убий Леш веднага! – изкрещя Павел. – Внимавай да не убиеш Дива!

„*МОГА ДА ГО НАПРАВЯ*!“ Сега бе подходящ момент за трика, който Дива го бе научила. Прицелвайки се в точка между очите на Леш, докато това не му изпълни ума му, Тео пое дълбоко въздух и пусна стрелата напред.

Глава 11
Първият таен ключ от природата

Грозен вик се изтръгна от гърдите на лешояда, когато стрелата го прободе. Тялото му се свлече върху скалите.

Свит досами Тео, Павел погледна към гнездото. Соколът лежеше спокойно непосредствено до Леш.

– Трябва да помогнем на Дива! – Той се наведе напред, но Тео го сграбчи за ризата.

– Павле, вземи бурканчето с лечебния мехлем от торбата на Дива. Бързо.

Докато Павел тичаше към пещерата, Тео закуцука към върха. Държеше сокола в скута си, поглаждайки птицата по врата. В момента, в който Павел се върна, Тео бръкна с пръсти в жълтата маз и втърка малко в раните на сокола.

Птицата лежеше неподвижна.

Павел се надвеси:

– Хайде, Дива, събуди се.

Надигането на гърдите на сокола се забави, после съвсем спря.

– Не! – Тео бръкна в буркана и постави още от мехлема върху раната на птицата. Дива трябваше да оцелее.

Павел изтри сълзите от очите си:

– Тя е мъртва!

Тео нямаше да плаче. Той можеше да е смел, въпреки че вътрешностите му бяха разкъсани от скръб. Гърдите му сякаш бяха празни, лишени от присъствието на приятел и помощник. Какво щеше да прави без Дива? И отново погали перата на птицата.

Соколът трепна.

– А? – Тео отдръпна ръката си. – Павле, мисля, че тя е…

Още едно потрепване и птицата разпери криле и отлетя от скута му.

– Добре! – завърши Тео.

С колебливи движения соколът се издигна в небето. Обви тялото си с крила и се завъртя надолу. Колкото повече доближаваше скалите, толкова повече движенията му завихряха пръст и клонки. Когато облакът изчезна, Дива бе възстановила външния си вид на момиче.

– Жива си! – Павел се приближи напред с протегнати ръце, после спря, а бузите му почервеняха.

Тео стоеше и оглеждаше Дива, търсейки наранявания:

– Добре ли си?

– Малка драскотина. – Дива проследи тънка линия на дланта си. – Самодивите бързо оздравяват – дори без мехлем. Но ти благодаря за бързата реакция.

Павел вдигна една изгубено бяло перо и го прибра в джоба си.

– Това е… това е… толкова невероятно. Не знаех, че можеш… да се превърнеш в птица. И то толкова красива. – Дива се усмихна. Павел бързо се обърна и потупа Тео по рамото. – И какъв изстрел.

Тео се вгледа в мъртвия лешояд: кръв бе напоила снежнобялата му глава, а едното крило бе прегънато. Стрелата стърчеше между очите му. Стомахът на Тео се сви: за първи път в живота си беше убил… убил жива твар. Иначе не можеше да гледа как колят пилета или изкормват риба. Драконът как може да се търпи, като знае колко хора и животни е убил?

– Хайде сега да намерим душата на Ламята. – И Дива погледна към гнездото.

С Дива и Павел зад себе си Тео пристъпваше предпазливо към върха на зъбера, гледайки към небето – само в случай, че Леш има приятел наоколо. Надникна в гнездото. Две гигантски яйца лежаха скрити в кухината: едното – бяло, а другото – черно като опал. Черното искреше, осветено отвътре – от нещо, което приличаше на пламъци. Когато Тео го вдигна, черното яйце потрепери. Вътре пулсираше топлина и равномерен ритъм.

Тъмноморави облаци затъмниха небето; светкавици се стелеха над Черната планина, която се издигаше в далечината. Ехтеше тихо ръмжене, от което Тео го побиха тръпки. Драконът идваше.

Дива извади стрела и я заложи в лъка си:

– Побързайте! Ламята трябва да е разбрала, че сме намерили една от душите й. Унищожи я сега, Тео!

– Как? – прехапа долната си устна той.

Павел му подаде остър камък:

– Опитай с това.

Тео подпря яйцето в един процеп и с всичка сила замахна с камъка към яйцето. Черупката остана непокътната, но отвътре се чу писък. Дрезгавият рев на дракона стана по-силен и бучеше като гръмотевица.

Павел вдигна очи:

– Бързо, опитай още веднъж.

Тео втори път фрасна яйцето с камъка. Създанието отвътре отново изкрещя, но камъкът дори не надраска черупката.

Гигантска сянка скри небето. Тео погледна нагоре. Драконът беше почти над тях! И до няколко минути щеше да е при тях. Пламъци валяха от пастите му като стрели. Ревът му раздираше въздуха и ушите на момчето пищяха.

– Измисли нещо друго, – изкрещя Павел. – Ламята живи ще ни изгори – ще се превърнем в дървени въглища.

– Магия! – Тео изтръгна тази дума от гърдите си с много нервно напрежение. – Душата на Ламята е магическа. Може да ни трябва магия, за да счупим яйцето!

Сребърната стрела каза, че Тео може да *стреля* с нея само веднъж. Но не каза, че не може да я използва с друго предназначение.

Павел разтърси Тео:

– Спри да говориш и *направи* нещо! Драконът идва право в гнездото!

Ръцете му трепереха, но Тео извади сребърната стрела от колчана си и докосна върха на черното яйце. Черупката се пукна и се разцепи на две. Изля се зелена пара с мирис на горяща сяра. Черен дракон изпълзя от яйцето, а в пастта си държеше златен ключ.

– Не го оставяй да избяга. – Дива тръгна да хваща дракона, но той се плъзна между краката на Павел.

Тео сграбчи малкия дракон с една ръка, а с другата извади ключа. Съществото се разтвори в кълбо черен дим. Когато счупената черупка спря да се търкаля, се появи нежно бяло цвете. Неговите венчелистчета се отвориха, разкривайки лист пергамент.

Очите на Дива блеснаха:

– Цвете. Земята е започнала да оздравява.

Над главите им фучеше ламята, а дърветата се поклащаха от порива на крилете й. Пламъци излизаха от трите й глави и изгаряха скалите недалеч от младежите. Златните й люспи блестяха като огъня, който тя издишаше.

– Бягайте! – изкрещя Павел, но замръзна на място, а очите му бяха вперени в небето.

– Побързай, Тео! – каза Дива и като сграбчи Павел за ръката, го повлече със себе си надолу по пътеката.

Тео грабна пергамента от цветето; пъхна го заедно с ключа в джоба си. Тъй като огънят вече бе покрил цялото небе, той се спусна по пътеката зад останалите. Бу се изстреля от пещерата и профуча покрай тях. Кракът на Тео пулсираше от непреминалата болка; отново се препъна и се удари в едно дърво. Изпъшка и се изправи.

– Дива? Павел? – Фученето над главата му заглуши думите му.

Лъч светлина го заслепи. Огънят изпепели в миг дървото, на което той се беше облегнал. Клони започнаха да пукат над главата му. Струя горещ въздух ги запали, превръщайки вече изпепеленото дърво във факла. Крещейки, Тео покри глава, докато пращящи клони падаха наоколо, а опасният дим не го задуши.

– Тео! – Гласът на Дива стигна до него по време на кратко затишие. – Иди до долчинката!

Той падна на колене и започна да пълзи в посока към гласа й. Земята се разтресе. Дали Ламята не беше кацнала до гнездото? Тео запълзя по-бързо. Лавина камъни се свлече надолу по зъбера и унищожи по пътя си храсти и дървета. Той допълзя зад огромен ствол, далеч от свличащата се маса. Заглушителен тътен притъпи всички други звуци. Сърцето му препускаше бясно. Вероятно драконът е разбрал, че черупката на яйцето му е счупена и душата му липсва! Няма време да се притеснява, че скалите може да го ударят, че кракът му го боли – той просто трябваше да докуцука до долчинката.

Великаните, превърнати в дървета, бяха точно отпред. Дива беше там. Павел също. И Бу. Тео се препъна в някакви храсти и падна в купчина мъхеста земя. Остави се болката от изкълчения глезен да го завладее. Ламята вече не можеше да стигне до него. Магията на исполините щеше да го защити от нея. Всички се сгушиха заедно, а Бу се прилепи към Тео, докато вятърът не се успокои и небето не се проясни. Миризмата на изгорели дървета си остана във въздуха.

– Добре ли си? – наведе се Дива над Тео. Павел с пребледняло и мръсно лице, надникна зад нея.

– Да… – Гласът му изскърца, когато приседна.

Павел се срина на земята до Тео:

– Ламята е страховито създание. Не искам отново да ми се случи нещо подобно.

– Ще се наложи. Имаме само една душа. Остават още две, – каза Дива. – Сега, когато Ламята знае, че преследваме душите й, ще ни затрудни максимално, за да не успеем да ги вземем.

– А мислиш ли, че това беше лесно? – изписука гласът на Павел.

– Не можем да направим нищо, докато не разберем къде е следващата душа,– каза Тео. – Да се надяваме, че следата – този таен ключ ще ни помогне. – И той извади листчето и ключа от джоба си. Дракон с разперени крила украсяваше горната част на ключа, а опашката му се извиваше около основата. В центъра на корема му блестеше рубин. Вероятно следата ще обясни за какво е. Момчето се загледа в думите. Без да е сигурен какво пише, той подаде листчето на Дива. – Можеш ли да го прочетеш? Изглежда, че е написано на същия език като картата.

Дива го взе и го прочете:

– В пречерни дълбини лежи приятелят ми. Песента на магьосницата води мъже към водна смърт; мелодията на магьосницата спасява от полюшване“.

Тео се вгледа в пергамента:

– Природата ни дава загадка? Защо не може просто да ни каже къде е следващата душа? Какво означава това?

– Ученето и преценката за нещата те прави по-силен, – каза Дива. – Сестра ми винаги е казвала: „Ако позволиш на хората да те водят в живота, вечно ще бъдеш само марионетка. За да бъдеш истински герой, трябва да поемеш отговорност“.

Да поеме отговорност ли? Тео въздъхна вътрешно. Разчиташе на Дива да му помогне. Трябваше да намери начин да бъде по-силен, по-смел. Разтри врата си. Можеше да започне като се опита да разбере значението на загадката. *Пречерни дълбини. Песента на магьосницата. Водна смърт. Мелодията на магьосницата… Къде е връзката?*

– Дълбини, песен, смърт, мелодия, – повтори той, затвори очи и остави мислите си да потънат в мозъка му. – Русалки? Приказките разказват как те съблазняват моряците със своите песни и ги примамват в морето, където тези мъже намират смъртта си.

– Възможно е. – Дива извади картата си. – Хайде да отидем до Залива на русалките и да видим те ще кажат по въпроса.

– Русалки? – Павел погледна към картата. – И те ли са тук? Къде? Бас ловя, че те не са толкова красиви или страхотни като самодивите. Ти можеш да се превърнеш в сокол.

Дива го погледна с отегчение:

– Трябва да внимавате, когато сте около тях. Те не са лекомислени същества, които пеят и решат косата си, докато се възхищават на красотата си в огледалото. Някои от тях мразят мъже… дори момчета.

– Старите хора във Влас смятат, че те са убили баща ми, добави Тео.

– Типично за тях, – каза Дива. – Имат и добри черти обаче. Веднъж годишно сменят опашките си с крака и отиват във вашия свят, за да лекуват хората и да танцуват, за да докарат дъжд – за да растат посевите.

– Мислиш ли, че ще ни помогнат? – попита Павел.

Дива сви рамене:

– Преди няколко седмици, по време на Русалската неделя, когато русалките са най-опасни, щях да кажа „не“.

Баба идваше на гости в началото на месец юни, по време на Русалия – т. е. Русалската седмица, и закачаше бяло парче плат, кръст, тамян и чесън върху върбата пред прозореца на стаята на Тео и Ния. Това трябваше да ги защити от злите сили на русалките.

– Вече имаме по-голям шанс, – продължи тя, – ако са наоколо. Не знам дали Ламята не ги е заловила или наранила.

Тео погледна картата, където драконовата опашка се извиваше около едно заливче:

– Това ли е Заливът на русалките?

– Да. А ето къде сме сега. – Дива посочи място най-долу на картата, недалеч от мелницата, където бяха прекарали нощта. – Имаме две възможности. Едната пътека се вие покрай брега, но това разстояние е по-голямо. – И с пръст проследи посока североизток по маршрута. – Другата пътека е по-кратка и пресича Гората на душите. Единственият проблем е, че на картата има дупка, изгорена точно на това място. Не знам какво стои между нас и гората.

Тео разгледа и двата маршрута:

– Пътят по крайбрежието изглежда десет пъти по-дълъг. Да хванем по-краткия и да се надяваме всичко да бъде наред. Трябва да побързаме и да спасим Ния.

– Време е да тръгваме, – каза Павел, а очите му блестяха. – Искам да видя русалките.

Тео се втренчи в приятеля си. Павел беше напълно променен: от невярващ в митологични същества до напълно очарован от тях – поне от красивите.

– Бу, хайде с мене, – каза Дива и свраката полетя към рамото й.

Тео и Павел метнаха по една раница на гръб и тръгнаха по пътеката. Дива притичваше напред от храст на храст и събираше горски плодове.

Павел продължаваше да клати невярващо глава, без да откъсва очи от нея:

– Ле-ле, дива е – каквото е и името й.

– Още нищо не си видял, – ухили се Тео и се почуди какво ще направи Павел, ако види Дива като вълк.

Дива се спря пред тях, после се обърна към Тео:

– Хюстън, имаме проблем. Нали така каза, когато бяхме при блатото?

– Да, защото мостът се беше разпаднал.

– Същото е и сега, но проблемът е още по-голям.

– Какво има сега?– въздъхна отчаяно Тео.

– Това. – И тя посочи един полуразрушен мост, пресичащ дълбока пропаст.

Тео се втренчи в протърканите въжета, които се люлееха от повея на лек бриз. Зейнали дупки имаше на много места по моста, където липсващите дъски се бяха счупили и паднали в дерето.

– Как ще пресечем оттатък? – попита сякаш риторично той.

– Сок от кисели краставички, – изтърси не в клин, не в ръкав Павел и повдигна рамката на очилата си. – Разполагам с идеалното изобретение у дома, но беше прекалено голямо, за да го нося.

– Жалко, че въжето ти не е по-дълго, – каза Дива. – Бих могла да прелетя и да го завържа около ствол на някое дърво – и от тук, и от другата страна.

– Ще трябва да измислим нещо друго. – Тео изучаваше дърветата. – Дива, на картинка в твоята книга бяха нарисувани деца, които се люлееха на бръшлян. Мислиш ли, че можем да осигурим моста с въжета от увивно растение?

– Гениално! Те са издръжливи, когато се вплитат по три едновременно. – Гласът на Дива омекна и тя се обърна към тях.

– Сестра ми ще припява, докато летя върху бръшлян като птица.

– Да наберем бръшлян. По-добре е, отколкото да се върнем и да поемем по *дъъългия* път, – каза Павел. – Не си усещам краката вече.

Дива извади ножа си от калъфа, който висеше на хълбока й.

Павел измъкна един нож от чантата си с безброй джаджи и го подаде на Тео:

– А аз ще използвам моя Павелтрон.

Когато събраха достатъчно увивен материал, сплетоха дълги въжета. Използвайки две за външните ръбове, кръстосаха останалите помежду им, за да се получи място за стъпване. Останаха две изплетени въжета.

– Вижте как се люлее в средата, – отбеляза Павел. – Трябва да използваме последните въжета като предпазен парапет, за който да се държим.

– Добро предложение, – усмихна му се Дива.

Тя завързва единия край на новия мост и предпазните парапети около дебелия стол на едно дърво. После с познатата вихрушка се превърна в сокол; грабна другия край с ноктите си и прелетя над пропастта, като хвърли моста от бръшлян върху дървения мост.

Павел прошепна:

– Тя наистина е невероятна.

Бу надникна от торбата на Дива, после се отдръпна назад, а платът заподскача нагоре-надолу.

– Криеш ли се или ядеш? – Тео повдигна капака. Вътре Бу кълвеше плодове. – Дива е наистина невероятно момиче, а ти наистина си лакомник, – засмя се Тео.

От другата страна на пропастта Дива се превърна в момиче. Осигури всички въжета от бръшлян около ствола на друго дърво.

– Тео, ти и Павел трябва да пресечете един по един. Внимавайте къде стъпвате, за да не пропаднете – с един или и с двата крака едновременно.

– Първо аз ще мина, Павле, – каза Тео, преглъщайки страха си, – за да се уверя, че е безопасно.

– Сигурен ли си?

– Да. – Тео трябваше да поеме водещата роля и да покаже, че е смел, въпреки страха, който бушуваше още в него.

Павел повика Дива:

– Ами твоите неща? Искаш ли да долетиш и да ги вземеш или ни да ги донесем?

– Аз ще ги взема.

При втората вихрушка тя се превърна в сокол и долетя при Тео и Павел.

Когато отново стана момиче, Павел попита:

– Боли ли да се променяш така?

– Изобщо. Усещането е напълно естествено.

– Можеш ли да ме научиш? – попита Павел.

– Не, това е сила, с която съм родена. Дори ако имаше прародител самодива, не мисля, че ще можеш да го направиш. Силата се предава само на жените.

Павел отпусна рамене:

– Тю, да му се не види!

– Хайде, момчета, да вървим, – каза Дива. – Ще чакам тук, докато и двамата не минете от другата страна.

Бу излезе от торбата на Дива и прелетя през пропастта.

Тео провря лъка си през рамо и постави крака си в края на преплетените въжета:

– До тук – добре.

Импровизираният мост се разлюля над пропастта. Поемайки дълбоко въздух, Тео стъпи върху моста, като внимаваше да пази равновесие върху въжетата. Направи още една крачка, и двата му крака вече бяха върху движещия се мост. Хвана се здраво за опорните въжета, за да запази равновесие. Всяка стъпка изглеждаше цяла вечност. Въжетата и дъските се клатеха и изпукваха под тежестта му. Някъде по средата на моста се отчупи парче гнило дърво. Тео погледна надолу, докато дъската летеше към тъмната пропаст.

Дива извика:

– Не се страхувай. Останаха ти още няколко стъпки.

Навехнатият крак на Тео се изкълчи и пропадна в дупката между въжетата. Болка скова целия му крак. Потните му ръце изпуснаха бръшляна и той едва не падна. Със сетни сили успя отново да се хване за импровизирания парапет, стисна здраво въжетата и освободи крака си. Момчето дишаше бавно и дълбоко – в отчаян опит да спре сърцето си да не изскочи навън. Пот бе напоила дрехите му и го сърбеше навсякъде. Ако въжето се скъса, той ще умре и няма да може да спаси Ния. Не. Не трябва да си мисли такива неща. Може да го направи. Пешеходният мост се лашкаше като лодка в морето, а парапетът се люлееше в обратната посока. Ръцете и краката му го боляха. Щеше да успее. Стъпка по стъпка. На три четвърти от разстоянието мостът леко се разлюля. Тео спря, за да си възвърне равновесието. Продължи напред. Само още четири крачки. Три. Две. Една. Слезе от моста и падна върху твърдата земя, охлаждайки в сухата почва дланите си, ожаркани и протъркани от бръшляна.

– Успя! – извика Дива, а Павел подсвирна победоносно.

– Твой ред е, Павле, – извика Тео, все още дишайки тежко. – Фасулска работа.

Павел приближи моста и сграбчи преплетените клони.

– Никога не съм ти казвал, но да знаеш: страх ме е от високото, Тео. Ето защо аз никога не тествам крилата, които правя.

Павел се страхува? Тео не беше ли единственият, когото го е страх?

– Ще успееш. Просто не гледай надолу, – каза Тео.

– Искаш ли да те пренеса? – попита Дива.

Павел се обърна, за да я погледне:

– Какво?

– Като сокол. Достатъчно съм силна, за да пренеса един от вас.

– Не. Ще го направя. – И момчето направи две крачки. Въжетата изскърцаха и се олюляха.

– Справяш се добре, – каза Дива. – Само по 1-2 стъпки наведнъж.

На всеки няколко стъпки те го насърчаваха, докато Павел не стигна до средата:

– Стигна до мястото, от където връщане назад няма, Павле. Давай сега до края, – каза Тео.

Павел направи крачка и се олюля.

– Не! Не гледай надолу, – извика Тео. – Гледай към мене!

Павел изкрещя, защото тялото му се наклони силно напред. Загуби хватката си с парапета. Единият му крак се подхлъзна от ръба, а другият се уви във въжетата и го приклещи между дъските. Момчето се завъртя с главата надолу във въздуха, без да се държи никъде.

– Помо-о-ощ! Кракът ми се заклещи. Ще падна!

– Идвам, – изкрещя Тео.

– Не, Тео – извика Дива от другата страна. – Въжетата няма да ви държат и двамата. Нека да опитам аз. – И тя се превърна в сокол и долетя до провесеното момче.

– Някой да ми помогне, моля ви! – изхлипа Павел със стиснати очи.

Тео крачеше напред-назад, без да знае какво да прави. Всяка секунда беше ценна.

Соколът сграбчи ризата на Павел с нокти и го задърпа нагоре, докато вече не висеше с главата надолу. Без да спира да крещи, Павел се залюля към Дива – готов да я хване с ръце.

– Павел, спри, – заповяда му Тео. – Остави Дива да ти помогне.

Павел се умълча и се сгърби напред. Соколът го държеше здраво и лека-полека го придърпваше по-близо до моста.

– Сега, приятелю, – каза Тео по-спокойно, – отвори очи и се протегни към въжето. Ще успееш.

Павел се подчини и хвана импровизирания парапет. Изви заклещения си крак и отново стъпи върху моста, полюля се още известно време, гърбът му все още висеше над ръба. Тъй като соколът се рееше над главата му, Павел се отпусна, легна на моста и освободи крака си. Няколко мига остана замръзнал от уплаха. Соколът продължи да кръжи над момчето, докато то не изпълзя останалото разстояние от моста.

Тео издърпа Павел и го прегърна:

– Смел си, приятелю, – каза му Дива, след като тя отново промени външния си вид.

Той поклати глава:

– Ами, бях уплашен до смърт и се държах като бебе.

– Не си бебе, – каза Тео. – Пребори страха си и направи това, което беше нужно. Това е смелост. – Тео се закле пред себе си, че от сега нататък ще намери начин да защити приятелите си.

Глава 12
Гората на душите

Тео, Дива и Павел прекосиха скалистия терен, водещ надолу към долината, а Бу летеше напред. Привечер влязоха в Гората на душите. Сладникавият аромат на тамян обграждаше дърветата без листа, чиято почерняла и напукана кора изглеждаше вкаменена от времето, а не опустошена от огъня на Ламята. Подобно на пашкули, предпазващи ценния си товар, клоните се протягаха към събратята си, за да се слеят в кълба с размер от топки за голф до баскетболни топки. Кълбата, на свой ред, къпеха клоните в мека златиста светлина. Някои блестяха ярко като слънцето, други сияеха като далечни звезди, а трети блещукаха като свещи.

Тео гледаше безмълвен:

– Когато бяхме в Долината на исполините, те изглеждаха като светулки.

Павел се завъртя в кръг:

– И са толкова много.

– Това е упокойното място на моите предци, – обясни Дива с приглушен тон.

Тео опипа напуканата кора. Топлината изплакна върха на пръстите му и се разнесе нагоре по ръката и рамото му, преди той да се отдръпне.

– Сякаш дърветата дават живот на кълбата.

– Мисля, че кълбата хранят дърветата с есенцията си, както водата е важна за поддържането на живота, – каза Дива, докато разопаковаше част от багажа. – Безопасно е да прекараме нощта тук. Свещената гора е защитена от създанията на Ламята.

Павел докосна едно кълбо и мек стон се чу отвътре. Изненадан, той отскочи назад:

– Това пък какво беше?

Дива се намръщи:

– Не ги докосвайте. Обезпокоил си почивката на духа.

Светлината на кълбото се засили, променяйки се от златисто до лилаво, после розово, а накрая отново избледня до златисто, а стонът престана.

– Хората идват тук, за да разговарят с предците си, – обясни Дива. – Но трябва да внимават. Ако човек се вглежда в кълбото твърде дълго, собственият му дух бива пленен тук, а тялото му продължава да живее.

Отдалечавайки се от останалите, Тео се разходи из гората, омагьосан от блещукащите светлини. Една от по-ярките пулсираше като сърцебиене, привличайки го все по-близо. Когато спря пред кълбото, то бавно се завъртя и засия по-ярко, а цветовете се променяха от светловиолетово към розово и обратно.

– Тео, я, се виж! – мелодичен глас му говореше меко като приспивна песен.

– Дива? – извърти се той.

Наблизо нямаше никого. От дървото се усети лек аромат на билката орлови нокти. Шепнещи ноти по клоните го зовяха. Хипнотизиран от мелодията, Тео постави дланта си върху пулсиращото кълбо. Беше студено и гладко – като стъкло. Клоните, обграждащи кълбото, се раздалечиха, за да разкрият повече от него.

Въртящите се цветове в сърцевината му постепенно избледняха и една красива, неземна жена с къдрава коса като огън се рееше вътре. Той я бе виждал и по-рано – във водата при чешмата, точно след като кацна в Змейково. Нежната й усмивка го дари с топлина и любов. Нежен бриз го обкръжи, сякаш да го прегърне и да погали косата му.

– Тео, вярвай в себе си. Ти си специален, – заговори жената.

– Откъде знаеш как се казвам? – ококори невярващо очи той.

Тя положи ръка върху кълбото, огледално на неговата:

– Познавам те още преди да се родиш, скъпоценни сине мой. Уверих се, че жената във Влас ще те обича, преди да си тръгна. Тя те нарече Тео.

Неин син?

– Моля? Коя си ти? – Това, което казваше тя, беше невъзможно. Майка му беше във Влас.

Той се опита да дръпне ръката си от кълбото, но не успя. Нежният глас на жената ехтеше дълбоко в душата му. Тя продължаваше да говори, а той се отдалечаваше от обкръжението, в което се намираше. Видя спомен, който тя сподели с него: в една бурна нощ три неземни жени се измъкнаха от гората. Ветровете бушуваха, развявайки дългите им роби им, огрени от лунните лъчи. Дъждът ги биеше в лицето. Досами гърдите си червенокосата жена гушкаше вързоп, увит в бяло одеяло. Трите жени се затичаха към чардака на една къща – къщата на Тео.

Червенокосата жена постави вързопа до вратата. Той помръдна – и едно бебе се разплака. Жената му изпя тъжна песен и го целуна:

– Сбогом засега, скъпо мое дете. Ще се върна, когато победим Ламята.

И после разкопча от врата си седемзвезден медальон и го постави до сърцето на бебето. Последна целувка и си отиде.

Сълзи изпълниха очите му. Защо майка му никога не му е казвала, че е осиновен?

Дори и да беше илюзия, любовта, която жената от кълбото му показа, разцъфна в него. Нямаше съмнение, че това *е* майка му, жената, която го е родила. Страхът от Ламята я бе принудил да го остави. Но как е умряла?

Тя отново проговори:

– Не тъжи за мене. Смъртта е началото на нов, често по-добър живот.

Кълбото потъмня, образът на майка му избледня в сенките. По лицето й се стече сълза.

– Моля те, не си отивай. – Тео се наведе с чело над кълбото.

Шепнещият й глас го обгърна:

– Ако се доближиш още малко, ще те хвана в капан тук.

Огненочервената й коса се стопи и блестящата златиста светлина отново започна да искри в кълбото. Клоните на дървото се простряха напред и затваряха, бавно прегръщайки кълбото в прегръдката си.

Въздухът наоколо му тежеше на Тео. Той падна на колене в основата на дървото. Сладката миризма, прекрасната мелодия, майка му… Всичко изчезна. Тъмната гора се затвори над него. Не можеше да диша.

– Какво има? – Павел го докосна по рамото. – С кого говореше?

Тео се изправи с разбито сърце:

– Майка ми е в кълбото.

Павел се опули:

– Мислех, че е във Влас.

– Моята истинска майка, – прошепна Тео.

– Какво искаш да кажеш? – недоумяваше Павел.

– Аз… аз съм осиновен. Досега не го знаех. – Пръстите на Тео посочиха натам, където до преди малко стоеше майка му. – Майка ми не е… не е била човешко същество.

– А какво?

– Самодива.

Павел съвсем загуби ума и дума:

– Да му се не види! Самодива е омагьосала баща ти?

– Не знам. Не ми каза.

Дали майка му самодивата е съблазнила неговия баща човек? Беше чувал истории за мъже, докарани до лудост от омаята на някоя нимфа. Затова ли майка му е оставила Тео в този дом? Ако е така, тогава Ния му е полусестра.

– Хей, Тео, – сръчка го Павел, – стой да те питам: ти какъв си, ако майка ти е самодива?

– Не знам. Легендите твърдят, че децата на човек и самодива са големи герои. – Тео определено не се чувстваше като герой. А всичко, което изпитваше в момента, беше пълен смут.

– Супер! – Павел се втренчи в кълбото. – Ама никого не виждам там.

Тео отново докосна кълбовидното чудо. Отвътре се чу стон, а златистата светлина избледня като свещ, угасена от вятъра.

– Не! Върни се, моля те.

Дива дотича:

– Какво си се разкрещял?

Павел посочи към кълбото:

– Тео си мисли, че е видял майка си вътре.

– Така е, а сега я няма, – и той хвана главата си в ръце.

– Майка ти? Това кълбо принадлежи на нашата кралица, – каза Дива.

Кралицата. Красивата жена, която Дива му показа на картинка. Жената, която носеше черния лък сега негово притежание.

Дива положи ръка на рамото на Тео:

– Тя не си е отишла. Необходима й е много енергия, за да говори с тебе. Виж, в момента нейното кълбо едвам блещука.

Той свали ръцете си. Лъч светлина пулсираше в кълбото. Тео се отпусна. Тъй като майка му е била силна самодива, вероятно има шанс той да стане герой.

Глава 13
Силата на музиката

По обяд на следващия ден групичката спря на върха на една могила. Отпред лежеше искрящ изумруден залив. Острови бяха осеяни по бреговата линия, а пенещите се вълни приличаха на червеи, промъкващи се към брега. Павел извади бинокъла от раницата си.

Тео се засмя:

– Трябваше да се сетя, че това ще го носиш.

– Аз съм капитан на отбора по планинско катерене. Нашият инструктор винаги казва: „Носете си компас, бинокъл и… чифт чисто бельо".

Тео перна леко Павел по рамото:

– На бас, че майка ти ти е казала за последното.

Павел свали бинокъла:

– Не виждам никого.

– Откъде знаеш? – попита Дива. – Ние сме твърде далеч.

– Бинокълът ми позволява да виждам неща от разстояние – все едно че са близо. – Павел й подаде бинокъла. – Убеди се сама.

Момичето доближи уреда до очите си. – Това дърво… е точно до мен. – И протегна ръка във въздуха, сякаш се опитваше да хване нещо, след което свали бинокъла. – Къде изчезна дървото?

– Това е илюзия, – каза Павел. – Дърветата са си далеч.

– Май и ти правиш магии, а? – закачливо попита тя.

– Не е магия, а наука. –ухили се Павел. – Изобретенията са почти като внасяне на магия в нашия свят.

– Някой ден наистина трябва да разгледам твоя свят. – Дива му върна бинокъла.

Докато Павел и Дива все още си говореха, Тео се промъкна в гората. Трябваше да намери начин как да защити приятелите си от всяка друга опасност, която можеха да срещнат. Ако е герой, трябва да бъде по-силен. Щом дърветата го скриха от погледа на приятелите му, той хвана медальона, надявайки се, че магическите му сили са се запазили. Стискайки го здраво, се завъртя.

Гласът на Павел го изненада:

– Какво правиш?

– М-м-мислех, че си говорите с Дива.– обърна се Тео.

– Тя ме изпрати да те нагледам. – Павел се ухили и се облегна на едно дърво. – Опитваше се да се превърнеш в сокол като Дива ли?

– Ами… не. Аз просто…

Павел се засмя.

– Не можеш. Забрави ли, че Дива каза, че само дъщерите на самодивите могат да се променят външния си вид?

Тео въздъхна. Ще намери друг начин да защити приятелите си. Върна се при Дива и Павел и тримата тръгнаха към водата. Колкото повече приближаваха брега, толкова повече дърветата оредяваха; отстъпиха място на храсталаци, които на свой ред отстъпиха място на тревата. Бял кварцов пясък покриваше камъчетата; след като пътеката изчезна пред погледа им имаше вече само дюни.

– Заливът на русалките, – Дива пое дълбоко въздух. – Аромат на море, сол и бриз.

– Плаж! – извика Павел.

– Ако съм на твое място, не бих влязла, – отсече Дива. – Запомнете, че цяло Змейково е магично.

– Искам да топна крака във водата. – Павел свали обувките си и се затича по белия пясък, но се спря. Започна да вика и да скача – точно като нестинар върху жарава.

– Какво ти става? – попита Тео.

– Краката ми горят. – Павел се втурна назад и потърка стъпалата си в тревата.

– Не може да е толкова зле, – засмя се Тео.

– Опитай ти, де.

Тео докосна пясъка. Болка като от горещ ръжен, премина през пръстите му. Момчето изскърца със зъби и прибра ръката си:

– Нищо не чувствам.

– Защо тогава почервеня?

– От цялото това ходене… – Тео започна да смуче пръстите си.

– Предупредих те, – усмихна се Дива. – Сега, момчетата, ако сте се наиграли, хайде да намерим русалките.

Прекосиха през градина с цъфнали цветя и дървета, натежали от плодове. Стомахът на Тео потръпна от сладкия аромат и той посегна към един оранжев плод.

Дива го плесна през ръката:

– Не пипайте нищо. Гледайте да не ядосате русалките.

– Съжалявам, – каза Тео и продължи да върви. – Защо всичко е толкова живо тук, а останалата част на Змейково е мъртвило?

– Добър въпрос, – каза Дива. – Няма да ме изненада, ако русалките са сключили сделка с Ламята.

Вървяха по плажа, докато не стигнаха до място, където камъни, обвити с водорасли, обрамчваха брега като маси за пикник в кафене на открито. Вълните си играеха на гоненица с многоцветни скъпоценни камъни, блестящи в пясъка.

– Краката ме болят, – каза Павел. – Да си починем и да изчакаме русалките тук.

Седнаха върху камъните, докато приливът не се оттегли, но никой не се появи.

– Надявам се, че ще ни помогнат. Трябва бързо да намерим Ния.
– потръпна Тео. – Докато спахме снощи при кълбото, сънувах кошмар.

– Разкажи ми, – каза Дива.

– Оказах се в цветна градина, – започна Тео. – Ния беше там. Само, че не беше Ния, а каменна статуя, а на лицето й бе изписан ужас… или неверие.

– Може би Ламята е като Медузата, – каза Павел, – и с поглед превръща хората в камък.

– Или може би Ламята е намерила начин да влезе в главата ти, Тео, – добави Дива, – за да спреш да търсиш душите й и ще отидеш в замъка да намериш сестра си.

Тео не беше сигурен. Сънят сякаш бе истински. Времето на Ния изтичаше.

– Дива, май не сме където трябва, – подметна Павел. – Ти каза, че Ламята ще усложни нещата, за да не намерим душите й. А тук нищо не ни притеснява, нито дори русалките.

Дива хвърли поглед към хоризонта:

– Имай търпение. Когато са готови, те ще излязат от скривалището си.

– Е, уморих се да седя. – И Павел тръгна по брега и започна да подритва мидички, но този път не дръзна да се събуе.

Тео сграбчи Дива за ръката, когато тя отвори уста да отговори.

– Не съм съгласен с Павел, но е доста скучно да седим тук и да не правим нищо, а само да чакаме.

– Какво има за правене? – попита Дива. – Сестра ми ми каза, че хората все си мислят, че трябва да правят нещо – и не могат да изпитат удоволствието да стоят тихо сред природата.

– Вероятно си права, но ми е неспокойно като си мисля, че русалките ни гледат. – Тео порови в раницата си и извади кавала. – Дива, старата вещица ми каза да го върна на самодивите. Знаеш ли на кого е принадлежал?

– Дървена пръчка с дупки? – попита недоумяващо Дива.

– Това е кавал, нещо като дървена флейта. Създава музика.

Очите на Дива блестяха:

– Посвири ми, моля те. Сестра ми ми е казвала, че обича да танцува на чудната музика на кавала. Понякога хващаше някой овчар и го караше да свири цяла нощ.

Цяла нощ? Като овчаря, който бе убит. Тео се поколеба. Дива беше казала, че самодивите не вредят на хората. Може би не са били сестрите й, а други нимфи. Тя със сигурност нямаше да успее да го накара да свири *толкова* дълго. Можеше да й се довери.

– Не съм много добър, но ти си го изпроси.

Тео постави пръстите си върху дупките на дървения инструмент, поднесе мундщука до устните си и засвири. Пръстите му сякаш се движеха сами. Мелодията на флейта се разнесе около тях като лек дъжд от щастие и любов.

– Не мога да повярвам, че това го свиря аз, – спря се ненадейно Тео.

– Не каза ли, че свириш ужасно? – И Дива докосна кавала.

Тео се втренчи в инструмента:

– Преди беше така. Сигурно този кавал е вълшебен.

– Посвири ми още, моля те. Искам да потанцувам.

Тео раздвижи пръстите си с лекота нагоре и надолу по дупките. Очарователната мелодия отново изпълни въздуха.

Дива изрита ботушите си.

– Недей! – Тео спря да свири. – Плажът ще ти изгори краката.

– Не ме мисли. – Дива скочи и се завъртя грациозно в ритъм с мелодията.

– Танцът на живота, танцът на властта. Русалки, елате заедно да изтанцуваме този вълшебен танц, – пееше тя.

Дива се завъртя по брега с отворени ръце, вдигнати към небето. Дивите й къдрици блестяха като искрици вълшебен прах. Там, където краката й докосваха пясъка, разцъфтяха малки бели цветчета.

Долната челюст на Павел увисна; гледаше Дива с неизказан копнеж. Направи колеблива крачка напред, но се спря, когато повърхността на залива забълбука като кипяща вода. Тео се заслуша в тътена, а Бу изкряка и побърза да се покрие – раницата на Тео бе идеалният избор.

Вятърът се засили, когато бълбукащата течност започна да оформя разрастващ се кръг. По периметъра му се биеха вълни, които наплискаха лицата на тримата герои. Остров, покрит с мъх и водорасли, изплува на повърхността… сякаш от нищото.

На брега седяха две полуриби полужени със зелена коса. Рееща се сребърна мантия от фино изтъкани мрежи покриваше бялата им туника в горната половина на тялото им. Рибените люспи по опашката им блестяха, когато перките им се замятаха във водата. Съществата гледаха към брега и извикаха силно, насочвайки копия към Тео. Острият им като бръснач вой образува нови вълни над водата. Шумът прониза тъпанчетата на Тео. Той се хвана за главата, но подобна преграда нямаше как да спре звука.

Дива каза и на двамата да мълчат. Тя разговаря с жените. Крещенето им спря, но непознатите за Тео думи на Дива все още отекваха в ушите му. Когато приключи, Дива се поклони. Жените риби върнаха жеста.

Тео отпуши ушите си:

– Какво казаха?

– Ти ги повика с песента си, – въздъхна Дива. – Сега трябва да свириш, докато те не ти кажат да спреш.

– Моля? – Тео стисна кавала толкова силно, че кокалчетата му побеляха. – Ако са като самодивите, трябва да свиря… докато не умра от изчерпване.

– Напълно е възможно. – Дива прибра косата си на кок.

Тео искаше да избяга. Дива не отрече, че това се е случвало.

– Нямаме избор. Ще направя всичко по силите си, за да те защитя. – Дива изрече тези екзотични думи, докато минаваше покрай него.

Ръцете му трепереха, но все пак надигна кавала към устните си.

– Нищо няма да се получи. Но се погрижи за Бу, ако не успея да угодя на русалките.

От дървения инструмент се понесе изумително сладка музика. Напълно запленени, русалките пееха, звукът от гласовете им вече не дразнеше. С очи, вторачени като в транс, Павел се приближи с една крачка, но Дива го побутна назад. Прошепна нещо в ухото му и той се просна на земята.

Тео забрави за странните думи, които русалките пееха. Използвайки трика, който Дива го бе научила за стрелите, той насочи всички мисли към кавала. Както и по-рано, инструментът сякаш сам създаваше своя музика. Момчето свиреше, докато хоризонтът не се превърна в прашен нюанс розово, а после и по-тъмно лилаво. Тео свиреше ли, свиреше. Пръстите му го заболяха и натежаха, но той не спираше. Животът на Ния – а и неговият – зависеше от това да угоди на русалките.

– *Тео.* – Чу в ума си тих глас.

– *Мамо?* – помисли си той. – *Мислех, че си си отишла завинаги.*

– *Сега сме свързани. Винаги ще съм до тебе.* – Нежна ръка погали косата му.

– *Не мисля, че ще мога още дълго да свиря. Ще разочаровам Ния.*

– *Ще се справиш! Можеш! Изпитанието е почти приключило. Обичам те, детето ми.*

Клепачите му натежаха от сълзи:

– *И аз те обичам.*

Приливът се върна към брега. Бе настъпила нощта и светлината от блещукащите звезди се отразяваше във водата. Една от жените риби доплува по-близо и седна върху един камък. Повика Дива на древен език, който и двете говореха.

– Тео, – Дива постави ръце върху неговите. – Вече можеш да спреш. Спечели уважението им.

– Ела при мен, момче, – каза русалката с думи, които той разбираше. – Няма да ти навредя.

Дива прошепна:

– Иди, но не им вярвай.

Русалката издаде нечленоразделен писък и махна с ръка на Тео да побърза.

– Внимавай, – каза Дива.

Тео свали кавала и пое дълбоко въздух. Изправи се и с трепереща походка тръгна към жената.

Без да казва нищо, тя сплиташе косата й, докато вълните се блъскаха на брега, създавайки водовъртеж около нея. Соленият аромат на морето лъхаше от нея. Тео погледна назад към Дива и Павел, но мъгла, която досега не беше там, покриваше плажа, скривайки ги от погледа му. Момчето направи няколко бързи вдишвания и прехапа устни, изчаквайки жената да заговори или да направи нещо.

Когато го направи, кадифеният й, но нежен глас го опияни:

– Твоите мелодии бяха най-магическата музика, която някога съм чувала. Кой те е учил?

Като че насън Тео пристъпи към нея, след което се отдръпна:

– За първи път свиря така.

– Може ли да видя кавала? – протегна ръка тя.

Тео се поколеба, но й го подаде.

Очите й се разшириха, докато оглеждаше руните, изсечени в дървото.

– Как така притежаваш толкова чудесен инструмент?

– Кръвна сестра на самодивите ми го даде.

Жената го погледна и смарагдовите й очи омекнаха. Върна му кавала.

– Казвам се Руслана. А ти кой си, детето ми?

– Аз съм Тео. Другите двама са Дива и Павел.

Тя оголи в усмивка жълти и остри, подобни на пираня зъби.

– Дива, да, самодива. Чудя се как тя се е спасила от Ламята. Драконът добре би възнаградил този, който му заведе момичето.

Тео отстъпи назад, но не отмести поглед от Руслана.

– Дива е приятелка.

– Няма нужда да се притесняваш; няма да й навреди. – Руслана му махна с ръка и подуши въздуха. – Ти идваш от човешкия свят. Защо си в Змейково? Какво искаш от нас?

Гласът й го хипнотизираше. Беше ли безопасно да й каже защо е тук? Дива смята, че е възможно русалките да са в съюз с Ламята. Но ако не каже нищо на Руслана, как другояче би могъл да намери следващата душа? Той затвори уста, а тя си затананика мелодия. Думите сами излязоха от устата му:

– Ламята отвлече сестра ми. Унищожих една от душите на дракона и…

– Какво? – Руслана се хлъзна във водата и заплува към острова. Тя посочи в посока Тео и говореше с остри тонове на другата жена. Втората жена се гмурна във водата и изчезна под повърхността.

Руслана се върна, цепейки вълните.

– Облечи това. – Тя му подаде колан, изработен от рибарска мрежа, с папрати, вплетени в кръг.

– Защо? – Какво щеше тя да прави с него?

Тя отново си затананика мелодийка, оставяйки го да стои мирен, докато тя не завърза колана около кръста му. Със силна хватка сграбчи ръката му и каза:

– Ако това, което казваш, е вярно, нашата кралица ще иска да те види.

Тео се дръпна да избяга, но тя го държеше здраво. Щяха да го убият! Руслана се гмурна в студената, изумрудено синя вода и го дръпна със себе си.

– Ще се удавя! Не мога да плувам! – и той стисна челюстта си и притисна здраво устните си. Главата му изчезна под вълните.

Глава 14
В пречерни дълбини

Тео се бореше под вълните, опитвайки се със свободната си ръка да се откъсне от хватката на Руслана. Тя дори не го гледаше, докато се носеше във водата. Дробовете му го боляха до пръсване. Той се отказа от това да я напада и покри устата и носа си. Мехурчета се издигаха към повърхността. Да, щеше да умре.

– *Тео,* – каза Руслана в мислите му – точно както и статуята във Влас му проговори. – *Вдишай. Повярвай ми, няма да се удавиш.*

Той задържа дъха колкото можа, опасявайки се, че ще бъде последният му. Когато налягането стана прекалено голямо, той се нагълта с вода. Дробовете му я приемаха все едно е въздух. Би ли могъл и той да й говори с ума си? Съсредоточи се и помисли:

– *Как е възможно това?*

– *Коланът ти позволява да дишаш във вода.*

Тео отново дръпна ръката си, но Руслана го държеше.

– *Защо да си давам зор, като така и така ще ме убиеш?*

Тя спря и разхлаби хватката си:

– *Да те убия?*

– *Не ме ли водиш при кралицата си именно за това?* – Отскубна ръката си, но тогава тръгна да потъва. – *Помощ!* – удряше той водата.

Руслана хвана ръката му и го придръпна към себе си:

– *Нашата кралица няма да те убие.*

Той се сви на топка:

– *Ами Лямята и душата, която разруших?*

– *Тя не обича дракона.*

Дори да не го обичаше, Тео не го беше еня да се среща с кралицата на русалките. Потръпна. Русалките го плашеха и той искаше да се измъкне от водата.

– *Никога ли не си се научил да се наслаждавате на красотата на дълбините?* – попита тя, докато разтриваше ръката му.

– *Живея край Черно море, но баща ми се е удавил в нощта, в която сестра ми и аз сме се родили.* – Тео се радваше, че сълзите му се смесваха с водата, та Руслана да не съзре мъката му. – *Майка ми, тази, която ме е отгледала, никога не пускаше мене нито сестра ми да се доближим до водата. Казваше, че не може да изгуби още някого заради капризите на морето.*

– *Трябва да се научиш. Не бива да се страхуваш от морето. То взима, но и връща на онези, които го уважават.* – Руслана си тананикаше нежна мелодия, която вибрираше във водата. – *Ще ми позволиш ли да ти покажа нещо?*

Тео повдигна вежда, но се замисли:

– *Да.*

– *Дръж се здраво и не се страхувай. Отпусни се. Наслади се на едно ново преживяване.*

Руслана замахна с опашката си и грациозно се плъзна през кристално чистата течност. Дивото й гмуркане разпръсна пасаж риби и ги поведе покрай полюшващи се водни кончета към колоритен маса корали. Странни същества минаваха пред очите им с и без компактни колонии, образуващи великолепна сграда, наподобяваща замък. Малка градина от камъни я заобикаляше като цъфтящи цветя.

Тя се спря:

– Тук обичам да идвам, когато ми се иска да съм сама. Няма по-голяма наслада от това да се обградиш с морето и да откриеш неговите съкровища.

– Прекрасно е, – каза той с нескрита възхита от неописуемата красота наоколо. Жълта светеща риба мина покрай тях; перките й докоснаха Тео по бузата. Удивен, той зарита с крака и тялото му започна да се движи във водата.

– Плувам ли?

Руслана се засмя:

– Донякъде. Мърдай и с ръце, – и тя пусна ръката му.

Тео замахна с ръце, риташе с крака… и неусетно заплува напред. Той изви тялото си; правеше бавни загребвания. От устните му излезе смях, както и цветни мехурчета. Когато пасаж риба мина наблизо, Тео ги доближи, плувайки сред тях, докато те не се разпръснаха.

Руслана го доближи:

– Трябваше да те оставя да изпиташ красотата на моя дом, но трябва и да побързаме. Сестра ми уведоми кралицата, че идваме. Не трябва да караме Нейно величество да чака.

Със силни тласъци на опашката си Руслана заплува обратно, докато не стигнаха до стена с човешки черепи, издигащи се от морското дъно. В основата й русалка размахваше заплашително тризъбец пред огромна скала, оформена като човешка глава, а устата беше отворена като буквата О, сякаш крещеше. Руслана поговори мислено с пазителката, която отстъпи настрана и каменната врата се плъзна и се отвори. Тео и водачката му минаха през устата и тръгнаха нагоре по тунела. Озоваха се в просторна зала, пълна с блестящи изумруди. Изкоп обикаляше залата. Тео мина по стъпалата и стъпи върху мраморен под; от дрехите му се стичаше вода. Пое дълбоко въздух. Преди да попита Руслана поредния си въпрос, тя каза:

– Кралицата направи така, че част от нашия подводен свят да е сух, за да не се наложи да си говорим в мислите.

– Защо? Нима всички морски същества не се радват да са във водата?

Руслана се наведе още по-близо и прошепна:

– Заради властта. Гласът й ужасява посетителите тук.

– Благодаря за предупреждението… все пак. – Той вече бе ужасен. Колко повече може да го ужаси гласът на кралицата?

Тео трамбоваше в очакване. Малки същества, подобни на змиорки, но с пипала, бяха залепнали като вендузи от външната страна по стъклената стена на залата. Зъбите им тракаха в постоянен ритъм, докато го гледаха. Той се отдалечи от тях надолу по стъклото, но те го последваха, сякаш искаха да погълнат плътта му. Непрекъснатите им писъци проникваха през стъклото и му причиняваха главоболие. Той се отдръпна и огледа останалата част от залата.

Появи се втората жена от острова. Тя му се подсмихна и се потопи в мраморен басейн, заобиколен от седем колони. Златен кон на върха на всеки стълб пръскаше от устата си вода в басейна. Над конете се извиваше балдахин от златни пръчки, всяка завършваше със скъпоценни камъни: рубини, опали, диаманти и изумруди. Въртяха се като въртележка, все едно това бе огромен калейдоскоп. Аромат от розови и жълти водни лилии, плаващи в басейна, погали носа на Тео и той кихна.

Руслана прочисти гърлото си.

– Нека ти представя сестра ми Димана.

Жената се засмя, а красивото й лице се озари от свиреп поглед.

Тео отново се доближи до Руслана:

– Внимавай какво казваш или правиш, – прошепна му тя. – Димана мрази хората. Тя е една от нещастните жени – била е някога човек, но е умряла малко преди сватбата си.

Тео беше чувал за жени, които са прокълнати, защото са се удавили, след като са били зарязани от любимия. Единственият начин да постигнат мир е, ако някой отмъсти за смъртта им.

– Ами ти? – попита той Руслана.

– Не, родена съм русалка, – отвърна тя. – Такива като мене посещават вашия свят, за да помогнат на хората. Няма нужда да се боиш от мене.

– За кавала, – чу се съскащ глас зад Тео.

Той затаи дъх, представяйки си змии, пълзящи навсякъде около тялото му.

Русалките се поклониха и казаха:

– Ваше Величество!

Тео се обърна към кралицата и потръпна. Бездънните й черни очи го гледаха, а абаносовата й къдрава коса, се стелеше върху белите й като лилия рамене. Не само гласът й го ужаси.

– Моят кралсссски двор ме информира, че сссвириш добре. А аз обожавам муззиката. – Тя се усмихна, показвайки жълти заострени зъби – като на хищник.

Тео стисна инструмента. Отвори уста да каже нещо, но думи така и не излязоха.

– Не сссе сссрамувай! Не бъди глупак. Аз ссъм Водна, кралицата на Подводното царсссство. Никой нищо не ми отказззва.

Тя подскочи към него върху осем противни пипала, чиито върхове бяха украсени със смарагди. Преди Тео да успее да се отдръпне, тя го докосна по носа и бузите с острите си черни нокти. Пипалата й завибрираха, а скъпоценните камъни по краищата задрънчаха.

– Посссвири ми! – извика тя.

Ръцете му трепереха, когато той допря кавала до устните си. Хипнотична, очарователна музика изпълни залата и заглуши крещящите змиорки навън. Създанията се понесоха в странен танц, сякаш бяха опиянени от мелодията. Водна затвори очи и започна да се поклаща с всяка нота. Когато Тео завърши, тя опипа с ноктите си дължината на кавала:

– Да, точно както ссси го предсссставях. Чассът насстъпи!

Изрева на Димана заповед на техния език. Русалката се поклони в знак на признание. Водна се плъзна около Тео, после отново застана пред лицето му:

– Не ссси това, което ссси предсссставях, но кои ссме ние, че да изззбираме? Вярно ли е, че ссси унищожил една от душите на Ламята?

– Да. – Тео остана неподвижен; не смееше да мръдне.

– И сссега ссси дошъл тук, за да търссиш втората ли?

– Да.

– Какво те кара да сссмяташ, че ще я намериш тук?

Тео прочисти гърлото си:

– Една следа. Текстът гласеше: „*В пречерни дълбини лежи приятелят ми. Песента на магьосницата води мъже към водна смърт; мелодията на магьосницата спасява от полюшване*“. Сякаш говореше за русалките…

– Да, умно. И ти ссси магьоссссникът, който сссвири мелодията.

– Водна се облегна назад. – А какъв подарък получи, когато уби душата?

– Златен ключ.

– Хм. Не знам кой може да бъде този приятел, но Магурата може и да знае. – Водна се изправи. – Димана, зззаведи нашия госсст да сссе види ссс библиотекаря. Руссссслана, ела да ми присссслужваш.

Димана изчака, докато Водна и Руслана не се оттеглиха. С едно движение на ръката си Димана посочи един тунел:

– Магурата е долу, той е човек. Нямам време на подобни като тебе да показвам пътя до дома му.

Тео сви рамене и тръгна към тунела:

– Добре. Ще се оправя.

Димана добави:

– Когато стигнеш до вратата в края, почукай силно и влез, ако никой не отговори. Магурата е по-стар от света. Той е жива енциклопедия и понякога се заплесва в четене.

– Благодаря ти.

– А, още нещо. – На лицето й се прокрадна злобна усмивка. – Колко добре познаваш приятелката си самодивата? Сигурен ли си, че се опитва да ти помогне? Мисля, че Ламята ще се радва да размени сестрите й за тебе.

– Вярвам на Дива. – Тео се обърна към Димана и влезе в тъмния тунел.

Не познаваше Дива от много време, но тя нямаше да го предаде. Досега можеше да му причини зло, стига да беше поискала. Момчето се радваше, че тя го беше предупредила да не се доверява на русалките.

Погълнат в мислите си, Тео се блъсна в една дървена врата, но отстъпи. Вдигна юмрук, за да почука, но се поколеба. Дали библиотекарят нямаше да се окаже друго ужасяващо създание? Сети се за Джабалака – грозен, но мил. Никое създание, което обича книги, не можеше да го изплаши. Почука, както предложи Димана. Никой не отговори. Той отвори вратата и надникна в мрачната стая.

– Ехо, здравейте!

Тишината отговори на повика му. Вратата изскърца, когато я побутна да се отвори широко. Една крачка и влезе в стаята. Мухъл от древните книги изпълни носа му. Тънки и дебели томове – някои отворени, други затворени – лежаха по пода или бяха натрупани на високи купчини до стените, готови да паднат.

– Има ли някого? – попита Тео. Никой не отговори.

Тео си проправи път покрай хаоса от книги и седна на един люлеещ се стол, за да изчака библиотекаря. На масата до него газена лампа осветяваше един разлистен том. Голяма фигурка от черупка на костенурка изпълняваше ролята на отметка. Тео се приближи до тежкия том и се зачете в страниците, но езикът беше като този в книгите на Джабалака.

От черупката изскочи зелена глава:

– Много грубо. Аз го четях това.

Тео стана от люлеещия се стол:

– Извинявам се.

Костенурката премляска с устни и се прозя:

– Хм. Изглежда, че май не четях. Сигурно съм задремал. Както и да е, ти ме събуди.

– Извинявам се още веднъж. Вие ли сте библиотекарят Магурата?

– Да, и е така вече хиляда години. – Той го изгледа, после се поклони. – Магура, магьосникът и пазителят на знанието, на твоите услуги. А ти кой си? Какво искаш?

– Аз съм Тео. – Поклони се и Тео на свой ред. – 12-годишен човек от Влас. Водна каза, че можете да ми помогнете да намеря втората душа на Ламята.

– *Втората* душа ли? – изсумтя Магурата. – Не знаех, че са номерирани. Не знам как да намериш която и да е, дори и с всичките тези книги. Не мисля, че някога съм търсил и следа…

– Вече унищожих една, – каза Тео. – И сега…

– Какво? – Магурата скри глава в черупката и тя изтропа сякаш ураган мина над масата. – Ламята трябва да е бясна. Ще има последици за всички нас.

Тео надникна в черупката:

– Имам следа – указания – как да намеря следващата й душа, но не знам какво значи. Вие сте мъдър. Водна смята, че можете да го изтълкувате.

Костенурката леко подаде глава:

– Каква е тази следа?

– В задънена улица съм със следния текст: „*В пречерни дълбини лежи приятелят ми*". И имам един златен ключ от първата душа. Така че „приятелят" може да бъде друг ключ или нещо, което ключът да отвори. Мисля, че „*пречерните дълбини*" може да са някъде в морето. Имате ли представа какво може да е?

– Пречерни дълбини, така ли? – Магурата протегна шия. – Нека помисля. Единственото създание наоколо, достатъчно противно, което изпълнява безпрекословно заповедите на Ламята, е октоподът Мурундук.

Тео се засмя нервно.

– Какво е толкова смешно? – начумери се Магурата неразбиращо. – Това чудовище ни тероризира откакто дойде тук. С едно пипало може да изтръгне живота от тебе!

– Извинявам се, – Тео премести краката си. – Нямах предвид неуважение. Мислех си колко очевидна сега е следата. Пречерно и октопод. Всичко вече има смисъл, когато знаеш отговора.

– Хм. Нека не се разчува, че аз съм ти помогнал. Колкото и да е лош Мурундук, Ламята е милион пъти по-лоша. Бих искал да живея още хиляда години, щастлив и изгубен сред книгите си. – И Магурата заби глава в четивото си и продължи от там, където бе прекъснал. Тео се изкашля. Костенурката вдигна поглед и устните й се свиха: – Какво? Още ли си тук?

– Можете ли да ми кажете къде да намеря октопода?

Магурата въздъхна тежко и премести черупката си.

– Русалките можеха да ти кажат, – промърмори той, след това добави: – Както и да ти разкажат за Мурундук, мисля, без да се налага да ме притесняваш. – Изтегна врат и се прозя. – Той живее в края на залива, в разбит от крушение кораб.

– Благодаря Ви, Магура.

Костенурката не го отрази, защото вече бе заспала върху отворената книга. Тео тръгна обратно по тъмния тунел. Как би могъл да победи създание, което може да го смаже с едно пипало? И къде ли октопод би скрил душата на Ламята?

Димана се втренчи в Тео, когато той влезе в залата; направи гримаса и изпляска с опашката си в басейна.

– И какво? *Човешкото* момче се завърна? Моля те, кажи ни, намери ли отговора, който търсеше?

– Да. Трябва да намеря крушералия кораб, където живее Мурундук. – Тео прочисти гърлото си. – Сигурен съм, че душата на Ламята е скрита там.

Тя се усмихна, разкривайки отново зловещите си зъби:

– А, Мурундук? Той ще те разкъса на парчета, но с удоволствие ще те заведа до там и ще гледам.

Тео се отдръпна:

– Не може ли Руслана да ме заведе?

– Не. Кралицата ми заповяда да ти помогна в търсенето – при едно условие.

– Какво? – попита Тео.

– Трябва да ни дадеш кавала. – И Димана протегна ръка.

Тео отстъпи назад и стисна инструмента:

– Трябва да го върна на самодивите!

– Тогава сам иди, намери Мурундук и го победи – и после дано да успееш да намериш обратния път.

– *Тео*, – нежен глас отново проговори в ума му.

– *Мамо?*

– *Няма проблем да върнеш кавала. Той е притежание на русалките.* – Невидими ръце го обгърнаха в нежна прегръдка.

– Ей, *човешко* момче, какво ще кажеш? – Димана насочи харпуна си към Тео.

– Ваш е. – Той отиде до басейна и й подаде кавала. – Наслаждавайте се на музиката.

Тя изрази своето злорадство, когато взе инструмента.

– Може ли вече да тръгваме? – попита Тео.

– Толкова ли си нетърпелив да умреш? – Все още държеше харпуна, но сграбчи и ръката на Тео и го потопи в басейна.

Преди да има време да мигне, вече беше излязъл от пещерата на русалките и се намираше от другата страна на стъклената стена. Усети ухапване от студената, изумрудена вода, която го обгръщаше като пашкул, преди да забележи дребните крякащи прилични на змиорки същества, които щипеха дрехите му.

Той ги заудря:

– *Махайте се!*

– *Те си мислят, че си следващото им хранене,* – засмя се Димана. – *Не се притеснявай. Те няма да напуснат сигурността на прозореца. Ще ни оставят, когато отплуваме нататък.*

Взимайки под внимание съвета й, Тео ритна с краката и се отдалечи от съществата.

– *Хайде, да приключваме с всичко това!* – И Димана дръпна ръката на Тео и го поведе към руините на един стар кораб.

На Тео му се искаше Дива и Павел да са с него. Не вярваше на Димана. Жената можеше да го зареже сам на кораба – кавалът вече беше в ръцете на русалките. Защо да им пука дали той ще успее или не? Изглежда не бяха пострадали от щетите, които Ламята бе нанесла в Змейково.

Когато пристигнаха, Димана доплува до коралите:

– Ето го и леговището на Мурундук.

Тео обиколи кораба с плуване. Корали и водорасли досущ като пиявици покриваха тъмните изгнили дъски. Върхът на носа се бе спуснал откъм корпуса и бе потънал дълбоко в пясъка – като рак, оставил дупка след изпълзяването си навън.

Цветен пасаж от светещи риба влизаше и излизаше от останките на разбилия се кораб, сякаш изпълняваха хореографски танц. В предната част на кораба златиста фигура на Нептун блестеше във водата. Подобно на Димана, очите на статуята блестяха от гняв, а харпунът на морския бог сочеше към Тео.

– *Стига си разглеждал забележителностите,* – отсече Димана. – *Време е да разбереш какво те прави толкова специален.*

– *Нямам с какво да се боря срещу Мурундук. Лъкът и стрелите ми са на плажа.* – Тео протри потните си ръце в панталоните си, забравяйки простия факт, че се намира във водата.

– *Нали си някакъв герой?* – изпуфтя тежко Димана.

– *Предполагам, че просто ще се промъкна вътре.* – Тео приближи кораба с плуване, надникна в корпуса и се поколеба. Тъмнината отвътре отвърна на взора му. – *Мислите ли, че октоподът е тук?*

– *Сигурна съм. Какво очакваш от мене?*

– *Мислех си, че сте тук, за да ми помогнете.*

– *Така е, но само по заповед на кралицата.* – Тя посочи с харпуна си към останките на кораба. – *Ще изведа октопода и ще му отклоня вниманието. Ти иди и намери това, което търсиш. Побързай и внимавай – сенките са свърталище на всякакви същества.*

Димана заплува към зейналата дупка в корпуса на кораба, удари по изгнилата дървесина с харпуна си и изкрещя на странен, древен език. Резонансът от ударите помете Тео – и черепът му кънтеше. Той се притисна към кораба, когато върхът на пипало, голямо колкото тялото му, се измъкна от дупката. Димана го шибна с блестящо въже. Израстъкът се отдръпна назад и съществото изрева. Черно мастило изпръска Димана, но тя бе по-бърза и заплува над корпуса. Мурундук повдигна глава от разбития кораб. Тео почувства, че червата му се обръщат. Кръвясали очи с големината на баскетболна топка блестяха върху лицето на чудовището, а шипове покриваха страните на всяко едно от пипалата му. Отвори като усти имаше в долната част на всеки крайник, които крещяха при всяко свое отваряне и затваряне. Магурата беше казал, че Ламята е милион пъти по-страшна. За пореден път момчето се усъмни, че може да победи дракона, да не говорим за това, което трябваше да свърши днес.

Димана насочи харпуна си към отвора:

– *Върви! Намери душата на Ламята.*

Тео се плъзна по кораба – покрай Мурундук. Мъждукаща светлина отвън едва се промъкваше в тъмната вътрешност. Докато Тео плуваше из дългия коридор, малки рибки, искрящи в сребристо, жълто и синьо, осветяваха пътя му. Придържайки се близо до стената, той с плуване навлезе в голяма зала, която някога е била трапезария.

Сноп светлина проблясваше през пукнатината в корпуса върху един светещ предмет. Тео доплува до него и се намръщи: само някаква сребърна карфица, обрамчена с малки черупки. Не е следа за ключ. Потърси заключена кутия.

– *Побързай, човешко момче. Мурундук печели тази битка.* – Думите на Димана насила се промъкнаха в ума на Тео.

Светещи риби минаха светкавично над мида, утаила се в калта. Тео доплува по-близо. Краката му потънаха в тинята. Той обви ръцете си около черупката, пръстите му едва обходиха половината и тя се дръпна. Мекотелото се зарови по-надълбоко, потъвайки бързо. Тео пъхна пръстите си между двете черупки и се опита да ги раздели. Отвориха се малко, преди да хлопнат окончателно.

Той заплува из залата, търсейки нещо, с което да отвори черупката, преди тя напълно да изчезне. Топлийката можеше да помогне. След като промуши върха ѝ в устата на мидата, Тео притисна другия край. Струйка кръв се изви във водата. Черупките се разделиха достатъчно, за да може той да вкара пръсти и да отдели двете половинки. Дънната мида се разцепи на две, отваряйки се настрана; вече не седеше в утайката, където се бе крила. Горната половина се отвори със стон. В розовата вътрешност лежеше нещо черно. Тео се допря за него, но тънки пръчки, подобни на пръсти, го стиснаха здраво. Хващайки горната половинка от черупката, Тео я избута нагоре, опитвайки се със сила да отвори черупката по-бързо. Тя отново изпъшка и се съпротиви на усилията му. Когато се отвори още малко, мястото, където Тео беше забил топлийката, прокървя.

Черният предмет се разкри още повече – това бе махагонова кутия със златна ключалка. Тео отново мушна ръцете си навътре, но отплува назад, когато черупката цялата се отвори с щракване. Десет тънки, розови пръста, прикачени към две разперени ръце, се виждаха в предната част на кутията – свързани към купчинка кашкава плът, те бяха прикрепени към самата черупка.

Тео повдигна очи. Набръчканото лице на старец с увиснала челюст отвърна на взора му.

– *Щ-ще ми дадете ли кутията, моля Ви?* – проговори на създанието в мислите си Тео, надявайки се, че и то говори като русалките.

Съществото не каза нищо, но стисна кутията с пръсти и го погледна с кръвожадни очи. Топлийката блестеше в пролуката между двете половини на долната черупка.

Тео плавно се приближи:

– *Не искам да Ви нараня.* – Той се протегна към топлийката и я прекара през ръцете на създанието. – *Съжалявам.*

От устните на стареца се чу тих стон и той освободи хватката си. Тео грабна кутията и със силно оттласкване побърза да се отдалечи от черупката.

– *Димана, взех го.*

Никой не отговори. Дали нещо не се е случило или тя просто го беше изоставила? Тео се забърза надолу по коридора към изхода. В сенките се появи мрачно очертание. Той въздъхна облекчено.

– *Димана?*

Огромни червени очи блеснаха в тъмнината. Октоподът! Мурундук пълзеше към Тео. Едно черно пипало се изстреля, за да го сграбчи, но Тео се прилепи до стената. Съществото се изправи пред него, заграждайки всички възможни пътища за бягство. Тъмно мастило като плътен воал помрачи зрението на Тео. Чудовищните пипала се увиха около тялото на Тео и изстискаха и малкото му останал въздух. Устите по пипалата на звяра захапаха дрехите му.

Влас изникна в съзнанието на Тео. Змеят отлетя от Каменната гора. Майката на Тео държеше Ния за ръка; и двете се смееха за нещо. Той се бореше със зловонната мръсотия, но наситеността на мастилото се просмукваше в него и образите в ума му напълно избледняха.

Глава 15
Лукавите вещици

Тео се събуди от какофония от писъци. Стегната хватка го държеше в плен, притиснат до стената на разрушения кораб. Момчето се лашкаше в мастилената вода, за да се спаси от пищящите усти по пипалата на октопода.

– *Не шавай!* – изкрещя женски глас в ума му.

– *Руслана?*

– *Аз съм, в момента си в безопасност, но трябва да останем скрити.*

Скрити? Той спря да се бори и се огледа къде се намира. Далечната стена на кораба. Все още твърде близо до Мурундук. Всеки момент звярът можеше да спечели яростната битка, която водеше срещу русалките. А те кога бяха пристигнали? Смътни отражения задържаха октопода в залива, докато русалките изпълняваха смъртоносен танц начело с Мурундук. Ръцете на русалките увиваха искрящи ласа около октопода. Харпуни с остри зъбци се забиха надълбоко в туловището на звяра. Залп от копия прелетя във водата към чудовището.

– *А Димана… добре ли е?* – Тя не беше отговорила, когато Тео последно й проговори в мислите си. Дали Мурундук не я беше убил?

– *Ранена е, но ще оживее.* – Руслана оголи жълтите си остри зъби и изсъска. – *Опита се да докаже достойнствата си пред кралицата и си тръгна, без да дочака никоя от нас.*

Димана го мразеше, както мразеше и всички хора. На Тео не би трябвало да му пука, но напрежението в гърдите му го отпусна, когато разбра, че тя все пак е добре. Той рязко дръпна глава и усети празните си ръце.

– *Кутията с душата на Ламята! Къде е кутията?*

– *Шшт. Всичко е наред. При мене е.* – Руслана почука по черната кутия, мушната в мрежа и преметната настрани на хълбока й.

Брадичката на Тео се удари в гърдите му:

– *Защо всички рискувате живота си за мен?*

– *Връщаме един дълг. Заради кавала.*

– *Готови сте да умрете за единия кавал?* – повдигна недоумяващо очи Тео.

– *Дадохме го на майка ти за добротата, която тя показа към нашата кралица.* – Руслана започна да увива зелената си коса.
– *Водна каза на майка ти да свири на кавала, когато в замяна има нужда от нашата помощ.*

Сърцето на Тео се сви от загубата на кавала, нещо, което майка му притежаваше. Но инструментът всъщност не принадлежеше нито на него, нито на нея.

От корпуса на кораба се чу пронизителен рев. Тео се притисна по-близо до Руслана. Мурундук блъскаше по кораба; едно копие се беше забило във врата му. Тежки ръждясали метални греди падаха от всички страни около Тео и Руслана.

– *Трябва да тръгваме. Веднага!* – изпрати съобщение в ума му Руслана.

– *Няма начин да минем покрай него,* – потрепери Тео. – *Той ще ни види!*

Руслана се втурна през самото меле, заобикаляйки пипалата на Мурундук. Едно плесна Тео през лицето и стисна тялото му. Тео отвори уста, за да изкрещи, но се нагълта с отвратителната гнусна течност. Щеше да се удави! Къде беше коланът, който му помага да диша под вода? Той ритна и удари безсилния октопод, който все още здраво стискаше колана му. Руслана отстрани създанието.

– Ще те изкарам на повърхността, момче.

Дробовете и гърлото на Тео горяха като лава. За секунди тялото му буквално се вцепени, а съзнанието му изгуби всякакви спомени.

– Дръж се! Ще успееш! – Руслана побърза да преплува водата – мощните удари на опашката й ги придвижваха нагоре към повърхността.

Изминаха още няколко ценни секунди, но сякаш се точеха часове. Тъмнината се проясни. Солеността замести отровния вкус по устните му. Мълчаливият шум на разбиващи се вълни отекваше в ушите на Тео. С последен тласък от опашката си Руслана се подаде на повърхността на водата. Гърлото на Тео се сви. Той се изкашля, но не успя да изплюе течността от белите си дробове. Носен от морето към брега, още повече вода напълни носа и устата му.

– Не се паникьосвай. Всичко свърши. – Руслана го положи на една страна върху непознат скалист бряг и го натисна по корема. Погълнатата вода излезе на струи от устата му и след това момчето повърна. Всяко поемане на дъх се усещаше като поглъщане на лава. Лежеше на плажа със затворени очи; нямаше място по тялото му, което да не го боли.

– Тео! – чуха се приближаващи викове. Павел. Дива.

Павел коленичи до него:

– Тео, аз съм.

Други думи чу по-силно, после по-меко. Резки звуци. Викове. Това той ли беше? Една ръка докосна главата му.

– Дива, донеси му плодове от овощната градина. По-бързо ще оздравее. – Това беше Руслана.

Нечии стъпки се отдалечиха. Охлаждаща течност миеше лицето му. Въздух.

Тео започна бавно да диша. Жив е.

– Благодаря, че ме спаси, Руслана.

Изстена, отвори очи и се опита да се надигне от земята – поне да седне. Всичко пред очите му се завъртя.

– Дръж си главата между коленете, – каза Руслана. – Скоро ще ти стане по-добре.

– Искам да унищожа душата на Ламята, преди да се случи още нещо. – И Тео се изправи на крака. Едвам стоеше прав.

– Нека да взема ключа, – скочи Павел. – В раницата ти ли е?

– Да, – поклати Тео глава. – Благодаря.

Павел беше направил едва няколко стъпки, когато Дива тичешком се приближи към тях.

– Скрийте се! – изкрещя в ужас тя.

Отгоре им се чу съскане и крясъци. Бу изчезна в гъстите храсти. Павел се върна и се наведе до Тео, който със зяпнала от почуда уста падна на земята. Три огромни вълка с блестящи червени очи се носеха във въздуха, дърпайки карета, изработена от кости и човешки черепи, пришити с нещо, което приличаше на сухожилия.

Пресипнал женски глас извика:

– Освободи поводите, преди да си ни утрепала, ма!

– Юда Стана, кажи й да не ме пипа! – изкрещя още по-писклив женски глас.

– Стига сте се джанкали, вие двете, – извика трети женски глас, който се засмя като хиена. Ушите на Тео не можеха да понесат подобни крясъци. – Внимавай, камък!

Каретата се приземи между Дива и Тео. Плюейки кървава пяна, ръмжащите вълци се хапеха един друг и опъваха юздите, а лапите си вкопаха в пясъка. Жените изглеждаха като по-възрастен вариант на Дива – красиви, но със самодоволен вид, сякаш контролираха целия свят. Нямаше как това да са сестрите й. Дива нямаше да каже на момчетата да бягат. Не че той можеше да бяга – беше твърде изтощен и нямаше къде да избяга.

Една блондинка слезе от каретата. Оправи оранжево-златистата си рокля, след което подаде ръка на една по-възрастна жена, седнала прегърбена върху пейката в каретата. Преди по-възрастната жена да поеме ръката, другата жена, брюнетка в широка червена рокля, я удари и изскочи.

– По-голяма съм от тебе. Аз ще помогна на Юда Стана. Ти остани тук и пази каретата. – Тази беше с пресипналия глас.

Тъмноморавата рокля на възрастната жена се закачи за един череп, когато се опитваше да слезе от мястото си. Докато брюнетката я подпираше, блондинката освободи дрехата си, действие, което накара брюнетката да се ухили, без да предположи, че усмивката й ще замре от последвалия шамар, който й заши по едната буза именно блондинката.

– Следващия път гледай каретата да не се удря в зъбери, – сопна се Юда Стана и закуцука към Тео. Брюнетката я следваше.

– Спри на място! – Стрела профуча над косата на по-възрастната жена и се вклини в каретата.

Юда Стана се извъртя:

– О, виждам, че сестрица самодива се е спасила от гнева на Ламята.

– Как излязохте от подземието? – попита Дива. – Бендида ви осъди да стоите там вечно заключени.

– Предполагам, че някой е допуснал грешка и е оставил вратата отключена, – изкудкудяка възрастната жена. Блондинката прошепна нещо в ухото на Юда Стана. Старицата поклати глава в знак на съгласие. – Сигурно си самотна, дете. Защо не дойдеш с нас?

– Не съм дете! – отметна Дива глава, а непокорните й къдрици отразяваха гнева й. – Една самодива никога няма да заживее с Юди.

Юда Стана помести провисналата си побеляла коса от челото си, разкривайки татуировка на дракон, после се засмя – и то така, че наплю брюнетката със слюнка.

– Какво е толкова смешно? – пострадалата направи гримаса и избърса слюнката от лицето си.

– На момчето няма му хареса това, което Ламята направи със сестра му.

Сърцето на Тео спря. Ния? Какво й е сторил драконът?

Блондинката потърка ръце, а гласът ѝ стана по-висок, сякаш да изрази своето вълнение:

– Дали ламята няма да източи кръвта ѝ и да се изкъпе с нея? И може би ще ми даде трупа, за да мога да го нахраня домашните си любимци. – И тя погали вълците.

– Глупачка! – перна я Юда Стана. – Ламята има нещо още по-зловещо предвид.

Тео ахна и покри уста, за да не изпищи. Какво щеше да направи Ламята с Ния?

– Оставете сестра ми на мира!

Един от вълците започна да вие.

– Шшт, шшт. – успокои звяра блондинката.

Дива допълзя по-близо, друга стрела бе сложена в тетивата и насочена към челото на Юда Стана. Брюнетката се обърна и се усмихна презрително:

– Бъди разумна, *момиче*. Можем да ви помогнем да спасите сестрите си. Тези добротворки самодивите… Искаме само да вземем момчето и да го заведем при Ламята, преди да е направил още повече бели.

– Никога! – Луничките по лицето на Дива станаха тъмносиви, а тя издърпа тетивата.

По-младите Юди се втурнаха в посока Стана – леко зад нея, отколкото пред нея, за да я предпазят от стрелата на Дива. Юда Стана ги зашлеви и двете, после каза:

– Хайде, нека да е твоето! – С ръмжене тя се превърна в голям сив вълк и се затича напред, където събори Дива на земята. Другите две Юди се втурнаха към Тео.

– Бягай! – извика Дива и фрасна вълка по муцуната. – Руслана, спаси ги!

Руслана сграбчи Тео и Павел здраво под мишница.

– Не! – изпищя Павел. Тео започна да се бори в отчаян опит да се отскубне от хватката на Руслана. – Няма да оставим Дива сама.

– Няма време за спорове! – Руслана заплува към своя остров и ги остави на брега. – Те тук не могат да стъпят.

Тео тъпчеше на едно място.

– Пуснете Дива! – крещеше Павел.

Все още във формата на вълк Стана довлачи Дива до каретата и след това отново се превърна в старица. Юдите вързаха Дива с въжета и помогнаха на Стана да се качи при тях. Блондинката изви камшика във въздуха. С ръмжене вълците изриха лапите си от пясъка и се втурнаха напред. Костите по каретата затракаха; вятърът свистеше през празните черепи.

– Пак ще се срещнем, – Юда Стана се изплю в посока Тео, когато прелетяха над острова. – Следващия път, когато се видим, няма да си такъв късметлия.

Каретата изчезна в лунното небе. Какво ще правят сега без помощта на Дива?

Тео се отърси; погледна нагоре – небето изсветляваше, защото се зазоряваше. Нещо го бе събудило. Не знаеше как изобщо успя да заспи. Руслана седеше на една канара, подмятайки опашката си във водата. Павел лежеше свит до огъня, който Руслана беше стъкмила на острова през нощта. Рибени кости лежаха зарити в пепелта. Той не искаше да яде, но Руслана настоя. Трябваха му сили – повече сили – от това, което получи от ядките и плодовете, които беше ял. Беше изминала седмица, откакто Ламята отвлече Ния. Сега и Дива я нямаше. Не беше ли твърде късно да спаси която и да е от двете?

Ужасен креслив шум изпълни въздуха. Това ли го събуди? Той огледа острова в търсене на Юди. Стегнатите мускули на раменете му се отпуснаха. Нито те, нито чудовищните им вълци се бяха върнали. Тогава какъв беше този шум? Засече погледа на Руслана.

– Това е крякащата сврака, – усмихна се тя.

– Бу. – Тео стана и изтупа дрехите си. – Трябва да го намеря.

Павел се протегна и се прозя:

– Изобщо няма да ти е трудно при целия този шум.

– Да се върнем ли на брега? – попита Руслана.

– Мога да плувам. – Павел се гмурна във водата и заплува – ту се подаваше над вълните, ту се скриваше под тях.

Тео остана на плажа, несигурен дали може да се справи без колана, който му бе дала Руслана. Веднъж почти не се удави. Водата го ужасяваше повече сега, отколкото преди.

– Не е срамно да се страхуваш. – протегна ръце Руслана. – Ела. Ще бъде по-бързо, ако ти помогна.

– Добре, – и Тео пристъпи във водата. Руслана го прегърна и двамата се плъзнаха към голямата суша. Когато пристигнаха, той я целуна по бузата. – Благодаря ти, че ни спаси.

Тя извади черната кутия от мрежата на кръста си:

– Унищожи звяра вътре и продължи пътя си. Отидете в овощната градина. Плодовете ще ви дадат сила.

С поклащаща се опашка Руслана се отдалечи във водата. Тео наблюдаваше докато островът не изчезна под вълните.

– Кра-а-а! – Един храст изшумоля наблизо.

– Извинявай, Бу. – Тео свали свраката от скривалището й и погали перата й. – Радвам се, че си добре.

– Какво ще правим сега? – Павел изрита камъните пред себе си. – Как ще намерим Дива?

– Не знам, – стисна юмруци Тео. Как щеше да помогне на Дива? Животът й би могъл да бъде в опасност… или вече е мъртва. Без нея той нямаше представа как да спаси Ния. – Нека помислим, докато хапваме.

Той стисна махагоновата кутия и се запъти натам, където бяха оставили раниците си. Гърлото му пресъхна. Торбата на Дива лежеше изоставена, макар че лъкът и колчанът й ги нямаше. Събраха каквото имаха и тръгнаха към овощната градина. Тео набра няколко оранжеви плода, подаде един на Павел. С натежало сърце направи първата хапка. Ароматен сок потече по брадичката му.

– Какъв е планът? – попита Павел.

Тео дояде плода. Сила го прониза – и надежда. Не можеше да остави спънките да го спрат. Ще намери начин да спаси и Дива, и Ния. Те трябва да са добре.

– Да унищожим първо душата на Ламята. Ако отслабим силата на дракона, ще имаме по-голям шанс да го победим.

Бръкна в раницата си за ключа. Нямаше го там. Изсипа съдържанието на земята. Ключът го нямаше. Претърси всички джобове; обърна ги навън. Намери само златната люспа, която бе мушнал много навътре. Отново прегледа всичко по земята и изтръска раницата, но нищо друго не падна от нея.

– Къде е? – Тео прокара ръка през косата си. Обърна се с лице към водата. – Ами ако съм изпуснал ключа в залива? Не. Сигурен съм, че не съм го взех с мене.

– Може би е в торбата на Дива, – предположи Павел. – Чакай да проверя. – Седна на земята и заразглежда предметите на Дива, прокарвайки пръсти по кожената книга. – Няма нищо тук.

– Ще проверя твоята раница. – Тео изтърси бохчата на Павел. Предмети се разлетяха във всички посоки.

– Ех, човече. Напълни пижамата ми с пясък! – Павел обърна дъното и на торбата на Дива.

– Няма го тук. – Тео се срина на земята. – Извинявай, че ти разредих нещата.

– Няма проблем. – Павел върна нещата на Дива обратно в торбата й. – Притеснен си. И двамата сме. Ще намерим ключа. Може би е при Дива.

– Защо й е да го взима?

Павел сви рамене. Бу подскочи над махагоновата кутия и заби клюн в ключалката. Нещо вътре изсъска. От яд Тео удари капака:

– Как ще унищожа душата на Ламята, ако не мога да отворя една кутия?

– Какво ще кажеш за нож? – Павел подаде един на Тео.

Ножът се завъртя в ключалката и се огъна, когато момчето се опита да откърти едната страна.

– Може би ни трябва магия – както с яйцето. – Грабна сребърната стрела и заби върха й в дупката, но нищо не се получи. Опита с топлийката, която им даде Баба Яга. Пак нищо.

– Да му се не види. – И той пъхна кутията в раницата си.

– Къде мислиш, че е Дива? – прозвуча далечно гласът на Павел.

Тео сви рамене:

– В замъка? – Вероятно Юдите ще я заведат в затвора при сестрите й.

– Как ще намерим пътя до там? О, чакай малко! – Павел отново порови в торбичката на Дива. – Да видим дали от картата можем да разберем къде е замъкът.

Картата? Джабалака беше казал, че лоши неща ще се случат на всеки, който докосне Библията на Ламята, нали? А Дива беше скъсала картата от Книгата на тайните. Дали не е пленена заради това проклятие? А сега и Павел…

Тео извика:

– Не пипай картата!

Глава 16
Гигантски космати чудовища

Тео посегна към Павел. Картата литна от ръката на изобретателя. Бу изкряка и се понесе към една скала. Въртейки глава и с поглед, вторачен към двете момчета, свраката продължи противното си грачене:

– Кррра, кррра... – Звучеше по-скоро като „Какво? Какво?"... Сякаш Бу хокаше Тео.

– Уф, разкарай се! – Павел се измъкна от под Тео и изтупа пясъка от дрехите си. – Какво ти става?

– Картата е проклета. – Тео допълзя до листа хартия и се втренчи в него с очакването да изгори дупка в земята.

– Не, не е. Дива го държеше и не се превърна в жаба.

– Не такова проклятие. – Тео обясни какво беше казал Джабалака за *Библията на Ламята*. – Мисля, че затова плениха Дива.

Павел отвори уста, но нищо не каза. Обиколи картата, преди да коленичи и да я изглади.

– Вече е прекалено късно. Докоснах я преди малко, така че може и да я разгледаме.

Тео седна до него.

– Дива каза, че това е Заливът на русалките. – И посочи къде опашката на дракона се извива около воден басейн. – Пресякохме Гората на душите. Това прилича на символи на дървета точно под нея. Така че… – И начерта невидима линия по горната част на гърба на дракона. – Ако се върнем оттук, този път трябва да ни доведе до Черната планина.

– Звучи добре. – Павел стана, събра принадлежностите си и върна картата в чантата на Дива. – Да отидем да я спасим.

– И Ния.

– Да, и нея.

Тео вдигна лъка си, колчана и раницата си и тръгна към планината, обгърната в мъгла. Вървеше по скалиста пътека, която може би някога е била пълноводно речно корито. Пътят им се виеше покрай долината, после се стесни и изви в подножието на един хълм. Каменни фигури на грифони и други неприятни същества, бяха наредени от двете страни на пътеката. Той подмина съществата в мълчание, а Бу прехвърчаше от храст в храст и кълвеше плодове.

Павел се препъна.

– Трябва да си почина, – каза тежко той и попи потта от лицето си.

– Добре. – Тео извади стрела. – Ще се поупражнявам в стрелба.

– Прицели се в едно изсъхнало дърво. Концентрира се и пусна стрелата. Тя се плъзна по земята, на 30-ина см от дървото. Намръщи се, но си я взе обратно. Защо не може да уцели мишената си? Беше убил лешояда с един изстрел. Отговорът веднага му дойде на ум: Дива е в опасност.

Тео се дотътри обратно при Павел:

– Ще изкача този хълм, за да проверя дали мога да видя Черната планина и замъка на Ламята.

– Чакай. И аз идвам. – Павел избърса очилата си, после стана от земята. – Не ме оставяй тук сам.

Краката на Тео се плъзгаха по стъпала, покрити с мъх, докато бързаше към върха. Забави темпото си; стъпваше внимателно. Зловещите статуи по пътеката сякаш го зяпаха.

Павел спря; държеше се за кръста и дишаше учестено:

– Вече изкачихме поне сто стъпала, а върхът още не се вижда. Трябва да се върнем. Дори не знаеш дали оттам ще можеш да видиш ясно наоколо.

– Мисля, че сме близо.

– Скоро ще стигнем облаците, – изстена Павел.

– На върха ще си починем. Ако спрем сега, ще ни е трудно да продължим.

Павел броеше на глас всяко стъпало, което изкачваха. На четиридесетото стъпиха на открито пространство с кръгла площадка, изработена от мозайка плоски камъни. Големи скални блокове и още зловещи статуи ограждаха мястото.

Тео гледаше със страхопочитание. Оброк, свещено място, на което техните предци са празнували ритуални празници. Приличаше на светилището в Каменната гора, където бяха минали през портата.

– Страхотно. Мегалити. – Павел свали раницата си и заедно с торбичката на Дива я сложи върху купчина скали, оформени във формата на гнездо. – Чудя се дали те могат да създадат собствено енергийно поле.

– Как ще разбереш?

– С това. – Павел обиколи кръга камъни, с компас в ръка; спря се при отвора за вход. – Мисля, че магнитната сила минава през тази пролука. Оттам минава по ръба и спираловидно върви към центъра.

И Тео свали раницата си и я сложи при тази на Павел, но не свали лъка и колчана. Приближи центъра на площадката. Издълбани канали, водещи началото си от едно огнище, оформяха осем еднородни клина. Коритото около външния ръб обикаляше клиновете, създавайки форма, сходна с лъчите на слънцето. Аромат на изгоряло дърво – и още нещо – се носеше из въздуха. Приклекна и прокара през пръстите си горещата пепел от дупката. Погледът му попадна на овъглени парчета кости. Ето какво е този друг аромат: готвено месо.

– Някой е бил тук неотдавна. – Вероятно харпиите. И той отправи взор към края на гората.

– Може все още да са наблизо. – Павел се отдръпна. – Кой знае какво празнуват… или какви ритуали изпълняват. Дойдохме тук, за да видим дали можем да намерим пътя към замъка на Ламята. Нека да огледаме и да си ходим.

– Съгласен съм. Тук е доста зловещо. – Тео побърза към хребета, но се спря, когато стигна до одраната кожата и костите на някакво животно. Покри уста. Догади му се. Докато бързаше да се върне при Павел, земята се разтресе. *Бум, бум, бум!* Гърлено сумтене се носеше по пътя, по който се бяха изкачили. Бу спря да кълве плодове и се стрелна към висок клон на едно близко дърво.

– Павле, трябва да се скрием!

– Има капандура на земята, от другата страна на каменните блокове, – каза Павел, – но не мисля…

– Хайде! – прошепна Тео, а бученето се засили още повече. Момчето заобиколи външния край на блоковете. Огромна капандура лежеше килната настрани. Той надникна вътре.

Павел го сграбчи за ризата:

– Не влизай. Може великани да живеят там долу.

– Нямаме избор. Каквото и да е това там, то наближава. – Тео енергично влезе през отвора в подземна кухина, а Павел беше толкова близо, че усещаше горещия му дъх по врата си.

Мухлясал въздух се впи в дрехите на Тео, а студената влажност намокри бузите му. Когато с Павел се втурнаха навътре, факлите, наредени по стените, потрепваха, хвърляйки зловещи сенки по коридора и нагоре по стените, които се издигаха по-високо, отколкото Тео можеше да види.

– Вероятно си прав, Павле. Великани! – Думите му излязоха по-силно, отколкото възнамеряваше, и звукът отекна в прохода.

Колкото по-далеч дръзваха да вървят, толкова по-широк ставаше коридорът. Няколко тъмни тунела се извиваха от двете страни. От дълбините им се чуваха притичващи стъпки, драскане и писъци. В единия проход светлината на факела показа пиктограма на танцуващи около огън космати същества с озъбени лица. Тео пристъпи по-близо.

Павел го сграбчи за ръката:

– Аз натам няма да ходя.

Пред тях се падигна врява, която сс усили, отеквайки от стените, докато ушите на Тео не започнаха да пулсират с всеки удар.

– Скрий се! – И той изтласка Павел в тунела с рисунките и се залепи плътно зад него.

Две огромни фигури, носещи факли, минаха покрай скривалището на двете момчета. Огромни сребърни звънци – чанове – провесени от колани около кръста, издаваха оглушителен шум. Тео покри устата и носа си, за да избегне вдишването на силната воня от подивелите зверове. Съществата, покрити с черна козина, ходеха изправени на два крака – като хора, но имаха кървавочервени очи, дълги зъби и извити рога – като фигурите от рисунката на стената. Когато всичко в тунела утихна, Тео удари главата си в опит да спре кънтенето в ушите си. Павел направи същото. Излязоха в осветения проход. Тео продължаваше да гледа към мястото, където великаните бяха изчезнали.

– Надявам се, че… тези… каквото и чудовища да са, не са ни видели, нито чули, – каза Павел.

– И аз същото се надявам! Да се махаме оттук. Ти беше прав: това място беше лоша идея. – Тео пропълзя към изхода. – Ако навън е тъмно, можем да се промъкнем покрай тях. Надявам се Бу да е добре.

– Иска ми се Дива да е тук, – прошепна Павел.

– Шшт. – Тео надникна през отвора на пещерата.

Двете космати същества скачаха и обикаляха бумтящия огън, сякаш бяха изпаднали в транс. Пламъците се отразяваха в чановете; така танцьорите приличаха на духове, които се подготвят да слязат в подземния свят. Едното същество обърна длани към центъра на дупката и пламъците тръгнаха с все сила по издълбаните канали. Другото същество вдигна ръце, после се удари в ханша. Пламъците замръзнаха на място, започнаха да пукат и да се разбиват на малки парченца.

– Да се махаме оттук. – Павел дръпна Тео за ръкава, вече далеч от скалните блокове.

– Добре, – каза Тео, все още озадачен от действията на създанията, без да се осмели да се отдръпне.

Огромна, косматa лапа го стисна за гърба – за яката – и го дръпна нагоре. Вътрешностите на Тео се обърнаха. Твърде уплашен, за да изкрещи, той се втренчи в Павел, чиито крака също се клатушкаха на около метър над земята – в другата лапа на създанието. Един гърлен глас проговори, докато ги носеше към огъня:

– Вижте какво си имаме. Неканените гости точно когато е време за вечеря.

Черното космато същество с лекота подхвърли Тео и Павел по-близо до огъня. Другите две, които Тео кръсти Огън и Лед заради магическите им подвизи, на които бе станал свидетел минути по-рано, престанаха да скачат около пламъците и да ги обрадиха. Всичките три същества замлъкнаха, дори и чановете им спряха да звънят. Три чифта кръвясали, но изпълнени с пламък очи гледаха надолу. Топлината от огъня опърли краката на Тео през панталона, но момчето не смееше да помръдне и да потърка плътта си.

– Защо се криете тук? – попита създанието, приличащо на човек. – Кой ви изпрати? Да не сте шпиони?

– Никой не ни е пратил. Павел и аз търсихме къде да пренощуваме тази вечер. Страхуваме се от харпиите. – Крясъците на това създание полужена, полуптица, което го бе сграбчило в Крепостта на самодивите, все още преследваха Тео.

– Ако не си шпионин, защо имаш такова голямо оръжие? – Лед се протегна към черния лък. – Това не е детска играчка. – Лъкът изсъска и се появи змийска глава, която перна ръката на Лед и той залитна назад. – И даже е омагьосано!

Тео пое няколко бързо глътки въздух:

– Това е подарък от Косара.

– Лъжеш, – изръмжа съществото. – Защо нашата жрица ще ти даде това? Ти си шпиони на Ламята.

Павел изхленчи:

– Не, ние пътувахме с Дива, една самодива, и…

– Сега знам, че лъжете, – изрева съществото. – Ламята залови всички самодиви. – И се обърна към Огъня и Леда. – Завържете ги.

– Пусни лъка, – каза Лед на Тео.

Тео се подчини; Лед върза ръцете и краката му с въже, докато Огъня връзваше Павел. Двамата похитители поведоха Тео и Павел към едно дърво и ги провесиха от един клон с главата надолу. Какво ще им сторят тези същества? Още една неприятна ситуация, на която Тео бе изложил приятеля си. Сега висеше като риба на кука и правеше опити да се освободи. Драконовата люспа падна от джоба му.

Създанието, което приличаше на човек, го грабна:

– Това е от Ламята. Вие *сте* нейните шпиони!

– Не сме! – изкрещя Павел. – Дойдохме да я убием.

– Млъкни! – прошепна Тео през зъби.

Павел затвори уста. Създанието се разсмя, докато полюшваше въжето на Павел:

– Правиш се на герой ли? Ламята вече е заловила детето, което търсеше. – И посочи към Огъня. – Жега, сложи го върху пламъците, докато не ни каже истината.

Огъня спусна въжето, развърза краката на Павел, а след това го дръпна за яката на ризата досами ямата.

– Остави го на мира, – изкрещя Тео. – Ще ви кажа всичко, което искате да знаете.

Съществото протегна ръка като знак към Жега да спре.

– И гледай да не ме лъжеш.

– Няма, – кимна енергично Тео.

– Зима, освободи го този.

Лед сряза въжето с нож и Тео се свлече върху камъните. Протегна ръце и обърна глава, докато Зима срязваше въжето, което го връзваше.

Съществото подхвърли драконовата люспа в краката на Тео:

– Откъде се сдоби с това?

Тео вдигна очи, докато си разтриваше глезените. Светлината от огъня осветяваше чудовището. Дълга бяла коса се спускаше от едната страна на лицето му.

– Ламята си го загуби във Влас, когато отвлече сестра ми.

– Сестра ти, а? – Съществото коленичи до Тео и го погледна със замислен поглед. – Започвай да говориш.

Можеше ли Тео да се довери на тези същества? Нямаше друг избор:

– Искам да победя Ламята. Вече разруших една душа.

Тео задържа погледа си върху създанието. Може би ако увереността бе успешна тактика при Баба Яга, щеше да успее и с тези зверове.

– Невъзможно е. От години се опитваме да убием Ламята. – Лед се обърна към Огъня. – Жега, изпечи онзи, когото този нарича Павел.

– Не! – Тео се бореше да се изправи, но съществото го притискаше надолу. – Не лъжа. Майка ми е… беше самодива. Срещнах я в Гората на душите.

Жега спря да дърпа Павел към огъня.

– Може пък и да казва истината, Мраз. Ламята…

– Не говори повече, – каза съществото на Огъня. – Върни другото момче тук.

Студените очи на Лед се втренчиха в Тео:

– Все още не вярвам на нито един от тях.

Огъня пусна хватката си от ризата на Павел и му махна да иде към Тео.

Мраз седна срещу Тео:

– Кажи ми всичко от момента, в който намери люспата, докато не престъпи нашето светилище.

Тео погледна първо Мраз, после и Огъня и Леда, които вардеха всяка възможност за бягство. Говореше бързо, повтаряше всичко, което бе казал на Дива, след това продължи със срещата си с Косара, Джабалака и Баба Яга. Извади медальона си. – Символите му жигосаха гърдите ми, когато Косара докосна ръката ми.

– Покажи ми белега. – Лед се наведе и приближи лицето си до това на Тео.

Тео вдигна ризата си и разкри татуировката, която Косара беше казала, че означава „нероден герой“.

– Колко увлекателно! – Мраз скръсти ръце зад себе си и се облегна назад. – Как открихте и унищожихте душата на Ламята?

– Всъщност намерихме две…

Ледът удари земята.

– Поредната лъжа!

– Остави момчето да продължи, – настоя Мраз.

Тео им разказа за Леш и следата, което им разкри Природата, и как ги доведе до русалките и Мурундук.

– Още не съм успял да унищожа втората душа. – Тео прочисти гърлото си няколко пъти, преди да продължи: – Юдите хванаха Дива и ключът изчезна. Смятаме, че Дива може да го е взела.

– Докажи го и ни покажи кутията, – каза Лед.

Тео се изправи и се отдалечи:

– В раницата ми е. Оставих я край каменните блокове.

– Идвам с тебе, – каза Лед, – за да не се опиташ да избягаш.

Тео забърза към скривалището. Бу лежеше свит при раниците и торбата. Разтревожен докато спи, той трепна и изкряка, сякаш го колеха. Когато видя Лед, свраката изчезна в тъмнината.

– Бу, всичко е наред. – И Тео тръгна след свраката.

Лед го хвана за ризата:

– Остави птицата и вземи тази така наречена „душа“…

Тео порови из дъното на раницата си и извади черната кутия. Тя изсъска.

– Хайде, обратно при Мраз. – Лед добута Тео при огъня. – Той може да каже дали е истинска магия или не.

Тео подаде кутията на Мраз.

Човекоподобното създание затвори очи и запя с монотонен глас. Кутията се разтресе в дланите му. Мраз потръпна и остави кутията да падне – отвътре се чуваше гневно съскане. –

Истинска е. Една могъща магия свързва създанието вътре с Ламята.

Огън грабна кутията:

– Да я унищожим.

Кутията заблестя като огнена топка в ръцете на Жега. Създанието вътре се блъскаше в стените, но кутията си остана непокътната.

– Нека аз да опитам. – Зима обгърна ръцете си около кутията, покривайки я със слой лед. Обвивката изпращя, но кутията не се счупи.

– Достатъчно, вие двамата. Магическите ни сили не могат да я унищожат. – Мраз подаде кутията обратно на Тео. – Само ключът, който момчето е изгубило, ще оправи нещата.

– Сега вярвате ли ни? Ще ни пуснете ли, за да намеря Дива и да спася сестра си?

– Никъде няма да ходиш, – каза Мраз. – Ламята ще плати откуп на всеки, който те предаде.

– Ще ни предадете ли на нея? – трепна гласът на Павел.

– Не, – каза Мраз. – Моите братя и аз ще ви помогнем. Ламята е убила или затворила толкова много хора от Змейково. Тя отрови земята ни и водата, която пием. Не можем да отглеждаме храна. Другите ни девет братя са в Зандана, затвора на Ламята. Искам да я победя толкова, колкото и ти.

Мраз постави ръце на лицето си. Ръмжащата му глава се движеше нагоре, сякаш опъваше врата му. Друга глава – човекоподобна – се появи под първата. Мраз дръпна първата глава до себе си и разтърси бялата коса на втората. Тео се втренчи в него, а след това в косматата глава, лежаща на земята.

Мраз се засмя:

– Това е маска. Никога ли досега не сте виждали маска преди? Ние сме кукери.

Огънят пукаше и бавно угасваше до въглищата, а вечерта ставаше все по-дълга. Дим и аромат на печен дивеч се носеше из въздуха. Тео бе толкова гладен, че не му пукаше, дори ако това е гигантски гущер, който Мраз бе довлякъл в лагера.

Павел се протегна към маската:

– Те са толкова реалистични и далеч по-плашещи от тези, които носят кукерите на шествието в нашето село.

– Ние сме *истински* кукери. Хората ни имитират зле, – изсумтя Зима.

– Ние защитаваме тази земя – и твоята – вече няколко хиляди години, – каза Мраз.

– Вие лично не толкова дълго, нали? – сподавено попита Павел.

– Зима и Жега са момчета като нас, нали?

Кукерите се засмя, но никой от тях не отговори.

– Защо не сте успели да победите Ламята? – попита Тео. – Кукерите, които правят шествие във Влас, казват, че техните чанове имат власт да изгонят злото. А вашите?

Зима се изправи:

– Ние не сме *момчета* с чанове на кръста. Аз владея зимните стихии. Снегът и ледът са моите оръжия.

– А аз, – каза Жега и се изправи и се поклони, – държа мощния пламък на огъня.

Мраз протегна краката си.

– Всеки един от нас има специална магия, за да държи злите същества като харпиите и другите раболепни слуги на Ламята далеч оттук, но самият дракон е прекалено мощен, за да го победим. – Той замълча. – Пазачът… този, когото ти наричаш Джабалака… вече ти е разказал малко за това как ламята пое контрол. Тя стори много повече от това само да убие майка си. Тя унищожи собствения си брат. А неговата история чувал ли си? Ще ти е интересно, Тео.

– Дива ми спомена малко, но бих искал да чуя повече, – отвърна момчето. – Всичко, което ще ми помогне да победя Ламята, си заслужава да бъде чуто.

Мраз разръчка с пръчка въглените в ямата. С нисък, гърлен глас той заразказва:

– Преди много години, когато Змеят летял над красивата ни земя, забелязал момиче самодива да танцува на лунна светлина. Казвала се е Зуница, най-миловидната и най-красива от всичките си сестри. Рижавата й коса е блестяла като огнени езици, запалвайки сърцето на Змея.

– Красива, точно като Дива, – въздъхна Павел.

– Шшт, – скастри го Тео.

– А драконът не я ли е уплашил? – попита Павел.

– Може би – когато е бил във формата на дракон. – Мраз се усмихна и продължи: – Но Змеят се превърнал в мъж, за да я спечели. Само крилете му, скрити под ръцете му, са подсказвали, че не е човек.

– Криле? – Тео потърка болезнените подутини от двете си страни. Подуването не беше се разсеяло, откакто Косара го бе докоснала.

Павел се засмя и вдигна тениската на Тео:

– Какво става? Да не би да ти растат крила?

– Не! – И Тео си дръпна ризата надолу.

– Не се притеснявай. Ще можеш да летиш с новите крила, които ще направя, когато се върнем във Влас, – Павел увери Тео.

Мраз прочисти гърлото си:

– Тъй като е магическо същество и самият той, Змеят, не станал жертва на магиите на самодивата. Любовта му била чиста и истинска. Това обаче разгневило Ламята. Брат й вече не й обръщал внимание нито изпълнявал капризите й.

Напук на себе си, Тео потрепери при споменаването на Ламята. След всички ужасни същества, с които се бе сблъскал досега, се страхуваше от самата мисъл, че ще се изправи срещу дракона – особено ако е по-страшен от останалите. Случайната среща в гнездото на лешояда беше достатъчно ужасна. Той отблъсна тази мисъл и отново насочи вниманието си към Мраз.

– Зуница често е ходела в човешкия свят, за да лекува създанията на гората, – продължи Мраз. – Тя е пътувала с Шар, най-бързия и силен от летящите елени. Зуница особено е харесвала да ходи във Влас и да седи край морето. Змеят е стоял до нея и е защитавал полята от унищожителната топлина на Ламята. Подобно на водата и огъня братът и сестрата са се биели, за да поемат контрол на земята.

Павел се приведе по-близо до Мраз:

– Ето защо Змеят е наш покровител.

– М-да, обичал е земята и хората, колкото е обичал и Зуница. – Мраз отпи глътка вода. – Когато научила, че Змеят и Зуница ще стават родители, Ламята предприела кръвожадно отмъщение. Дете, родено от самодива и дракон, ще бъде по-могъщо от нея. Премисляйки нещата, написани в магическата й книга…

– *Библията на Ламята*, нали? – Павел потупа с пръсти по крака са.

– Да, именно. – Мраз покри ръцете на Павел със собствените огромни ръце. – Книгата предсказва, че един ден „нероден герой“ ще я унищожи.

Сърцето на Тео заби учестено.

– Ламята започнала да търси детето, за да го убие, но слухът стигнал до Зуница и Змея, – продължи Мраз. – Той убедил Зуница да избяга във Влас, а той да се изправи срещу Ламята. Ако не било в името на безопасността на детето, което тя е носела, и тя е щяла да остане и да се бие рамо до рамо със своя любим, Змея.

Тео се изправи, после отново седна:

– И … и тя е спасила детето?

– Да, родила е детето в човешкия свят. – Мраз погледна към Тео със състрадание. – Целувайки сина си и гушкайки го за последен път, Зуница го е оставила на стъпалата на един дом, където човешка жена същата вечер ражда своята рожба. Зуница наблюдавала, докато друга, по-възрастна жена не е прибрала детето вътре, знаейки, че хората ще се погрижат за него.

Тео преглътна буцата, натежала в гърлото му.

– Ламята била бясна и същата вечер е отвлякла едно човешко дете, но сбъркала детето.

Това вероятно е дъщерята на Старата вещица.

– Зуница се завърнала в Змейково, за да помогне на Змея в борбата срещу сестра му. – Гласът на Мраз стана дрезгав. – Но Ламята спечели. Уби Зуница, а Змея превърна в каменна статуя.

Павел ахна:

– Това да не е нашият Змей, статуята, издигната във Влас?

– Да, така си мисля, – прошепна Тео. – Именно той ми каза за свраката.

Павел се огледа:

– Затова ли се държа толкова странно вкъщи? Каза, че птици са ти проговорили, а аз не ти повярвах. А Бу защо не говори тук? Всичко, което прави, е да издава това ужасно грачене.

Тео сви рамене:

– Не знам. Може би го чух, само защото не бях на себе си.

Мраз отново се изкашля:

– Историята не свършва дотук. – И въздъхна. – Ламята продължила да търси детето. В продължение на дванадесет години убивала или отвличала деца и бебета както в Змейково, така и в човешкия свят, докато един ден Пазачът не написал къде е било скрито детето.

Тео зяпна. Джабалака не им беше казал тази част от историята. Бе казал, че Ламята го е превърнала в звяр, защото е написал как може да се намери една от душите й. Драконът идва в човешкия свят, за да вземе него, но отвлича неправилното дете – сестра му.

– И това дете е… е… – Сълзи напълниха очите на Тео.

– Да, Тео, ти си дете на Змея и Зуница. Виждам живеца и усмивката на майка ти в тебе, и силата и смелото сърце на баща ти. Ти си могъщ, защото си рожба на дракон и самодива. Твоята съдба е да унищожиш Ламята, която … те мрази и се бои от тебе.

Павел притихна и зяпна от почуда, докато се взираше в Тео.

Тео скри лицето си в ръце и плака за родителите си, които го обичаха, за баща си, когото бе решен да спаси заедно с Ния и Дива.

– Защо Джаба… Пазача е написал в книгата къде да ме намери? Знаел, че драконът ще го прочете.

Мраз положи ръка на рамото на Тео:

– Не е имал избор. Проклятието го принуждава да разкрие всяка тайна, които открие.

Тео погледна нагоре; сълзи все още замъгляваха погледа му.

– Всяка тайна? Всяка една? След като си тръгнах, Джабалака е трябвало да спомене, че съм бил в Змейково.

Мраз поклати глава – потвърждавайки, че казаното от Тео е вярно.

– Откъде знаеш? Мислех си, че Джабалака не може да каже на никого.

– Знам как работи проклятието. – Мраз погледна в мрака към мястото, където се издигаше планината. – Аз съм следващият, който ще напиша тайните, ако проклятието да бъде разчупено.

Тео пое дъх:

– Значи… ти си най-големият син на Джабалака?

Мраз отново поклати утвърдително глава.

Зловещи приглушени викове от дивата природа беснееха около тях. Толкова много нови тайни бяха разкрити, но Тео размишляваше най-много върху една: той е синът на Змея.

Глава 17
Искряща светлина

Раздухана от нежен бриз, пепелта от огъня от предната нощ се рееше въздуха като бели пеперуди. Тео се загледа в камък, издялкан сякаш да наподобява профила на старец. В далечината върхът на Черната планина бе обгърнат в плътна пурпурна омара. Тео дълго си говори с Мраз през нощта. Старецът му каза, че замъкът на Ламята се намира отвъд пълната с демони Тилилейска гора. Тео усещаше, че драконът се таи и го чака.

Мраз се приближи до Тео и нежно положи ръка на рамото му:

– Преди да тръгнете, иди до кладенеца и се запасете с вода. Нямаме много какво да споделим от храната си с вас, но поне имаме прясна вода, която успяхме да защитим от отровата на дракона. В наши дни това е по-скъпо и от злато.

– Сигурен ли си, че братята ти искат да тръгнат с Павел и мене? – Тео се върна с Мраз в пещерата. – Знам, че искат да спасят Змейково, но комай на мене ми е възложена тази мисия.

– Зимата и Жегата са добри воини. Видя ги да упражняват таланта си. Те могат да ви помогнат в пътуването, а и също искат да спасят останалите наши братя. – Мраз направи пауза и въздъхна. – Аз не мога да отида. Ако Ламята ме хване, ще убие Пазача и ще ме накара да предам моите хора, като пиша в проклетата й книга.

Тео ритна камък, който се удари в зъберите, а после и в шубраците, докато се търкаляше надолу по билото. Момчето се чувстваше като този камък: емоциите му – хаос, бъркотия, вътрешна борба, несигурен в резултата от пътуването. Не искаше да застрашава никого от кукерите.

– Ако можехме поне да унищожим втората душа, – каза той. – Може да ни даде представа как да намерим последната.

– Вероятно по пътя ще откриеш отговорите, които търсиш, – каза Мраз. – Ако не, тогава ще е още по-важно братята ми да са с тебе, когато се изправиш срещу Ламята.

Полюшващите се чанове известиха пристигането на двамата по-млади кукери, преди да излязат от пещерата. С копия до тялото си, високи и със сериозни изражения – те приличаха на воини. Но след това с нетипичен жест, като цветя, търсещи светлина, и двамата обърнаха глава към хоризонта. Слънчевите лъчи осветяваха малка пътека през мрака, надвиснал над Змейково.

Жега вдигна ръце към небето.

– Велики дарителю на живот и светлина, не сме виждали славното ти лице от толкова време. Ти си почти толкова красив, колкото и сестра си Луната, която помага на мъж да придума мома.

Зима изсумтя и забели поглед:

– Придумвачо на моми, трябва да тръгваме, за да можем да сложим край на Ламята, освен ако нямаш намерение ти да я убиеш с поезията си.

– Ще я изплаша с този мой костюм. – Облечен в животински кожи и със страшната си маска, Жега заподскача от крак на крак, както танцуваше предната нощ около огъня. Чановете, закрепени на колана около кръста му, задрънчаха шумно.

Хвърляйки гневен поглед към Жега, Зима надвика шума:

– Не ти ли казах да облечеш ритуални дрехи? Защо не можеш да сложиш обикновена туника и гамаши като мен?

Жега спря да скача и успокои чановете:

– Може да ни потрябват за защита там, където отиваме. Все още има много зло по тези земи.

Зима обърна ледения си поглед от Жега към Тео:

– Къде е твоят приятел? Готови сме да тръгнем, когато и вие сте готови.

– Той спеше, когато излязох тази сутрин. Ще отида да го взема и да напълня бутилката си с вода, за да можем да тръгнем.

Краката на Тео го боляха от ходенето, когато стигнаха до едно поле, изпълнено с огромно множество червени макове. Дълги тънки стъбла се люлееха на вятъра, сякаш приканваха пътниците да ги доближат.

Павел откъсна един и подуши сърцевината му:

– Ако Дива беше тук, щях да й дам това. Не мирише толкова хубаво, колкото розата, но ще изглежда прекрасно в косата й.

Зима грабна цветето и го захвърли в полето:

– Какво правиш? Това е едно от коварствата на Ламята. Това ще ви накара да не чувствате нищо друго освен щастие, за да намалите бдителността си. И тогава съществата, които тя командва, като харпиите, ще се спуснат съвсем ненадейно, за да ви убият. Ако набереш достатъчно от маковете, те ще те направят сънлив и ставаш лесна плячка.

– Като в Магьосника от Оз? – попита Павел.

Зима потърка брадичката си:

– Оз? Няма такъв магьосник нито такава област тук.

– Не бъди толкова строг с него, братко. – Жега погали копринените червени венчелистчета на мака. – Любовта може да накара човек да преодолее хиляди препятствия.

– Любовта ли? – изломоти Павел. – Не. Просто си мисля, че Дива е пленителна.

Жега се ухили:

– Ах, приятелю, когато поостарееш с още няколко години – като мене, ще разсъждаваш по-различно.

Тео се прокашля, за да задуши смеха, който се надигаше в гърдите му, но вътрешно се разтревожи до болка за Дива. *„А сега накъде? През гората ли трябва да минем или има и заобиколен път да стигнем до замъка на Ламята?"*

– Най-добре е да заобиколим Тилилейската гора, – заяви Зима. – Това е най-лошото място в Змейково; пълно е с демони.

Павел преглътна шумно и започна да тършува в чантата си и извади Павелкупола. Завъртя циферблата на дъното на сребърната палка, за да активира електричеството.

Зима сви рамене с пренебрежение:

– Дори няма да питам това какво е.

– Предпазва ме, както звънците тебе те защитават, – заяви отговорно Павел. – Може би дори повече.

– Хей, момчета. – И Тео посочи към гората. – Дърветата не са обгорели, нито са покрити с мъх и бръшлян, както е навсякъде другаде. Не смятате ли, че проклятието се вдига?

Тъмнозелените листа с трептене почерняха и после отново си върнаха зеления цвят.

– Как го правят? – недоумяваше Павел. Вече не за първи път.

Клоните на дърветата се разтресоха и писък изпълни гората. Бу кацна на рамото на Тео и се притисна към момчето.

Зима пребледня:

– Това не са листа. Това са дракони! Бягайте!

Едно по едно дърветата почерняха и се оголиха, когато орда от зелени дракони с ръст колкото едро куче, наизскача от клоните. Странните същества покриха небето. Павел се втренчи в големината на крилата им и зяпна от почуда, а Тео зареди стрела в тетивата на лъка си.

Жега грабна Тео за китката и го дръпна настрана:

– Абсурд е да се биеш срещу тях. Ще ни трябват още хиляда стрелци. Дори и магията от моите чанове няма да ни защити.

– Чакайте, имам идея. – Павел протегна сребърната палка към Зима. – Ти си най-висок. Дръж я.

– Тая ти джаджа няма и да я докосна, – плесна той Павел през ръката.

– Павел е прав, Зима. – Тео взе устройството от Павел и го подаде на Зима. – Ще се получи по-добре, отколкото да се крием в гората.

– Това е самоубийство, – отсече Зима го грабна от ръката на Тео. – И сега какво?

– Ехо, всички се струпайте около Зима, – даде важно указания Павел, докато въртеше циферблата отдолу. – Ще създам възможно най-силното електрическо напрежение, което да защити всички ни. Ще ги изпържим тия твари!

Гръб о гръб, Зима и Жега насочиха копията си към облака крещящи дракони, които се спускаха към нашите герои. Първият дракон се удари в невидима стена на крачка от групата. Крилата му изцвърчаха и той отскочи назад със същата скорост, с която се бе ударил в бариерата.

Павел отново зяпна:

– Е-ха! А това как стана?

– Какво искаш да кажеш? – попита Тео. – Нали каза, че това чудо ще ни защити.

– Да, но тук сигурно работи с магия, за да бъде по-мощно. Може би защото Зима го заземи, а той носи магия, – констатира Павел. – Предполага се, че трябва да ги изгори – като при смърт на електрически стол – както стана с харпията, но не и да създава силово поле.

Зима изглежда Павел сякаш искаше да го удуши.

– Може и всички да бъдем убити. И още не е късно!

Жега докосна ръката на брат си:

– Хайде, това чудо работи. Това е важното. Трябва да сме готови да се бием. Запази гнева си за драконите.

Пращенето и вонята на изгорели крила изпълниха въздуха, когато драконите един по един се докосваха до електрическия заряд. Съществата нападаха неуморно от всички посоки. Всеки път, когато звяр се удареше в електрическото поле, пространството около Тео и останалите намаляваше.

Павел изкрещя в паника:

– Не съм сигурен още колко този уред ще може да ги задържи.

Поредният дракон летеше около групата в по-широк диаметър. Неговите размахващи се крила разнасяха вонята на изгорена плът към Тео. Момчето си мислеше, че ровът на лешояда бе неприятна смрад, но това зловоние тук сякаш бе резултат от несполучил химически експеримент.

– Направи нещо, Павле, – изкрещя в отговор Тео. – Не можеш ли още да настроиш цифрите?

– Опитвам се! – Павел стоеше близо до Зима, въртейки копчетата в двете посоки.

Кръжащият дракон пикира, издишвайки огън, когато се разби в силовото поле. Отскочиха пламъци, които удариха съществото. Статично електричество във въздуха премина през тялото на Тео като далечни вибрации. Отново и отново създанието се блъскаше, а плътта му изгаряше на дупки. С последен удар той проби защитното поле. Искри запалиха мястото около тях, примесени с последен изблик на огън от устата на дракона. Падна на земята на сантиметри от краката на Тео. Момчето ритна мъртвия звяр. Крясъците над тях спряха и няколкото останали дракони отлетяха.

– Защо си тръгват? – Тео хвърли поглед към небето, но не видя нещо по-страховито, което да прогони драконите.

– На кого му пука? Поне оцелявахме. – Зима пробута устройството в ръцете на Павел. – Следващия път накарай Жега да го държи.

Павел завъртя палката в ръцете си и изстена:

– Мисля, че е непоправимо разрушена!

– Предполагам, че е безопасно вече и можем да излезем от кръга, – предложи Тео.

– Ако успеете да намерите пътека, по която да вървите – през всичките тези мъртви дракони, – каза женски глас зад гърба му.

Зима и Жега насочиха копията си към натрапника, но Жега наведе своето.

– Дива, ти си добре! – Павел заобиколи труповете на няколко дракона и бързо я прегърна, а после се изчерви, докато се отдръпваше назад.

И Тео я прегърна ръце и я стисна здраво:

– Как успя да избягаш?

– Юдите не знаеха, че все още мога да променям външния си вид, – ухили се тя. – Не им хареса вида ми на вълк. Научих, че…

– Можеш да се превърнеш и във вълк ли? – почуди се Павел. – Това трябва да се види. Ами вълците? Не ти ли се нахвърлиха?

– Блондинката качи Юда Стана в каретата и я заведе в замъка на Ламята. Така че останах сама срещу брюнетката. И аз спечелих. – Дива погледна всички мъртви дракони. – Превърнах се в сокол и тръгнах обратно към Залива на русалките. Когато от разстояние видях драконите да се събират, реших, че ви преследват вас, момчета. Не успях да дойда навреме, за да ви помогна, но изглежда и сами сте овладели положението.

– С моето изобретение! – Сияещ, Павел прокара палец по електрическата палка.

– Впечатляващо! – Дива се обърна и погледна към Жега и Зима. – Виждам, че сте се умножили. Оттук нататък – два пъти повече неприятности.

Жега свали маската си, пристъпи напред и се поклони:

– Аз съм Жега, а грубиянинът е брат ми, Зима. Ти сигурно си момичето, което Павел иска да окичи с цветя.

– Какво? Ах, ами… аз… – запелтечи Павел.

Дива му се усмихна.

– Признавам, момчето има вкус! – добави Жега.

– Кукер, пък и сладкодумен! – каза Дива. – Не мислех, че подобна комбинация е възможна. Носи ви се слава, че се държите като животните, с чиито кожи се покривате.

Зима дръпна Жега назад:

– *Дама* с пиперлив език. Колко очарователно!

– Зима и Жега са тук, за да ни помогнат да победим Ламята, – съобщи Тео.

– Ще ти е необходима цялата помощ, която можеш да събереш.
– Дива пристъпи по-близо до Тео; безпокойство се изписа на лицето й: – Чух Юдите да си говорят – мислеха си, че съм заспала. Казаха, че Ламята планира утре да пожертва сестра ти.

Тео я погледна невярващо, докато думите й не потънаха в сърцето и ума му. Той разтърси Дива за раменете, пръстите му се забиваха в кожата й.

– Трябва веднага да тръгваме и да я спасим. Не можем да чакаме да съберем останалите души.

– Ще бъде почти невъзможно драконът да бъде убит, освен ако не отслабим силата му, – заяви Зима.

– Втората душа на Ламята още ли е при тебе? – попита Дива, отмествайки се от хватката на Тео. – Ако я унищожим, ще имаме по-голям шанс.

– Да, – каза Тео, сърцето му се свиваше от болка. – Опитах се да отворя кутията, но не успях без…

– Значи ще ти трябва това. – Дива бръкна с ръка в ботуша си и извади златния ключ. – Не се доверих на русалките, затова го скрих при себе си.

– Значи все пак ключът *е* при тебе! Благодаря ти. – Тео я прегърна толкова силно, че тя се закашля. Ния все още има шанс да оживее. Той взе ключа и извади кутията от раницата си.

Отвътре отново се чу съскане. Тео остави „опаковката на душата“ настрана и коленичи до нея, а всички останали стояха безмълвни зад него. Ръцете му трепереха, когато вкара ключа и го завъртя. Кутията се отключи с щракване. Той отвори капака, готов да сграбчи създанието вътре.

Павел седеше до Тео и се взря по-близо. – Та това е само шишенце… розов парфюм?

– Тогава защо съскаше? – Тео разклати малкия стъклен контейнер, но той не издаде никакъв звук.

– Внимавай, – каза Зима. – Ламята е умна в прикриването. Може да е отрова.

– Или вълшебен любовен елексир, – контрира Жега.

– Единственият начин да разберем е да го отворим. – Тео издърпа корковата запушалка, но тя не помръдваше.

– Аз ще държа дъното, за да ти дам повече стабилност, – поде Павел.

– Благодаря, – и Тео я насочи към Павел. – Добре. На три.

– Едно… две… три! – Тео напъна корка и издърпа тапата.

Розовата пара изсъска, докато излизаше от гърлото на бутилката. Превърна се в главата на зъбещо се куче и се нахвърли към Тео.

Павел се втурна към Тео и с кроше изби звяра настрани. Бутилката се разби, разпръсвайки розовата течност върху мъхестата земя. След като мъглата се разсея, тя се превърна в мини вихрушка, изкопавайки дупка, в която почвата погълна течността. Трева и розови цветя поникнаха по периметъра на дупката. Когато вихрушката спря, в земята стърчеше кристална кама във формата на светкавица. Сребърната дръжка на хладното оръжие искреше с розови точици.

Надигна се силен рев, а в небето над Черната планина заблестяха светкавици.

– Вероятно втората глава на Ламята бе ослепена, – каза Дива. – Тя знае, че си унищожил душата й. И ще изпрати други същества да ни нападнат, за да се увери, че няма да се добереш до последната й душа.

Зима скръсти ръце над гърдите си:

– И ще знае точно къде сме. Тези зелени дракони ще й докладват.

– Трябва да се доберем до Ния. – Тео погледна към планината. – Нямаме време да вземем последната душа.

– Налага се, Тео, – каза Дива. – Ламята е прекалено мощна, дори и с една душа.

Тео стисна юмруци и скръцна със зъби:

– Тогава по-скоро да намерим последната душа.

– Преди имаше следа къде да я намериш. – Павел разтвори цветята. – Изглежда, че този път майката Природа с нищо не ти подсказва. Как ще откриеш душата?

– Ето. – Тео извади камата от дупката. – Има нещо гравирано от двете страни на острието, но не мога да го прочета.

Жега протегна ръка:

– Може ли да погледна?

Тео му подаде камата.

– Красива е. Ах, ако можех да притежавам такова съкровище. – Пръстите на Жега се плъзнаха по оръжието. – Интересна следа: „*Светлината от светкавица води и пронизва*“. От другата страна пише: „*Той стене в мрачна утроба*“. Зима, как го разбираш това?

Попитаният се почеса по главата:

– В момента нищо не мога да измисля.

– Знаеш ли какво означава посланието? – Павел попита Дива.

– Светлината е от съществено значение за живота, за да може всичко да расте, – каза тя. – А това със светкавицата вероятно се отнася до формата на камата, но може да означава и още нещо. Но не мога да сглобя посланието, за да разбера накъде ни води.

– Може би ни казва как да намерим следващата душа – със скоростта на светкавицата. – И Тео обхвана дръжката на камата с двете си ръце и започна да мушка, парира и удря въображаеми врагове, в желанието си да причини болка на Ламята.

Лъч светлина се изстреля от върха на острието.

– Тео, спри, – каза Дива. – Видя ли го това?

– Да! – И той отново намушка въздуха с камата, но нищо не се случи.

– Дръж я изправена и тръгни да обикаляш в кръг, – посъветва го Дива.

Тео я послуша. Когато камата посочи дърветата, нестихващ лъч светлина засвети направо в дебрите на Тилилейската гора, където живееха демоните.

Глава 18
Гората на демоните

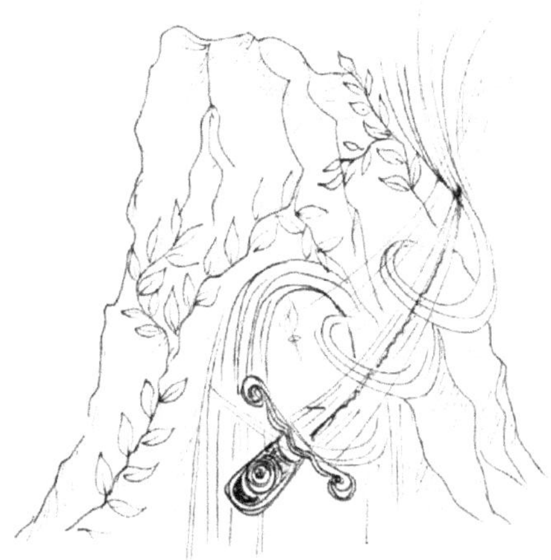

Със зареден лък Тео патрулираше в мрака на Тилилейската гора, като единствено светлината от камата ги водеше. Дива вървеше до него, а Жега и Зима пазеха с копията си най-отзад. Без оръжие Павел се сгуши между двете групи, а Бу бе на рамото му. Светещи червени очи и тежко дишащи същества ги дебнеха от всички посоки, но никой не ги доближи достатъчно близо, за да го видят. Тео остана нащрек, чувствайки всеки ускорен удар на сърцето си.

– Дива, – прошепна той, – мислиш ли, че Ния в момента е добре?

– Сигурна съм, че е добре. – Дива не откъсваше очи от гората.

– Не си мисли за неща, които те тревожат. Съществата в гората се хранят от емоциите ти.

Клоните на дърветата се полюшваха от виещия вятър, сякаш бяха ръце, сплетени в молитва. Поривът вдигаше пясък на малки вихрушки, и щипеше в очите на Тео. Стонове отекваха по короните на дърветата.

– *Тео, спаси ме*, – прошепна един глас.

– Чу ли това? – И той тръгна по посоката на звука.

Светлината от камата веднага изгасна. Ръмженето на зверовете и пукането на клоните се усили, а съществата се приближиха. Дива сграбчи ръката на Тео, дръпна го назад и насочи камата натам, накъдето вървяха. Лъчът светлина отново светна ярко. Съществата се оттеглиха.

– Нищо не чух, – отсече тя. – Това е илюзия.

Тео се съсредоточи върху светлината, опитвайки се да не обръща внимание на молбите и писъците дълбоко от гората, но те терзаеха ума му.

– *Моля те, Тео, помогни ми*, – стенеше безпомощно момичешки глас. – *Толкова се страхувам. Ще ме хванат.*

Той изкриви врат и се огледа сред дърветата. Ето. Нещо бяло премина зад един храст. Писък разцепи въздуха.

– Трябва да й помогна! – И побягна, преди Дива да успее отново да го спре.

Лъчът светлина изгасна, оставяйки го без посока в гъстата гора. Краката му сякаш се движеха на забавен каданс, а мислите му не намираха порядък. Кой е той? Защо стои в тъмното? Някакво момиче извика зад него и му каза да се върне, преди да е станало твърде късно. Не можеше да си спомни коя е тя, затова и не се върна. Някой там, наоколо, е в опасност. Кой? Разтърси глава в пореден опит се да прочисти мъглявите си мисли. Сестра му? Да! Това е. Момичето в беда е Ния. Започна да си спомня. Имаше баща, Змеят, който нямаше да остави никого да страда. Тео трябва да бъде смел като него.

С изключение на пукащите клони под краката му в гората стана тихо. Никакви същества не го преследваха.

Но къде е Ния?

Бяла роба блесна далеч напред; последва писък, смразяващ кръвта.

– Идвам! – И Тео се втурна по посока на звука.

Белият обект изпърха напред. Той пресече гъсталака, за да стигне до нея, но бе измамен. Окървавена, бяла лента плат висеше върху бодлив бръшлян.

– Къде си? – извика той.

– *Тук*, – прошепна гласът на Ния. – *Побързай. Умирам.*

Едно същество с качулка, облечено в съдрана бяла дреха, пропълзя до него и погледна нагоре. Дълбоките резки се виждаха по бузите й, плътта й висеше, разкривайки зъбите си.

– Ния! – Той се втурна напред, но тя остана извън обсега му, винаги на едно и също разстояние от него, като мираж.

Шепот и приглушен смях го заобиколиха, предизвиквайки го:

– Провали се, загубеняк! Хайде, сега се разкарай!

– Не! – отблъсна той подигравките.

– *Помогни ми*! – Гласът вече отслабваше.

Ето я – точно отпред. Той се втурна направо и този път стигна до нея. Коленичи и я прегърна в обятията си:

– Ния, съжалявам, че те разочаровах.

Дишайки, но не дълбоко, тя каза:

– Ти дойде за мен. Това е важното. Кажи на мама, че я обичам.

Пристъп на кашлицата я застигна и тя изплю съсирек кръв, преди да затвори очи. Предсмъртно хъркане отекна в гърдите й.

– Не, Ния! – Плачейки неудържимо, Тео я прегърна.

Тялото в ръцете му се изви, а от устата й излезе шепа личинки, които падаха в ръцете му. Той ги отърси и се обърна настрана, за да повърне. Нещо не беше наред, но умът му се все още бе в транс. Присмехът отново започна: „*Ти я уби. Ти си виновен. Всички те ще умрат заради тебе*“.

Той положи Ния върху купчина листа и скръсти ръцете й на гърдите й.

– Ще накарам другите да ми помогнат да те върна.

Тялото се поду – стана тройно на първоначалния си размер, а нацапаната дреха се разпадна. Червени очи примигаха пред Тео от едно пребледняло лице и … огромно същество седна пред него. Качулката му падна настрани, разкривайки рога и остри зъби. Това не беше Ния.

Тео пъхна камата в колчана, извади стрела и се отдръпна от противното същество. Мислеше си, че демонът Торбалан живее само в ужасните истории, които майка му му е разказвала.

– Какво й стори на Ния?

Съществото изсъска и извади чувал от раздраната си дреха. Удари с юмруци по земята. Ударните вълни събориха Тео, а лъкът му излетя зад него. Демонът се изправи, главата му изчезна в мрака. Земята се разтресе при всяка стъпка, която чудовището правеше.

Тео се хвърли назад, съсредоточавайки се върху демона. Докосна гладката сгъвка на лъка си, но го изпусна от хватката си, когато едни ръце го сграбчиха изотзад. Той посегна с юмрук и ритна назад, но нападателят му го държеше здраво.

Стрела профуча покрай Тео и се заби във врата на създанието. Без дори да издаде писък, Торбалан я извади. Кръвта, бликаща от раната, започна едва-едва да капе, а раната оздравяваше. Със силен рев той се приближи към тях.

– Тичай като вятъра, братко, – извика познат глас.

Ръцете на Жега се увиха около Тео, вдигнаха го и го хвърлиха през рамо. Спасителят на момчето се отдалечи от чудовището.

– *Тео*, – повика го гласът на Ния. – *Спаси ме*!

– Жега! – изкрещя Тео с опит да надвика чановете и удари кукера по гърба.

– Пусни ме. Ния все още е там някъде. Трябва да я намеря. Не я ли чуваш?

– Не. Играят си с ума ти, Тео. – Жега не спираше да тича. – Сестра ти не е тук.

– *Не му вярвай, Тео*, – прошепна гласът на сестра му в ухото му. – *Трябва ми помощта ти. Не ме разочаровай за пореден път. Твоя е вината, че съм тук.*

– Моля те, Жега, спри! – Тео се извъртя, за да се освободи. – Трябва да я чуеш.

– Имам магия, която ме предпазва, както и Зима. – Жега спря да тича и пусна Тео на земята, близо до Павел и Дива. – Сега си в безопасност, поне в по-голяма безопасност.

Зима върна лъка и стрелата на Дива. Той дръпна камата от колчана на Тео и я пъхна в ръцете му, сочейки в посоката, по която бяха вървели малко по-рано. Светлината засия с пълна сила и отблъсна демона.

– Бъди по-внимателен, – Зима разтърси Тео. – Застраши всички ни!

Дива избута и двамата кукери настрана и помогна на Тео да се изправи:

– Те са прави. Трябва да си внимателен иначе всички ние ще умрем. Трябваше да ни послушаш и да останеш при нас.

Тео въздъхна:

– Защо не мога да изкарам гласовете от главата си?

– Използвай номера с концентрацията, за когото ти казах, за да притъпиш гласовете, – напомни му спокойно Дива. – Казах ти, че съществата те обладават и те измъчват чрез по-големите ти страхове. Те не са истински. Щом излезем от гората, те ще изчезнат.

Тялото му трепереше, но Тео пое дълбоко дъх, за да забави сърцебиенето си. Това там, в гората, не беше Ния. Той все още не беше се провалил. Огледа един по един приятелите си. Лицето на Павел беше бледо колкото и демона, когото Тео срещна. Дива имаше притеснителни бръчки около очите си, а перата на Бу бяха щръкнали. Жега наблюдаваше гората, а Зима стоеше изправен и висок, винаги нащрек.

Един герой все ще намери начин да спаси сестра си, без да рискува живота на приятелите си.

– Да вървим, – каза Тео. – Камата ни показва пътя.

Глава 19
Дяволското гърло

Светлината от камата ги доведе до камара оголени зъбери, покрити с мъх и увивни растения, преди да намалее и съвсем да изгасне. Тео обиколи района, насочвайки камата в различни посоки, но лъчът повече не засвети.

– Ами сега? – Той потърка пулсиращите си слепоочия; гласовете не спираха своя безконечен присмех. – Може би следващата следа е следващата стъпка. Какво ни казва да направим?

– Я, да видя, – Зима протегна ръка към камата и зачете надписа: „*Той стене в мрачна утроба*".

– Това не върши работа, – добави Тео. – Моля те, прочети пак първата следа.

Зима завъртя камата и каза:

– „*Светлината от светкавица води и пронизва*".

– Води и пронизва, – повтори Тео. – Това ни е довело дотук. Сега да видим дали лъчът може да прониже напред.

Той взе камата и я насочи към корените и бръшляна, където беше изгаснал. Нищо не се случи. Тео го премести с хоризонтално движение през целия бръшлян. Горе-долу по средата листата на увивните растения потъмняха. Той задържа лъча там, докато не остана само една почерняла клонка. И тогава светлината изгасна.

– Продължавай, – каза Дива.

Тео насочи камата над овъглената област. Още листа изсъскаха и бяха попарени. Мина нагоре и настрани, образувайки дъга. Когато тръгна надолу по пътеката, се оголи камъкът под бръшляна.

– Тук има нещо издълбано. – Жега грабна бръшляна и откъсна и останалото, което скриваше камъка.

Дяволско лице им се зъбеше от камъка. Дълбоко от земята се чуваше тътен, писъци и ръмжене. Отрониха се камъни, оставяйки огромна пропаст, която приличаше на гърло, а скалите бяха като огромни зъби, наредени в огромната й паст.

– Какво е това? – Павел плахо се доближи до Дива.

– Сигурно е входът към Дяволското гърло, – каза Зима. – Подземна пещера, за която казват, че води до пъкъла.

Тео стисна очи.

– Все едно вече не сме били там.

„Всички ще умрат, ако влезеш навътре“, упрекваха Тео гласовете в главата му.

Той ги отблъсна. Никой няма да умре, нито дори някое от съществата, които ги чакат – не, и ако зависи от него.

Павел застана зад Дива:

– Мисля, че ми харесваше повече, когато нямаше как да се влезе.

Бу изграчи и отлетя към един клон.

– Остани тук с птицата, но мисля, че останалите трябва да тръгваме. – Зима погледна другите и те поклатиха глава в знак на съгласие.

–Не. И аз идвам! – отсече Павел.

Братята кукери се наведоха, за да минат през каменните зъбери. Дива ги последва. Тео изчака Павел да му подаде фенерче от раницата си. Пое водачеството, след като влезе.

Влажен мъх, вонящ като разложен труп, покриваше стените на стръмния проход. Беше отвратително, но носът на Тео сякаш вече се приспособяваше към лошите миризми, след като бе мирисал толкова отвратителни неща. От дълбините се чуваше бучащ водопад, а вятърът постоянно свистеше, засилвайки се колкото повече героите се спускаха надолу.

– Прилепи! – Извика Тео и се наведе.

Павел се притисна до приятеля си. Кукерите и Дива се прилепиха до стените. Въздушна вълна от хиляди размахващи се крила мина над главите им. Когато прилепите изчезнаха, Тео издиша дълбоко. Павел изпъшка и почисти главата си с кърпичка:

– Късметлия съм: кой е като мен – да се похвали с прилепово ако в косата си?!

Продължиха по стъпала, виещи се стръмно надолу в усойната тъмнина, а наоколо множество тунели се отклоняваха от главната пътека настрани. Накрая стигнаха до огромна галерия, задушаваща ги с горещината си. Гърмеше водопад, чиито води се разбиваха във вир от гъста, жълта вода с мирис на сяра. Пламъци избухваха неконтролируемо сред бучащата течност. Около ръба на вира кристализираните минерали бяха образували колони. Някои висяха от тавана (сталактити), а други се издигаха от пода (сталагмити) – и приличаха на остри зъби, готови да разкъсат жертвите си.

– Земята на мъртвите, – заключи Зима. – Легендите разказват, че именно тук е слязъл Орфей, великият тракийски музикант, за да върне мъртвата си съпруга Евридика.

– Определено това не е моята представа за място, където да пея на любимата, – добави ни в клин, ни в ръкав Павел.

– Орфей не е слязъл, за да й пее серенади, – каза Жега. – Искал е да просълзи царя и царицата на мъртвите, за да позволят жена му да се върне в земята на живите.

Тео огледа пещерата, но не видя никакви признаци на живот.

– Духът на Евридика е сянка – точно като майка ми в онова кълбо. Чудя се дали няма начин да върна майка ми сред живите.

Дива поклати глава:

– Никой тук още не е успял да го стори, а определено разполагаме с много магии.

Тео въздъхна: все още си мислеше за майка си.

– Тъжно е било да загуби Евридика, вечната си любов, – продължи Жега.

Зима изсумтя:

– Но са го предупредили да не се обръща, докато не излезе от пещерата.

– Любовта е нетърпелива. Не е можел и минута повече да чака.

– Жега прочисти гърлото си и изрецитира част от древното стихотворение:

„В мълчание вървят по тъмния и стръмен склон.

Близо до края тъмнината се превръща в сиви сенки.

Радостен, той пристъпи към дневната светлина на горния свят

И с нетърпение да я види, се обърна и погледна към любовта си.

Ръцете му се протегнаха, за да я прегърне,

Но не хвана нищо друго освен въздух.

Тъй като тя изчезна в мрачната страна на смъртта,

Една слаба дума едва стигна до ушите му: „Сбогом“.

В самия край Жега побутна един от чановете си, чийто звук отекна като злобен присмех в корема на звяра.

Чу се вой покрай вира със сяра. На земята тупна предмет, който се търкулна пред краката на Тео. Той го освети с фенерчето:

– Фу! – И с този възглас момчето отскочи от кървавите останки на лилав прилеп.

– Каквото и да е това там, определено са му свършили доматите, – констатира Павел, – защото не харесват артистичните ти наклонности, Жега.

– Значи определено не е красива дама! – Жега скочи и сякаш изпълняваше церемония, накара чановете да звънят дълго след като самият той спря да се движи. Съществото отново започна да вие – по-скоро тъжно, отколкото гневно. Звукът отекваше в стените и след това се забиваше дълбоко в тъпанчетата на Тео.

– Губим ценно време, – и Тео насочи камата из пещерата. Лъчът още веднъж присветна от върха, осветявайки тясна пътека по протежението на вира със сяра. – Искам да видя какво има там. Сигурен съм, че съществото там пази последната душа.

Дива зареди стрела в лъка си:

– Идвам с тебе!

Кукерите казаха в един глас:

– И ние!

– Някой трябва да пази от тази страна. – Ако гласовете в главата на Тео са прави, той трябва да се увери, че приятелите му ще са в безопасност. – Кой знае какво още може да изскочи от безбройните пътеки наоколо?

Зима и Жега се съгласиха и застанаха гръб в гръб, наблюдавайки тъмните тунели.

Тео върна на Павел фенерчето му и запълзя по тясната пътека; Дива го следваше плътно. Парчета скали се зарониха и цопнаха в кипящата сяра. Той се вкопчи в стената. Само още една душа остана да бъде унищожена. Може да го направи!

Воят и ръмженето се чуваха от тунел, виещ се далеч от сярното езеро. Тео насочи камата в тази посока. Светлината продължаваше да свети от върха на острието.

– Предполагам, че това, което търсим, е там долу, – каза той.

Тръгнаха по пътеката, която водеше до малка пещера. Тео настръхна зловещо, когато нещо, го докосна по бузата му. *Сторило ти се е*, убеждаваше се той. Направи още няколко крачки, спря и ахна. И замръзна на място.

Пред него мъж… не, вълкоподобен звяр, изправен на два крака, бе вперил поглед в него. Козина покриваше лицето на съществото, а носът и челюстта му изпъкваха като на примат. Остри зъби се извиваха назад, а искрящите му сиви очи излъчваха чрезмерна омраза. Звярът отново нададе вой и разклати веригата, обвита около врата му, която го държеше вързан за една от стените на пещерата. Кървава слюнка се стичаше от зъбите му върху купчината кости пред краката на съществото.

– Ситара, – прошепна Дива. Същество се втурна напред и заби ноктите си в Тео.

– Ох! – Отстъпи Тео, но се подхлъзна в локва кръв.

Дива го сграбчи и го задържа прав. И двамата се отдръпнаха на безопасно разстояние.

Веригата дръпна звяра назад. Той отметна глава нагоре и отново нададе вой; за втори път се запъти към Тео и Дива, опъвайки максимално веригата си.

Тео постави ръка над препускащото си сърце:

– Това… Върколак ли е?

– Да. – Дива не сваляше очи от Ситара. – От това, което знам за легендата за върколака, е, че преди много векове е бил човек, който е умрял в пустинята. След четиридесет дни подутият му труп се е превърнал в този звяр. Побеснял е и се е опитал да погълне слънцето и луната и затова богинята Бендида го е прокудила тук.

Каква ужасна съдба! Със сигурност създанието не заслужава такова тежко наказание.

Ситара още веднъж нададе вой, а пяна изпълни огромната й паст.

Не може ли да се намери друг начин Ситара да бъде ограничена, без да се излагат на опасност невинни хора? Тео пристъпи напред. Върколакът направи същото.

– Разсей го, а аз ще се опитам да намеря душата на Ламята, – прошепна той.

Дива се приближи към звяра. Ситара скочи напред в опит да забие ноктите си в лицето й. Момичето отбягна атаките на върколака.

Тео се промъкна по края на пещерата, насочвайки камата към тъмните пукнатини. Светлината разкри златна клетка, завряна далеч зад звяра. Вътре бял гълъб гукаше, сякаш наблизо не се таи никаква опасност. Тео крадешком се върна при Дива.

– Намерих душата, – прошепна той. – Но как ще преодолеем Ситара?

– Имам идея. – Дива изтича обратно по пътя, по който бяха дошли.

– *Спаси ме* – чу се дрезгав глас.

Тео се обърна и очите му се плъзнаха по стените на пещерата. Имаше ли още някого там? Само Ситара го гледаше, погледът й показваше, че иска да го разкъса на парчета. Върколакът ли го каза или гласовете от Тилилейската гора все още шепнеха в ума му? Тео притисна гръб към стената и се плъзна по-далеч от Ситара. Раницата му се закачи в нещо. Когато се протегна, за да я освободи, ръката му залепна някъде. Избърса окървавените следи от това, което май е било предишната закуска за Ситара. Тео се дръпна по-далеч от стената, а в това време Дива се върна.

– Това са... – започна тя.

Тео сложи пръст на устата й.

– Шшт, Ситара може да те чуе.

Тя заговори по-тихо:

– Това са серни гранули. Мога да ги смеся с билки, за да направя приспивателно. В тази жега звярът сигурно е гладен. – Дива взе камък и стри сярата и добави билки. Измърмори някакви словеса върху получената прах, направи дупка в плода, който беше донесла със себеси, и изсипа жълтата смес вътре. – Сега му го дай.

Тео го грабна от ръката й и се върна в пещерата. Горещината бе непосилна. Той избърса капките пот от веждите си, само за да ги замени с нови.

– Ето, Ситара. гладен ли си? – Момчето протегна плода към звяра.

Върколакът изрева и започна да се бори да откъсне веригата. Погледът му не се откъсваше от ръката на Тео.

– Хвърли му го, Тео!

Той хвърли плода към Ситара и бързо се отдръпна. Звярът го сграбчи още във въздуха и го смачка в челюстите си.

– Колко време смяташ, че... – започна Тео.

Ситара шумно се свлече на земята. Преди момчето да успее да помръдне, Дива се изстреля покрай огромното тяло на върколака и грабна клетката. Гълъбът изпляска с крила, огледа обкръжението си и започна да съска и ръмжи така както никога друг гълъб не е правил.

– Дива, побързай. Ситара се раздвижи.

Звярът отвори сънливите си очи и се нахвърли върху Дива, като я заклещи под себе си. Клетката падна далеч от хватката й.

– Дръж се, Дива. Идвам! – Тео се втурна към чудовището и размаха камата пред себе си. Намушка едната лапа на върколака, но чудовището изрита къч и захвърли Тео срещу стената. Камата излетя от ръката му и падна на земята. Замаян, Тео я вдигна и залитна назад.

– Тео, вземи клетката и тръгвай, моля те! – извика Дива.

– Не! Няма да те изоставя.

Трябваше да убие звяра, за да спаси Дива. Тео насочи камата към Ситара, готов отново да прободе чудовището.

Лазерният лъч, излъчван от върха, прониза стомаха на създанието. Ситара се сгърчи и кръв започна да изтича от получената рана – жълта пара съскаше там, където кръвта допираше скалата, обгръщайки Ситара в мараня. Отвратителната миризма на разлагащи се черва наддела над сетивата на Тео и той покри устни и нос. Когато мъглата се разнесе, млад рус мъж лежеше и стенеше там, където допреди миг лежеше създанието. Ситара оцеля.

Пещерата се разтресе и скални късове започнаха да падат от тавана. Тео се отдалечи от пътя. По стените се появиха пукнатини, а тътенът не спираше.

Дива се освободи от хватката на мъжа.

– Побързай. Вземи клетката и да тръгваме!

– Не и без него. Той ме помоли да го спася, когато ти отиде да донесеш сяра.

– Това е номер от ламята, за да те накара да го съжалиш. – Дива грабна клетката и я пъхна в ръцете на Тео.

– Ами ако не е така? – попита Тео. – Трябва да се опитам, моля те!

– Върви! – извика тя в опит да надвика тътена от свличащите се скали и го избута към тунела. – Аз ще помогна на Ситара.

Камъните не спираха да падат около Тео. Прах изпълни въздуха. Момчето започна да катери големите морени в посока сярното езерото. Пътеката около него се рушеше. Той се притисна към пукнатините в стената. Гълъбът изръмжа и го бодна в гърдите. Тео държеше клетката далеч от тялото си и едва пълзеше по пътеката, докато стигна до отсрещната страна на сярното езеро. Камара камъни се бе изсипала в галерията.

– Къде са всички? – извика той към Дива.

– Вече ги отпратих, – извика Дива отзад. – Ти продължавай.

Земята отново се разтресе. Скалите падаха във вира със сярата и го напръскаха с гореща течност. Вървейки на зигзаг и с клетката в ръка, за да избегне търкалящите се камъни, Тео изкатери стръмната пътека. Лъч светлина го насочи към изхода. Последните няколко метра Тео ги пробяга и се изтърколи през входа в мига, когато огромен зъбер заусти входа на пещерата.

Тео се огледа. Павел бе седнал до едно дърво и държеше главата си между коленете си. Бу кълвеше нещо по земята до него. Братята кукери стояха като охранители с кръстосани копия. А Дива…

– Къде е Дива? – изкрещя Тео.

Глава 20
Смъртта на красавицата

Тео избута една скала и я захвърли настрана. После още една – в опит да премине през блокирания вход, за да намери Дива. Дали беше обрекъл приятелката си на смърт, само защото искаше да спаси Ситара? Не! Гласовете няма да се окажат прави! Никой няма да умре. Горещи сълзи пареха по лицето му. Защо лоши неща продължават да се случват с хората, за които го е грижа, които са му скъпи? Дива е по-добра към него, отколкото някога собствената му сестра е била; вярва, че той е герой и стои до него, учейки го търпеливо на всичко, което трябва да знае в търсенето си. Няма да я изостави. *Ще* я освободи.

Змеят сигурно се е почувствал объркан, когато е умряла Зуница. Вероятно баща му е винил себе си за смъртта й, защото тя се е върнала, за да му помогне. Ламята не трябваше да спечели. Тео не можеше да я победи сам, но имаше приятели, които да му помогнат: Дива, Жега, Зима и Павел. Къде са Павел и кукерите? Сега трябва да му помогнат. И Тео се огледа наоколо. Бу не спираше да грачи скрит в едно дърво. Кукерите гледаха Тео втренчено, сякаш бе загубил ума си. Павел се беше свил на топка и плачеше безспир:

– Не, не, не! Не е възможно да си е отишла!

– Стига си циврил и ела ми помогни! – Извика Тео към Павел в опит да надвика шума.

– Няма смисъл! – Павел избърса носа си в смачкана кърпичка и се затътри към входа на пещерата, подритвайки камъните отпред.

– Няма как да знаем, ако не се опитаме. – Погледна към кукерите. – И то всички!

Зима се втренчи в масивната камара:

– Съмнявам се, че е могла да оцелее, но ще помогна.

– И аз. – Жега обходи камарата камъни. – Трябва да направим каквото можем за красивата дама. Заедно със Зима можем да взривим тази купчина камъни на парчета.

Зима изгради стена от лед около голяма морена. След това Жега изхвърли струя огън, като нагря скалата до много висока температура – все едно пустинното слънце безмилостно пече. Камъкът сякаш започна да пулсира и се разшири.

– Отдръпнете се! – каза Зима и изпрати мразовит дъх към нагрятата скала. Появиха се пукнатини, докато камъкът се свиваше; и изстена за последно, преди да избухне с тътен. Парчета летяха и срещу защитната стена и се врязаха дълбоко в леда. Други парчета глухо тупнаха на земята.

Тео и Павел зяпнаха братята.

– Разкарайте парчетата от пътя, – нареди Зима, – за да може Жега и аз да разбием още една скала.

– И ние трябва да помогнем с тази задача, – намеси се Жега и се присъедини към Тео и Павел в разчистването на едрите камъни от входа.

Трополящите камънаци още повече объркаха свраката.

На свечеряване Павел изстена:

– Вече не мога да мърдам ръцете си и не издържам този ужасен крясък, който Бу не спира да издава.

Тео бързо погледна към дървото:

– Вероятно и на него му липсва Дива.

– Трябва да тръгваме, – каза Зима. – През нощта тези гори са още по-коварни. А и не ни остава много време, за да спасим сестра ти.

Жега изтри потта от челото си:

– Тео няма да мръдне оттук. Виждам го в очите му. Загрижеността за сестра му не може да вземе превес над решителността му да освободи приятелката си.

– Не можем да спрем, – Тео не можеше да си поеме дъх; ръцете му бяха като откъснати, до лакти бе в кървящи рани. – *Знам*, че е жива. Тя не би ни оставила, затова не можем и ние да я изоставим. И… ще спасим и Ния.

Момчето се обърна, за да скрие сълзите, които се стичаха по бузите му. Син на самодива и дракон, но не може да направи нищо освен да прехвърля камъни. Изрита един. Болка скова крака му. С разранени ръце грабна още един камък от входа на пещерата и го захвърли към непрекъснато нарастващата камара. И останалите се върнаха при купона с разчистването на камъните. Едва тънък лъч дневна светлина се процеждаше в гората, когато в каменната грамада се отвори дупка, за да погледнат в мрачното гърло на дявола.

Няколко камъка се претърколиха в бездната, вдигайки облак прах. Космат бял гризач си подаде носа през отвора и изпълзя навън.

– Има оцелял! И Дива може да е жива! – Тео се изкашля и се покатери на върха, за да надникне вътре.

Мишката се затича в тесен кръг. Сребристобял пашкул се образува около гризача, надигайки от земята облак прах, камъчета и отломки, докато не стана висок колкото Тео. Когато вихрушката спря, камъчетата паднаха на земята. Дива стоеше там, където до преди миг беше мишката.

– Ти си жива! – Тео разпери ръце и я притисна силно. – Знаех си!

Павел с трудност изкатери купчината, хлъзгайки се назад, тъй като камъните се търкаляха надолу. Когато стигна до Тео и Дива, и той я прегърна.

– Момчета, пуснете ме! – каза Дива. – Задушавате ме!

Павел я пусна, но Тео я задържа още малко.

Бузите й порумсняха; Дива заглади дрехите си и разтърси косата си.

– Голяма работа! Аз съм самодива. Случвали са ми се къде-къде по-страшни неща.

Жега й се поклони:

– Скъпа госпожице, да загубим една толкова нежна дама като тебе би било ужасно бедствие.

– Да, добре е, че се върна, – потвърди Зима. – Сега вече може да излезем от гората.

– Ами Ситара? – попита Тео.

– Не можех да го нося през цялото време, затова го оставих в тунела, – каза Дива.

– Трябва да спасим и него. – Вече бе убил лешояда Леш и не знаеше дали Мурундук е убит или само ранен. Не можеше да носи отговорност за смъртта на още някого. Тео взе камък, за да разшири отвора.

– Не! – Зима издърпа Тео надолу по камарата. – Трябва да тръгваме.

Камъни се затъркаляха надолу, защото Тео заби пети.

– Не можем, Тео – каза Дива. – Кой ще го пази? И може все още да е опасен. Поне сега не е окован.

– Права си, – въздъхна Тео. – По-късно някой може да се върне. Сега трябва да победим Ламята преди да е наранила Ния.

– Първо последната душа, – каза тя. – Унищожи ли я?

Тео прокара ръце през косата си:

– Дори не мислех за гълъба. Бях твърде притеснен за тебе. Птицата беше с мен, когато излязох от тунела.

– Това ли търсите? – Павел държеше празна клетка със счупена ключалка.

– Къде е гълъбът? – Огледа се Тео наоколо.

Свраката все още крякаше от едно дърво.

– Какво му е на Бу? – попита Дива.

– Опитва се да ти каже нещо. – Зима посочи един клон малко по-надолу.

Бу кълвеше белия гълъб, който го нападаше от дупка в ствола на дървото.

Дива се втурна към дървото и се покатери, за да стигне до боричкащите се птици. Сграбчи гълъба за гушата и заслиза надолу. Подаде го на Тео и каза:

– Дръж; време е да унищожим птицата.

Жега покри очи:

– Колко жалко, че трябва да убием такова ангелски невинно същество.

Тео отстъпи назад:

– Не знам дали мога.

– Не виждаш ли, че това е поредната измама на Ламята? – попита Дива.

– Добре. – Той изскърца със зъби и се пресегна към гълъба.

Зима направи огромна крачка напред:

– О, дай ми го. Аз ще го направя. – И грабна птицата от ръцете на Дива. Гълъбът заби човката си в ръката му. Скимтящ от болка, Зима разтвори ръка. Всички се протегнаха към гълъба, но той се издигна в облаците с гукане… сякаш им се подиграваше.

– Ами сега? – попита Тео.

– Това още не е загубена битка. Никой от вас няма защо да се тревожи, че ще убие *невинната* птица. – Дива се завъртя и се превърна в бял сокол; и се издигна във въздуха. С крясък и съскане тя хвана гълъба с ноктите си.

Ярка сребриста светлина блесна като светкавица около нея и нейната плячка. Пурпурни пера полетяха към Тео, последвани от нежен ръмеж. В краката му, около нападалата перушина се образува локва вода. Перата летяха спираловидно, доближавайки се бавно-бавно и накрая се сляха в мини вихрушка.

Дива се приземи и отново се превърна в момиче.

– Уби ли гълъба? – попита Павел с шепнещ глас.

– Да, – отсече тя.

Тео коленичи там, където бяха перата в локвата и вдигнаха кръгло джобно огледалце. Гравирани бели пера украсяваха външната му страна, а отдолу имаше изписани думи. Подавайки го на Дива, той каза:

– Природата ни дава още една следа. Тук какво пише?

– *„Там, където изригва сила, затвори портата към душата“*, – прочете тя думите на глас.

– Естествено, че няма да получим нещо, което има смисъл. Това сега как ще ни помогне да победим Ламята? – измърмори Тео.

– Ще разбереш, боецо! – каза Дива. – Да вървим да довършим звяра.

Докато дъждът продължаваше да подхранва изсъхналата почва, дребни цветенца започнаха да цъфтят, разпростирайки се над мъха и очиствайки още повече земята от просмукалата се отрова.

Облачна луна осветяваше всички герои, докато вървяха през Тилилейската гора. Тео предпазливо се оглеждаше за други опасни същества, но никой не ги нападна. Дори звук не се чуваше от дълбините на гората, но гласовете не спираха тормозят ума му. *Провал. Слабак. Всички ще умрете.* Тъй като демонът Торбалан не успя да го спре да стигне до Ситара, дали драконът няма нещо по-зловещо, с което да ги нападне, когато доближат замъка? Тео излезе от гората и гласовете изчезнаха. Той въздъхна облекчено.

– Колко още ни остана до Черната планина? – изстена Павел.

– Пристигнахме, – каза Дива.

– Къде? – Попита Тео. Ако са близо до замъка, скоро трябва да се бият срещу Ламята. На момчето всичко отвътре му се сви. Въпреки че гласовете, които му казваха, че ще се провали, замлъкнаха, той нямаше представа как ще се бие с дракон и ще победи. Вдигна поглед. Едно огромно езеро, захранвано от гърмящ водопад, блестеше в синьо и сребристо. Огромни каменни дракони бяха кацнали върху два стълба, издигащи се над водопада. Съществата бяха изправени едно срещу друго, крилата им бяха разперени – сякаш се готвят за битка. Зад тях планината се губеше в пурпурни облаци.

– Замъкът на Ламята е там горе, така ли? – Тео прехапа долната си устна.

Дива утвърдително поклати глава.

– Как ще пресечем езерото? – попита Павел.

– Само гледай. – Зима пое дълбоко дъх и изпусна леден въздух. Водата започна да пука, когато леденатата буря прелетя над езерото като голяма бяла пелена. Дебел слой лед оформи пътека.

Всички забързаха към основата на огромния водопад. Тео едвам мина през една ниша, издълбана в скалата, и влезе в пещера. Каменно стълбище се извиваше покрай далечната стена и изчезваше близо до тавана. Стотици тунели пронизваха стените като швейцарски кашкавал. Внезапно от единия тунел потече смрадлива вода.

– Вероятно стълбите водят до замъка, – предположи Тео.

– Сигурна съм, че на върха има пазачи, – отвърна Дива. – Ще трябва да минем през един от тунелите.

– Кой? – попита Жега.

– Хайде всеки от нас да разузнае няколко, за да видим кой накъде води, – предложи Зима.

Кукерите се изкачиха по стълбите и влязоха в два съседни тунела. Дива се втурна на по-долното ниво. Тео също тръгна към един тунел, но се спря и се обърна към Павел:

– Ти идваш ли?

– След малко. Проверявам една теория. – С телефон в ръка Павел се вгледа в тунелите.

Тео сви рамене и навлезе в първия проход, който се стесняваше по-нататък – и то толкова, че накрая имаше място само за лазене. Не изглеждаше обещаващо и Тео се върна, за да поеме по друг път. По стените имаше наредени факли, които показваха плесен, преливаща от пукнатините в скалите. Той се запъти по пътека, която свърши рязко. Железна стълба водеше някъде надолу, откъдето не спираше да се чува *зън, зън, зън...*

Вероятно това е пътят до мините – не там, където му се иска да отиде – поне не засега. Провери още няколко прохода – резултатите бяха сходни. Най-накрая се отказа и се върна в главната галерия, където се бяха събрали останалите. Отвори длани и каза:

– Нямах късмет. Някой друг да е намерил нещо?

– Не, – казаха всички в един глас.

– Няма как да разберем кой тунел ще ни заведе до замъка, – отсече Зима.

– Какво ще кажете за това? – попита Павел, сочейки към онзи, от който извираше вода. – Следя го по часовник. Водата тече през интервали от петнадесет минути. Може да е канализационна тръба, която се излива от замъка навън.

Дива повдигна вежди:

– Струва си да опитаме.

Зима погледна Жега:

– Ако се опитаме да се промъкнем, трябва да свалиш чановете. Те са по-шумни и от ято птици.

– Няма да ги сваля. Сигурен съм, че в тунела има зло и ще ни трябва защита, – отвърна Жега.

– Като че досега са ни помогнали и са ни защитили, – заяде се Зима.

– Ще ги държа, за да не звънят.

Зима изсумтя и тръгна към стълбите. Когато стигнаха до входа на тунела, изчакаха, докато водата не спря. Тео влезе в тесния проход и стъпи върху хлъзгав камък:

– Павле, стой в средата и ни уведоми кога водата отново ще потече.

– Прилепови говна! – Павел си стисна носа. – Тук мирише като от борсук.

Смрадта беше ужасна, но Тео се усмихна на новата приказка на Павел, след като прилеп му се изцвъка на главата.

– Не един борсук, а цяло семейство.

Подобно на останалите, и Тео се придържаше към всяка опора, която можеше да намери по стените, докато се промъкваше през стръмния, мрачен тунел. Краката му се хлъзгаха на всяка крачка върху слузестите камъни. Няколко пъти падна на колене и с огромни усилия успяваше отново да се изправи, тъй като покритите му с тиня ръце се хлъзгаха по каменната стена. Приятелите му не се справяха по-добре. Тео въздъхна с облекчение, когато тунелът се изравни.

– Колко време ни остава преди водата да се върне? – Зима попита Павел.

– Горе-долу…

Тътен разтърси тунела пред тях.

– Сега! – Тео завърши изречението на Павел и се прилепи до пукнатина, съседна на тази на Дива, която вече се беше прибрала на сигурно. – Всички се дръжте здраво!

Бу отлетя и кацна на височинката над тях. Жега и Зима скочиха в тунел съвсем наблизо зад тях и се скриха зад ограждението му. Павел сложи телефона в джоба си и се огледа с неизказан уплах:

– Нищо не е достатъчно широко, за да ме задържи стабилно!

– Дръж се! – Тео изви пръстите си около ръката на Павел и го дръпна максимално плътно до себе си.

Потокът ги заля с ужасна сила, вълни вонеща вода го удряше в стените. Всяка секунда се усещаше като часове. Водата се шмугна през пръстите му. Ръката на Павел се хлъзна.

– Не ме пускай! – изпищя Павел.

Тео го сграбчи колкото се може по-здраво, но потопът отделяше ръката на Павел от неговата.

– Не!

Още повече вода наводни тунела. Когато потопът намали мощта си, Бу закряка и прелетя през тунела, последван от гарван с окъсани пера.

Тео изпълзя от процепа, където се беше скрил.

– Павле, къде си? – изкрещя той, но не получи отговор.

– Забрави го, – каза Зима. – Губим ценно време. Водата вероятно го е хвърлила обратно в галерията.

– Не! Той е мой приятел. – Тео се спусна по хлъзгавия тунел, преди някой да успее да го спре.

– Помощ! – Гласът на Павел идваше откъм входа.

– Идвам. – Тео погледна към отвора. – Къде си?

– Там, горе, – каза Дива зад него.

Тео се завъртя:

– Благодаря ти, че дойде.

Тя сви рамене:

– Не мога да ви оставя сами, момчета, все се забърквате в безброй неприятности!

– Хей, вие двамата, помогнете ми, – изкрещя Павел със затворени очи. – Ризата ми се е закачила за една греда и не мога да се измъкна.

– Как се качи там? – попита Тео.

Павел се гърчеше високо във въздуха:

– Ще ти кажа, като ме свалиш. Ама побързай.

Тео се втурна към хлъзгавата скала, притискайки крака и ръце си към всяка пролука или процеп пред очите му. Водата отново започна да тече. Дива се прилепи към стената.

– Всички, дръжте се, докато не премине следващият воден талаз. Ръцете на Тео го боляха и той започна да се изплъзва от пукнатината. Обратно мушна пръсти и стисна с толкова сила, че ноктите му започнаха да остъргват острите скални ръбове.

Водата бушуваше, но след малко забави ход. Дива влезе в тунела под Павел:

– Май не си го догодил това с времето. Сега не бяха минали петнадесет минути.

– Предполагам, че не ми стигна време, за да направя точни сметки, – призна си Павел. – Побързай, свали ме.

Тео се приближи до гредата и сграбчи ризата на Павел:

– Като ти кажа „*Сега*“, се приготви да скочиш на земята.

– Добре.

Тео вдигна края на ризата на Павел, закачен на върха.

– Сега!

Павел падна, а Тео се озова точно зад него.

– Благодаря и на двама ви, че се върнахте за мене.

– Не можем да оставим приятел в беда. – И Тео се изправи. – Да побързаме преди водата отново да дойде.

Павел изстена:

– Мисля, че съм си усукал глезена.

– Облегни се на мене и на Тео. – Дива му помогна да преметна ръка от едната страна на Павел, а Тео – от другата.

– Беше страшно, особено докато висях там, – Павел посочи своя въздушен затвор. – Но сега, когато свърши, си мисля, че беше доста забавно приключение – сякаш бях в гигантска водна пързалка.

Водата отново забоботи.

– Определено не са петнадесет минути, – изсумтя Дива.

– Някой доста пуска водата в тоалетната. – Павел се изкашля и изплю малко гнусна вода. – Сигурно има разстройство…

– Не е смешно. – Тео търсеше скривалище. – Можеше да умреш.

– Извинявайте. От нерви е.

– Там, – Дива посочи местенце, а тътенът съвсем наближи.

Втурнаха се в тъмна дупка и се прилепиха към влажните стени на скалата. Водният бързей минаваше покрай тях, падайки от ръба надолу в централната галерия. Докато тримата стигнат до Жега и Зима, още два пъти се криха по тунели, а болният глезен на Павел определено ги бавеше в пътя им напред.

– Хайде да се махнем оттук, преди водата *отново* да понесе приятеля ти, – Зима се стрелна нататък в тунела.

Не бяха стигнали далеч, когато бързо приближаващи стъпки се чуха от тъмната страна на тунела. Всички се отклониха от главния проход и се скриха в по-малък. Жега се спъна в някакви камъни и се протегна да се хване за стената. Чановете от колана му издрънчаха. Някой изкрещя и стъпките се насочиха в тяхната посока.

Зима перна брат си:

– Ето защо ти казах да не ги носиш!

– Най-малкото сега е ядосан на друг, а не на тебе, – прошепна Жега на Павел.

Две фигури с железни шлемове минаха през тунела и надникнаха вътре. Бу изграчи и мъжете насочиха мечовете си в тъмнината. Жега пусна към брат си самодоволна усмивка и сложи пръст на устните си, за да покаже на всички да мълчат. Сложи маската си на кукер, дъхна в една факла, за да я запали – пламъците ѝ затанцуваха нагоре към тавана – и скочи напред към приближаващите се мъже.. Кукерът отново приличаше на великан!

Отначало мъжете ахнаха, но после извадиха мечовете си. Закъсняха с миг. Зима издуха леден полъх към двамата войници и ги превърна в ледени статуи.

Дива грабна халката с ключове от колана на единия мъж.

– Побързайте. Да вървим, преди някой да цъфне тук да ги търси.

Тя се спусна по късия проход и спря пред дървена врата; проба няколко ключа, преди най-накрая да успее да отключи железния катинар. Вратата се отвори и всички влязоха в една тъмна стая.

– Фу, – каза едносрично Павел, когато куцукайки се присъедини към останалите. – А тук мирише на хиляди потни порове, които са си намокрили козината.

Тео се блъсна в метални пръти срещу стената. Нещо от другата страна се протегна и го сграбчи за единия глезен.

Глава 21
Мрачната мръсна тъмница

Тео удари нападателя си по лицето. Ръката, която го стискаше, го пусна и изчезна в сенките на килията, но дрезгавото дишане и стонове все пак разкриваха местоположението на създанието.

– Жега, ела с твоя факел насам, – прошепна Тео.

Кукерът освети металните решетки. Вода се стичаше по стените, покрити с плесенясали растения. Насекоми притичаха по пода и изчезнаха в процепите. Досами решетките се пресегна кокалеста ръка, която прокара черните си нокти в мръсотията по каменния под. Ръката натрупа куп парцали по-близо до Тео и Жега, след което отново се протегна към тях.

– Помощ, – изскърца гласът. – Храна. Вода.

Жега подаде факела на Тео.

– Я, задръж. – И като приклекна до решетките, постави манерката си с вода до устните на човека. – С малки глътки, нали, иначе ще се обърне и ще я изсипеш.

Тео клекна до Жега. Скелет… буквално само кожа и кости, жената – макар че не беше сигурен, че човекът е жена – облиза капките ценна течност от сухите си напукани устни. Тънка кожа едва покриваше костите ѝ, а матовата ѝ коса се влачеше в мръсотията по пода на килията.

Други пленници лежаха проснати на пода в околните килии. От устните им се носеха стенания и вопли, но хората си стояха неподвижни, единствено очите им се взираха в Тео и приятелите му. Колко ще оцелеят, докато бъдат освободени? Омразата на Тео към Ламята се засили.

Той положи ръка върху студените сковани ръце на жената:

– Коя си ти?

– Аз съм… – Сподавен плач разтърси тялото й. – Не помня. Войниците ме отведоха от семейството ми, за да работя в мините. Когато припаднах от изтощение, ме хвърлиха тук, за да изгния.

– Ще те измъкнем, – каза Тео, – но първо трябва да победим Ламята. Знаеш ли как можем да я намерим?

– Не, но Захари знае, – трепна жената. – Някога беше пазач. Никой не знае какво е направил, че да го пратят тук.

Зима се наведе:

– Кажете ни как да намерим този Захари.

Жената се влачеше по пода, плъзгайки се на лакти, за да се надигне. С тъмни, хлътнали очи тя се втренчи в Зима; припълзя отново по пода, главата й леко се удари, беше твърде слаба, за да я задържи изправена. Вдигна очи и погледът й се спря върху Тео.

– Моля те, кажи ни, ако знаеш – настоя той, а гласът му бе мек, изпълнен със състрадание.

– Внимавай със Захари, – каза тя с предсмъртен глас. – Не знам дали може да му се вярва.

– Ще внимаваме, – увери я Тео.

Жената бръкна в овехтялата си дреха и извади бял плъх. Розовият му нос надничаше от шепата й. Тя прошепна нещо в ухото му и положи плъха на пода.

– Моят приятел ще ви заведе при Захари, но ви моля да го изпратите да се върне при мене. Носи ми храна.

– Ще се погрижим приятелят ти да се върне. – Дива наряза воден плод и подаде на жената едно парче. – Заповядай, яж го бавно.

– Бог да те поживи, дете. – Жената докосна ръката на Дива. – Нека богинята пази тебе и сестрите ти.

– Ами нашите братя? Високи мъже като нас? – Попита Жега. – За тях знаеш ли нещо?

– Да, виждала съм ги в мините.

– Мините… – оживи се Зима. – Малцина оцеляват там.

– Те са по-силни от повечето там, – опита се да повдигне духа Жега. – Сигурен съм, че са добре.

Тео стисна ръката на жената:

– Благодаря ти.

Плъхът подуши нещо във въздуха, пресече пода и се насочи към каменна стълба, която водеше нагоре. Всички освен Тео го последваха.

– Знаех си, че ще дойдеш, – прошепна му жената. – Имаш великолепни крила.

– Моля? – Тео пусна ръката й и вдигна своята, напипвайки подутините. Никаква промяна в сравнение с по-рано. – Там няма нищо.

Тя се бе втренчила в него, но сякаш гледаше през него:

– Толкова са красиви.

– Хайде, Тео, – извика го Павел, – преди водачът ни да се изгуби.

Тео се затича след останалите, без да знае как да реагира на забележките на жената.

Плъхът скачаше от стъпало на стъпало и се запъти по дълги коридори, докато не ги заведе до огромна зала, осветена от факли, пълна със затворници, приковани към каменните стени. Гризачът изцвърча до краката на Тео, постави мъничките си лапи до глезените му и след това побърза да се върне обратно по пътя, по който беше дошъл.

Тео се вгледа в средата на залата – там имаше уред, подобен на две изправени вертикално легла, покрити с пирони и обърнати едно към друго. Засъхнала кръв имаше по манивелата отстрани и навсякъде върху пироните. Той се отдръпна, догади му се; искаше да изтрие от ума си видяното. Вероятно с подобна машина Ламята е убила предшественика на Джабалака. Поокопити се от малкото смелост, която набра, и пристъпи напред.

– Помогнете ми! – Ехтеше из залата, а затворниците дрънчаха с веригите си.

От единия мрачен ъгъл се носеше силен шум, а дрезгав глас викаше:

– Тихо, глупаци! Нека неканените гости ни кажат защо са дошли.

Тео се приближи и размаха факлата в посоката, откъдето дойде гласът. Престарял мъж с тъмна превръзка на едното око и кирлива, разпокъсана дреха; едната му ръка бе прикрепена към стената – на нивото на рамото. Мърсотия покриваше косата му, а брадата му, вероятно руса някога, сега бе тъмнокафява.

– Може ли да ни кажете къде е Захари? – попита Тео.

Човекът се изплю настрани:

– Какво искате от този боклук?

Зима насочи копието си към мъжа:

– Говори, ако знаеш, но не ни губи времето, ако не знаеш.

– Жената в килията долу каза, че Захари може да ни помогне да намерим Ламята, – добави Жега.

– На тая вещица вяра нямам! – Отсече той и отново се изплю.
– Луда! Не помни дори собствения си син – т. е. мене!

Зима насочи копието още по-близо до гърдите на мъжа:

– Кажи къде да намерим човека, когото търсим.

– Захари на Вашите услуги! – Поклони се мъжът раболепно, но подигравателно. – Няма да победите Ламята, ако това възнамерявате. Тя ще ви окове тук, при мене, или по-лошо, при моята майка, старата вещица долу. Ние поне получаваме храна веднъж на ден.

– Можеш ли да ни кажеш как да намерим Ламята? – попита Тео.

Мъжът се подсмихна презрително:
– Ако ви кажа, ще ме пратят в мините.

– Няма! – каза Тео. – Аз ще я унищожа.

Затворникът запелтечи и се задави:

– Ти ще ни спасиш, така ли? Виж се, още имаш жълто около устата.

Дива избута Захари към стената:

– Ей, безполезна измет! Тео е нероденият герой. Той *ще* победи Ламята.

Огън пламна в очите на Захари:

– Легендите лъжат. Защо си мислиш, че съм тук? Едно пророчество каза, че ще спася семейството си; я, ме виж сега къде съм. Ти пък коя си?

– Казвам се Дива, самодива.

– Самодива? – Ехидно се усмихна той. – Лъжеш. Ламята всичките ги хвърли в затвора и ги заключи с магия, за да не могат да избягат.

– Да лъжа? Самодивите никога не лъжат! – Очите на Дива заблестяха. Свали торбичката си и колчана и заедно с лъка си ги подаде на Павел. – Виж тази лъжа! – И като сграбчи талисмана си с пера и нокти се завъртя три пъти. Пред лицето на Захари застана бял вълк, който оголи зъби и изсъска.

– Това пък какво е?! – Павел се отдалечи и се блъсна в стената. Той се втренчи в Дива и промърмори: – Бях прав. Дива *е* страхотна като вълк.

Захари притисна гръб към стената:

– Вярвам ти! Не ме убивай! Ще ти кажа каквото искаш да знаеш.

Дива изръмжа още веднъж, преди да се превърне отново в самодива:

– Е, слушаме те!

– Когато Ламята е в замъка, момичета прислужници се грижат за нея в балната зала.

Зима пристъпи по-близо:

– А как ще я открием в този лабиринт?

Захари преглътна сухо:

– Всяка вечер някой на каруца пренася развалената храна и я оставя тук. Изпращат празните бъчви обратно в кухнята, за да ги напълнят отново. Скрийте се в тях и така ще ви вкарат незабелязано в замъка. Като стигнете двора, следвайте момичетата, облечени в бяло. Те ще ви заведат при дракона.

– Кога е времето за хранене? – попита Зима.

– Всеки момент, но вие няма да се поберете. Само малките.

– Ами сестрите ми? – попита Дива. – Те къде са?

– А нашите братя? – продължиха разпита Зима и Жега в един глас.

– А сестра ми? – Тео не остана по-назад.

– Не знам. В затвора има толкова много тунели с килии на всяко ниво, чак до ядрото на земята. Толкова е горещо, като в ада… Огън бушува там, където затворниците извличат скъпоценни камъни и злато от земните недра. Дано сестрите и братята ви да не са там.

– Сестрите ми – едва ли. Могат да избягат, ако не са в омагьосана килия, – каза Дива.

– Никой не може да избяга, – прошепна Захари. – Всички, които се опитат, биват хвърлени от най-високата скала на Черна планина. Това го знам. Аз изпълнявах това задължение.

– Защо си тук? – попита Жега.

– Опитах се да помогна на тази вещица, наречена моя майка! – изплю се Захари.

– Стига сълзливи истории! – поде нов тон Зима. – Кой е готов да влезе в замъка?

– Дива и аз ще влезем в количката, – съобщи Тео. – Зима, ти и Жега може да използвате силите си, за да отворите килиите, ако ключовете не свършат работа.

Зима удари стената с юмрук:

– Не съм дошъл тук, за да го играя безопасно. Искам да се бия.

– Братко, и нашата задача е важна, – каза Жега. – Трябва да намерим и да освободим нашите братя и самодивите. Ще ни трябва цялата помощ, която успеем да съберем, за да се преборим с дракона.

Гневът отмина от лицето на Зима и той даже кратко поклати глава.

– Павле, ще пазиш ли Бу? – попита Тео.

– Разбира се, ще съм му детегледачка, – попитаният въздъхна дълбоко, – но ще дойдем да ви намерим, когато приключим тук.

Зима каза:

– Уговорихме се. Пазете се!

– Освободете ни! – закрещяха затворниците, блъскайки веригите си в стените, когато кукерите тръгнаха да излизат.

– Тихо, глупаци! – изкрещя Захари. – Нека първо да свършат това, което трябва. Всичко ще умрем, ако ви освободят сега.

Затворниците започнаха да мърморят, когато кукерите, Павел и Бу тръгнаха да проучат останалите килии.

Не след дълго в масивната дървена врата издрънча ключ.

Тео и Дива побързаха да се скрият в сенките близо до Захари. Пантата изскърца и вратата се удари в каменната стена. Приклекнало същество, сбръчкано и прегърбено като старец, накара със заострена пръчка два черни бивола да спрат. Пуфтейки от досада, зверовете караха покрита каруца, чиито колела трополеха върху неравния каменен под. Спряха до стена с мълчаливи затворници – всички бяха вперили очи в помията, която щеше да им бъде поднесена.

Съществото подуши въздуха и почеса едното си ухо, твърдо и удължено като пеленгатор. Извъртя раменете си и издърпа първото буре от каруцата с ръцете си като щипка. Съскайки и мрънкайки, изсипа гнусното съдържимо на пода и с лопата го избута към прикованите затворници, които на свой ред се наведоха и със свободната си ръка се протягаха да докопат кой каквото може.

От време на време създанието протягаше кльощава ръка, бъркаше във варела и вадеше по малко. После се оглеждаше из залата с оранжевите си котешки очи. На Тео му се догади, когато дългите, заострени зъби на създанието се забиха в това, което сигурно смята за деликатес. Съществото изпразни първото буре и с лекота – учудващо за ниския си ръст – го забута обратно в количката. Покри бурето с черен платнен капак и извади второто, което довлачи до затворниците при съседната стена.

Докато съществото бе обърнато с гръб, Тео и Дива се качиха в каруцата. Тео вдигна капака и, като направи кисела физиономия, се плъзна тихо в бурето. Неизсипани парчета изгнило месо бяха омазали стените, покрити с кафява слуз. Дива се сви до него, след като намести обратно капака. Коленете на Тео се притискаха до нейните. Той стисна раницата си в скута си и лъка и колчана остави отстрани. С оръжията на Дива им стана толкова тясно, че нямаше накъде да помръднат.

Затвореното пространство заглуши звуците отвън, но топлината усили миризмата на изгнила храна. Тео запуши носа и устата си, за да не повърне. Ограниченото пространство направи вонята непоносима. Това обаче май не вълнуваше Дива, тъй като дишането й оставаше равномерно.

Малко по-късно второто буре се удари в това, в което те се бяха скрили. Каруцата се разклати, когато излязоха от залата в затвора. Тео вдигна капака, но Дива го дръпна надолу.

– Може да е опасно, – прошепна тя.

– Не ми пука. Не мога да вдишам тук. – И подаде главата си от бурето и пое глътка чист въздух. – Отвън сме, – прошепна той.

– Тъмницата не е ли в замъка?

– Сигурна съм, че е далеч по-лесно да докараш каруца до долния вход на тъмницата, вместо да я разнасяш по коридори и стълбища. – Дива го дръпна обратно в бурето. – Ще трябва да изтраеш миризмата, иначе може да ни хванат.

Тео върна капака на място и се сви в затвореното пространство. Стомахът му се бушуваше не само от миризмата, но и от предстоящата битка с Ламята – ако изобщо оцелеят до там. Тъй като бе унищожил трите й души, най-вероятно се е обградила с охрана или… изобщо имаше ли нужда от тях? Нямаше план как да я победи, освен да я отстреля със сребърната стрела. Стисна очи. Бяха обречени на провал. Не! Стигнаха толкова далеч. Не може точно сега да се провалят. Баща му и майка му не са отстъпили пред Ламята. Има силни приятели, които да му помогнат. Трябва да спечелят. Твърде много хора зависят от техния успех: Ния, майка му във Влас, Змеят, самодивите, кукерите, Джабалака и цяло Змейково.

Каруцата спря и той отвори очи. Предната седалка изскърца, а след нея и камъните на пътя, когато създанието излезе от каруцата. Смънка нещо и някой му отвърна – също с мънкане. Каруцата отново тръгна нанякъде, прескочи нещо, после продължи и отново спря.

Те останаха вътре, докато всичко около тях не утихна.

– Да изчезваме оттук, – прошепна Тео.

Момчето изпълзя от бурето и надникна наоколо – намираха се в конюшня. Мухи бръмчаха над главата му. Той ги прогони. Двата бивола, които бяха теглили каруцата, лочеха шумно вода от близкото корито. Пет сеновала се издигаха срещу далечната стена.

Тео се разходи из помещението, надничайки през пукнатините по стените. Навън луната осветяваше момиче, чиито ръце бяха увити около една кофа, висока почти колкото нея. Тъмната й коса падаше върху лицето й, докато тя пристъпваше неуверено към конюшнята. Изпъна се назад и отдалечи глава колкото е възможно по-далеч от съдържанието на кофата. Течност се лееше досами ръба, покривайки пръстите й, и тя се намръщи. Кофата се изплъзна от хватката на момичето и почти опря земята.

Мършав котарак се приближи и започна да се умилква около глезените й.

– Пст, махай се, че може да… – и тя се препъна с кофата. Кости, буци лой, късове незнайно какво и течност се разля във всички посоки. Момичето падна по лице посред цялата тази помия; отметна коса и повдигна очи.

– Това е Ния! – И Тео излетя от конюшнята, втурна се към плачещото момиче и я хвана за рамото. – Ти си жива!

Тя го погледна. Не беше Ния. Лицето й пребледня и тя закрещя от уплаха:

– Не ме бий! Другия път няма да разлея.

Дива изхвърча навън, сложи ръката си върху устата на момичето и я завлачи към конюшнята. Тео изтича след тях. Той коленичи до момичето и тихо проговори:

– Аз съм Тео, а това е приятелката ми е Дива. Ти как се казваш?

Дива бавно свали ръката си от устата на момичето. С поглед, сведен надолу, момичето прошепна:

– Вела.

Тео вдигна брадичката й:

– Няма да те бием. Защо да го правим?

– Разлях помията… храната, – прошепна Вела. – Готвачката заплаши, че ще нахрани с мене затворниците, ако отново разсипя кофата.

Дива обърна лицето на Вела към себе си:

– Ще ти помогнем да го върнеш обратно в кофата, но имаме нужда от твоята помощ.

– За какво?

– Да намериш сестра ми, – каза Тео.

Вела се поколеба, докато отместваше поглед от Тео към Дива:

– Ще напълните кофата, ако ви помогна?

– Аз ще го направя. Още сега. – И Тео хвана една лопата, надникна през вратата и се затича към мястото, където Вела беше изпуснала кофата. Изгреба колкото можа от помията, донесе кофата в конюшнята и я изсипа в бурето, където с Дива се бяха крили. Цветът се върна на лицето на Вела.

– Не може да миришете така, иначе никога няма да успеете да се скриете. Измийте се в коритото.

Тео взе това, което приличаше на четка за чесане на коне и подаде още една на Дива. Биволите изсумтяха своето неудоволствие, когато Тео топна четката във водата. И двамата търкаха дрехите си, докато не подгизнаха с вода.

– Трябва да излезем оттук, преди някой да ви е открил. – Вела отвори вратата на конюшнята и надникна: – Чисто е.

Тео и Дива я последваха до замъка. Гласове ехтяха по коридора.

– Бързо, тук. – Вела се втурна в една стая. Тео се вмъкна след нея, а Дива бе плътно по петите му. Неясни гласове и звън на посуда се носеха от другата врата – от срещуположния край на стаята. Тео вдъхна дълбоко аромат на подправки и печен дивеч, а стомахът му надлежно изкъркори.

– Ах, как бих хапнал фазан с печени картофи…

– Как може да мислиш за храна точно сега? – попита учудено Дива.

– Писна ми да я карам на плодове и ядки и всичко останало, което ти намираш в гората.

– Това те поддържаше жив! – напомни му Дива. Лицето й се намръщи.

– Шшт, някой идва, – каза Вела. – Скрийте се зад тези щайги.

От отворената врата се вмъкна светлина и аромат на готвено: пресен хляб, торти и какао.

– Вела, – каза глас, познат на Тео. – Какво правиш тук? Още една кофа е готова за каруцата за затворниците.

Сърцето на Тео заби лудо, докато се взираше през пукнатината между щайгите, за да погледне момичето, което стоеше на кухненската врата.

– Това е Ния, – прошепна той. – Трябва да я измъкна оттук.

– Шшт. – И Дива сложи ръката си върху устата му. – Нещо не е наред.

Вела сведе глава към Ния.

– Готвачката поиска да добави още билки за яхнията.

– Не се мотай иначе тя тебе ще се добави, – засмя се Ния. – Така и така си тук, вземи какаото на Лямята и вместо мене го занеси в нейните покои.

– В покоите й? – изписука гласът на Вела.

– Не се безпокой, – и Ния се приведе по-близо. – Няма да й кажа, че си влизала там.

Вела поклати глава:

– Добре, господарке.

Вратата се затвори и Вела си пое дълбоко въздух:

– Вече може да излезете.

– Какво й става на сестра ми? – Тео се запъти към малкия килер.

– *Ния* ти е сестра? – Ахна Вела. – Момичето, която търсиш?

– Да, и се държи така, сякаш всичко е наред. Сигурно е под силата на заклинанието на Ламята.

– Не мисля, господарю, – сведе очи Вела.

– Моля? Аз не съм ти господар. – И повдигна лицето на Вела.

– Защо го казваш? Мислех си, че Ламята я държи затворничка.

– Не, Ния й е любимката.

– Това е някакъв номер. – Тео се втурна към вратата.

– Спри. – Дива го сграбчи за ризата му. – Дори ако я измъкнем оттук, Ламята ще ни открие, преди да имаме шанс да избягаме. Трябва ни план.

Тео закрачи из малката стаичка:

– Трябва да измъкнем Ния, преди Ламята да я пожертва.

– Да я пожертва? О, бедното момиче, – изхлипа Вела. – Никога няма да успеете. Не знаете колко жестока може да е тя.

Тео потри брадичката си:

– Ламята или Ния?

– Драконът, – Вела скри лице в ръцете си.

– Трябва да се опитаме. Не мога да загубя сестра си. – Тео се обърна към Вела. – Имам идея. Ще ни помогнеш ли?

– Не! – Тялото на Вела притрепери. – Кралицата ще ме изтезава и ще ме изпрати да работя до живот в мините.

Дива се приближи до Вела:

– Не знаеш ли кой е Тео?

– Не.

– Той е нероденият герой.

Вела се сви.

– Кралицата пищи всеки път, когато чуе тези думи. Всички казват, че ти си я ослепил.

– Така е. Отслабихме силата на Ламята, – каза Тео. – Други хора ни помагат. Моят приятел Павел и двама кукери освобождават затворниците от Зандана.

– И сестрите ми ще помогнат, когато излязат, – добави Дива. – Тео ще победи Ламята.

– Има нещо, което можеш да направиш, за да ми бъде по-лесно, – каза Тео.

– Моля ви, не искам.

– Ще те защитим от Ламята. Обещавам. Моля те, помогни ни. Трябва да спася сестра си.

– Ще се опитам, заради Ния. – И Вела избърса сълзите. – Какво искаш да сторя?

Тео й каза. Вела пребледня, но потвърди:

– Ще го направя.

Глава 22
Предателство

Тео и Дива последваха Вела надолу по тъмния коридор, после нагоре по стълбището и след това по други коридори, докато тя не отвори врата към килера със спалното бельо, завесите и покривките. След като се мушнаха вътре с Дива, Тео остави вратата отворена – държеше топката на вратата с трепереши ръце. От другата страна на коридора мозайка, изобразяваща черен дракон, украсяваше масивна позлатена двукрила врата. Дали това е майката на дракона, създанието, чиято люспеста кожа покриваше *Библията на Ламята*?

– Това е стаята на кралицата. – И Вела посочи към вратата отсреща с брадичката си; в ръцете си държеше поднос. Бурканът с какао на прах се разтресе, както и тя трепереше, докато пресичаше коридора.

Толкова близо до звяра. Стомахът на Тео се сви и киселина се заизкачва към гърлото му. Пое дълбоко въздух и бавно издиша.

Нечий смях и бърборене се усилваше. Ния водеше няколко момичета, облечени в бели роби с бродирани дракони.

– Вела, остави подноса; аз ще го занеса в стаята. Ламята може скоро да си дойде.

С трепереши ръце Вела остави подноса и бързо прекоси коридора.

Тео прошепна:

– Трябва да говоря с Ния насаме. Трябва да я предупредя.

– Това не е добра идея, – поклати глава Дива, – особено ако е под заклинанието на Ламята.

– Трябва да се опитам. – Тео затвори вратата и се облегна на стената. – Как може да се отървем от останалите момичета?

Дива уви къдрица с пръста си:

– Имам идея. – И като грабна перата и ноктите, които висяха на кръста й, измърмори няколко думи и изчезна в мъгла.

– Къде си? – Тео огледа килера. Бяла мишка започна да църка в краката му. – Идеално! Ния мрази мишки.

Момчето отвори вратата достатъчно, за да може Дива – с размер на мишка – да се измъкне. Тя мина покрай краката на Ния и се запъти към останалите момичета. Те изпищяха и се върнаха по пътя, по който бяха дошли. Ния се изправи, замръзна н място и се втренчи в мишката. Тео се измъкна от килера, сграбчи я за кръста и я дръпна навътре. Тя изпищя и той сложи ръката си върху устата й.

– Ния, аз съм. Тео. Не се страхувай.

Тя се вцепени, но след миг се отпусна. Когато Тео вдигна ръка, Ния се обърна. Сълзи заплашваха да прелеят през клепачите й, а тялото й се разтресе, когато тя се хвърли да го прегърне.

– Не мога да повярвам, че някой дойде да ме спаси. Ламята каза, че никой… – Ния се отдръпна, а очите й потъмняха. – Как дойдохте дотук?

– Павел и аз открихме портал. После ще ти разкажа приключенията си. Трябва да…

– Зубъра Павел? – Ния сви устни.

– Да, баш той, – усмихна се той. – Той в момента освобождава затворниците. Дойдох тук, за да те измъкна от Ламята. Тя планира да те жертва сутринта.

В очите й пробягна гняв:

– Не лъжи. Ламята ми е като майка. Ще ме направи кралица като себе си.

– О, Ния, не те лъжа. – Той сграбчи раменете й и я разтърси. – Отърси се от магията! Ела на себе си! Драконът ще те убие.

– О, Тео, не го карай толкова драматично. – Тя свали ръцете му от себе си.

– Ако Ламята е толкова добра, защо Вела е ужасена от нея?

Ния хлъцна.

– О, Вела ли? Не вярвай на нищо, което това момиче ти казва. Завижда, защото не може да бъде с Ламята, откакто превари млякото за ваната на господарката.

– Мляко или кръв?

– И *това* ли ви каза Вела? – изсумтя Ния. – Опитва се да събуди твоето съжаление, защото трябва да изнася помията. Ще направи или ще каже всичко, за да се домогне до благоволението на Ламята.

– Не изглеждаше да преиграва, – каза Тео. – Защо ще се държи така с мен? Аз не мога да я препоръчам на Ламята.

– Ами… понякога Ламята много се ядосва, когато не правим нещата така, както тя ги иска, и ни крещи на всички. – Ния потръпна. – Може да е ужасяващо, но иначе е мила. Господарката в крайна сметка ще прости на Вела, но това момиче иска да стане сега.

Дива отвори вратата на килера.

– Тео, побързай, преди другите момичета да се върнат.

Ния се усмихна на Дива:

– А ти коя си? Някоя от новите прислужници на Ламята ли?

– Не, – отвърна с усмивка Дива. – Казвам се Дива, самодива съм и съм приятелка на Тео.

– Самодива? О, радвам се, че брат ми има приятел, различен от Павел. – Ния избута Дива, за да мине. – Ако ме извините, трябва да приготвям нещата за Ламята.

Тео я последва в коридора. Сграбчи ръката на сестра си и вдигна подноса, който Вела беше оставила пред вратата. Бурканът с какао на прах се наклони.

– Не можеш да влезеш там. Ще умреш!

– Престани! – Със свободната си ръка тя заби пръсти в неговата, докато той не я пусна. – Искаш аз ли следващия път да изнасям помията?

– По-добре, отколкото да умреш.

– Хм. – Тя погледна по коридора. – Къде са другите момичета? Ламята ще им се ядоса.

– Ния, моля те, ела с мене. – Как щеше да я измъкне от опасността, когато се изправи срещу дракона?

– Не. – Тя бутна вратата пред себе си и влезе в бална зала с размерите на амфитеатър.

Тео и Дива я последваха. Стъкло от пода до тавана покриваше противоположната стена, водейки до балкон, широк като магистрала с четири платна. Вероятно тук ламята каца, когато се прибира в замъка.

Тео се втренчи в разкоша на залата. Кристални полилеи напяваха мелодични мотиви. Гоблени и картини бяха наредени по стените, изобразяващи събитията, които Тео някога си мислеше, че са приказки. Във всички драконите бяха победители. Златно огледало бе поставено в края на обикновена на размери вана с крачета във формата на птичи крак с нокти. Вероятно Ламята приема човешка форма, когато е в замъка. Надяваше се да я победи в края на краищата.

– Тео, чуваш ли ме? – Гласът на Ния прекъсна мислите му.

– А? Извинявай. Какво каза?

– Не можеш да останеш. Ламята скоро ще си дойде. – Ния погледна към балкона, страх се отразяваше в очите й. – Само нейните прислужници може да са в стаята. Можем да говорим…

Гръмотевичен рев разтърси полилеите и светкавици осветиха небето.

– Тя си идва. – Ния стисна ръката му със сила, която никога по-рано не е показвала. – Трябва да се скриете!

Какво й беше сторила Ламята? Не можеше да отвърне на яростта на сестра си, защото Ния го завлече в ниша зад две мраморни колони. Златна двукрила врата водеше към друга стая. Върху централния ламел на едното крило на вратата имаше издълбана триглава змия, увила опашката си около едно дърво.

Дива извади стрела от колчана си, но не я зареди в лъка си.

– Вероятно е капан.

От балкона се чу шум: *бум, бум, бум.*

– Побързайте. – Очите на Ния се навлажниха и заблестяха необичайно. – Не може да стоите тук. Ще ви измъкна по-късно.

– И три пъти по посока на часовниковата стрелка завъртя бравата – опашка на змия. Когато вратата се плъзна и се отвори, Ния избута Тео вътре. Дива се поколеба, преди да го последва.

– Не докосвайте нищо и пазете тишина. – Ния затвори вратата зад себе си.

Светлината се процеждаше през пана стъклопис, покриващи купола на тавана, къпейки кръглата стая в мека, розова светлина. Опияняващи аромати изпълниха сетивата на Тео. Великолепни цветя и храсти във всички цветове запълваха помещението – по-голямо разнообразие той никога не беше виждал. И ахна, когато погледна към центъра на стаята. Сребърна вода течеше от бяла мраморна чешма.

– Това трябва да е живата вода.

Гласът на ламята ехтеше през златната врата, а резонансът от силата превърна змията на дръжката в чудовище, което сякаш блъска по вратата, за да влезе.

– Мързеливки, защо ваната ми не е готова?

– Извинете, Ваше височество, имаше мишка, – отвърна писклив глас.

Ламята изрева:

– Страхуваш се от мишката вместо от това, което *аз* мога да ти сторя, така ли?

– Добре дошли, Ваше величество, – каза Ния с трепереш глас.

– Искате ли какао, докато момичетата подготвят ваната?

– Не! Искам нещата по правилния ред. Моята вана. Моето какао. Моята разходка в градината, – крещеше Ламята. – Сега трябва да се успокоя сред моите цветя, докато ми подготвяте ваната. Гледайте млякото да е с правилната температура, момичета, и добавете подходящите масла. В противен случай знаете какво ще се случи.

Гласът на Ния се надигна.

– Ваше височество, моля, изчакайте!

– Не сега! Толкова съм ядосан, че може да навредя дори на теб, принцесо моя.

Тео и Дива се скриха в храстите, надничайки през клоните, когато двукрилата врата се отвори.

Влезе висока жена и затвори вратата зад себе си. Между заострените й уши бе положена тиара с инкрустирани диаманти, прибирайки назад златните й коси. Беше облечена в сребриста рокля, разстилаща се по пода. Заострена опашка на гущер стърчеше под облеклото й, жълтите и червени люспи на опашката блестяха на меката светлина в помещението.

Тео настръхна. Единствено зло блестеше от тъмните като на влечуго очи на Ламята, украсявайки иначе красивото й лице. Момчето се протегна за сребърната стрела, но тя го убоде и проговори в ума му:

– *Още не.*

Устата на жената дракон се изкриви, докато се плъзгаше по мраморния под. Бавно заобиколи фонтана три пъти, а тъмнината в очите й избледня до жълти цепки.

– Магическа вода, утре след жертвоприношението ще вкуся твоите лечебни сили и зрението ми ще се върне. – В продължение на няколко минути тя се разхождаше сред цветята, вдишвайки аромата им.

Тео се сви, когато тя се приближи до скривалището им. Ламята обаче се завъртя и се върна при фонтана. Потопи пръстите си в течността и направи водовъртеж.

На вратата се почука и плах глас съобщи:

– Господарке, ваната Ви е готова.

С дълбока въздишка Ламята се плъзна по пода и се върна в балната зала, затваряйки вратата след себе си.

Сега по-нежен глас долетя през вратата:

– Перфектна баня, момичета. Може да се оттеглите, докато Ния ме обслужва.

Тео се промъкна по-близо до вратата. Очите му се наляха със сълзи.

Сладкият глас на Ния поде песен. Думите на „Кавал свирят", стара мелодия, която майка им често им пееше, съкруши сърцето му.

„Кавал свири, мамо,
Горе-доле, мамо, горе-доле, мамо.
Кавал свири, мамо,
Горе-доле, мамо, под селото.

Я ще ида, мамо, да го видя
да го видя, мамо, да го чуя.

Ако ми е нашенчето,
ще го любя ден до съдне,
Ако ми е ябанджийче,
ще го любя дор до живот".

В края на мелодията гласът за кратко промърмори нещо, вратата се отвори и затвори и в стаята известно време настана тишина.

Гласът на Ламята наруши очарованието на момента:

– А сега – моето какао, принцесо.

Разбито стъкло, последвано от псувня прекрати спокойствието.

– Това е отвратително! – изкрещя Ламята. – Кой приготви тази напитка?

– Много съжалявам, Ваше височество, – гласът на Ния бе станал дрезгав. – Вела беше в килера, затова я помолих да вземе какаото. Сигурно е хванала погрешната кутия.

– Доведи я при мен. Веднага!

Тео се сви, когато от другата стая се чу плачът на Вела.

– Тихо, дете, – каза Ламята. – Ти си тук, за да отговаряш на въпросите ми.

Плачът секна. Какво щеше да се случи с Вела? Тео бе дал дума на момичето, че той и Дива ще я пазят от Ламята. Отдръпна се, готов да се скрие при Дива. Последващите думи на Ламята бяха прекалено тихи, за да успее да чуе повече, но крилата на вратата, които се отвориха миг по-късно, не бяха. Изненадаха го.

Беше твърде късно да се скрие. Тео се оказа лице в лице с Ламята. Жената дракон уви опашката си около краката му. Жълтите й, влечугоподобни очи потъмняха до черно, когато студените й пръсти пробягаха по брадичката му.

– Добре дошъл в моя дом, *скъпи племеннико*. Радвам се, че намери време да се отбиеш.

Студени тръпки минаха по тялото на Тео, а ледени капки пот започнаха да се стичат по гърба му. Не можеше да откъсне очи от нея. *Как така ме вижда? Аз я ослепих.*

– Само моите драконови очи, – сякаш прочете мислите му тя. – В човешка форма зрението ми е увредено, но не съм ослепен. И твоят опит да развалиш моето какао не успя. – Тя стисна хватката си. – Отровата не може да ми навреди. Само прави вкуса на какаото гаден, а това вече истински ме подразни.

Една стрела изсвистя покрай Тео и той подскочи.

Ламята изсъска и погледна към вратата, където се заби стрелата – точно в главата на гравираната змия.

– Това не беше отрова. Беше приспивателно на прах. – Дива се приготви с втора стрела.

Ламята се стрелна през стаята. Заострената й опашка се уви около Дива, притискайки ръцете й към тялото й. Стрелата и лъка на Дива паднаха на пода, когато драконът я стисна здраво. Мазна усмивка изкриви лицето на Ламята:

– Пфу, фу, малко самодиво. Чух от приятели, че съм пропуснала да пленя една дива самодива. Не знаех, че това е любимото дете на богинята. Нали знаеш, че стрелите ти не могат да ми навредят.

– Нейните – може би не, но моята може! – Тео извади сребърната стрела от колчана си и се прицели към главата на Ламята. Звярът бе забил пръстите си, но и Тео не се отказа: – Пусни я.

Ламята се засмя и стисна Дива още повече. Лицето на самодивата почервеня; отвори уста да каже нещо, но се чу само кратко издишване.

– Не, – изкрещя Тео. – Сега ще те убия, ако нараниш приятелката ми.

– Толкова импулсивен, досущ като баща ти. Комай имаш слабите му очи – и меката му душа. Няма да ме застреляш.

– Ще го направя. – Тео стисна хватката си, за да не се разтреперят ръцете му. Парещата болка в пръстите му, където опъваше сребърната стрела, беше непоносима, но нямаше да разхлаби хватката си. – Трябва да те унищожа, за да спася Ния и Змейково. Това е моята съдба.

Ламята изсъска и още повече нави от опашката си около Дива.

– Знам всичко за *съдбата* ти и как имаш само една стрела. Кой, мислиш, създаде прекрасното ти оръжие? Аз! За да унищожа Змея.

Тео ахна:

– Защо искаш да сториш това на собствения си брат?

– Защо ли? – изсумтя Ламята. – Нямах друг освен него. И той ме остави заради нея, твоята майка.

– Сигурен съм, че той все още те обича…

– Не ме интересува любовта! – Златни люспи избиха по ръцете на Ламята, но и също толкова бързо изчезнаха. – Исках власт. Змеят и аз щяхме заедно да управляваме, ако тази луда самодива не го бе измамила. Казах му да стои настрана, но той не ме послуша. Тя го примами със заклинанията си, а после… ти се роди. И щеше да наследиш царството, а не аз!

– Не искам вашето царство. Искам само…

Главата на Дива се отпусна отстрани и тя падна без дъх. Ламята захвърли тялото й на пода.

Нещо в гърдите на Тео се пречупи в мига, в който тялото на Дива се строполи. От устата му се надигна стон:

– Ти я уби.

Ламята се засмя, но остана на мушка.

Тео разхлаби пръстите си, за да пусне сребърната стрела. Тетивата остана изопната, сякаш и стрелата, и лъкът се сражаваха срещу него и му попречиха да стреля срещу жената дракон. Но защо? Какъв знак му показваше Природата? *Там, където изригва сила, затвори портата към душата.* Силата на ламята изригваше пред него, нали? Какво общо има това с портата към душата?

– Виж, даже вълшебните ти оръжия са по-умни от тебе. – Ламята цъкна с език и се приближи към него, докато Тео продължаваше да я държи на мушка със сребърната стрела. – Те знаят, че ти никога няма да успееш.

Ламята беше права, но не и по начина, по който си мислеше тя. Сега нямаше да успее да я убие, но можеше да й причини болка. Той изпусна сребърната стрела на пода, издърпа една от тези, които Дива му бе дала, и я зареди в тетивата. Този път оръжието откликна, изстрелвайки стрелата към Ламята.

Драконът се изплъзна настрани, стрелата не го уцели, а той продължи напред към Тео.

– Какъв лош пример си за владетел. Момче, което не може дори врага си да уцели. Царството ще бъде мое, когато те убия както убих майка ти… или избери да ми служиш и ще те пощадя.

Гняв изпълни гърдите на Тео. Той отново вдигна сребърната стрела и го приготви да стреля.

– Никога няма да ти служа! Ще те видя как ти умираш първа.

Опашката на Ламята с трясък се влачеше след господарката си, а усмивката на звяра стана още по-лукава. И още повече се доближи до него.

– Аз ще съм тази, която те гледа как умираш, както накарах баща ти да гледа, докато измъчвах майка ти. Тя пищеше и молеше за милост. Това уби Змея – съкруши го много повече от това, което сребърната стрела би постигнала.

– Тео, синко. Пази се от лъжите й, – прошепна майка му в ума му. – *Тя иска да изстреляш сребърната стрела, а стрелата не може да навреди на дракона в образа, в който е в момента. Върхът й е изкован да унищожи силата на дракона.*

– Ще я убия заради това, че те е наранила, – помисли си Тео.

– Не, синко. Трябва да направиш правилното нещо с правилната причина. Отмъщението ще разяде сърцето ти и състраданието ти, както го е сторило с Ламята.

Жената дракон припълзя още по-наблизо, докато дъхът й не започна да изгаря лицето му.

– Изплаших те, нали, дете? Не се ли осмеляваш отново да се опиташ да ме уцелиш?

Тео отпусна треперещия си пръст върху опънатата тетива.

– Пусни сестра ми и възстанови Змейково и ще те оставя да живееш.

– Права бях. Слабак като баща си и недостоен да управлява моето царство. Може би това ще промени решението ти да ми служиш.

Ламята щракна с пръсти и същество, подобно на онова, което докара помията на затворниците, донесе златна клетка, която пусна точно пред Тео.

– Павле! – Тео сграбчи железните пръчки, гледайки неподвижния си приятел, вързан с въжета. По лицето му имаше синини.

– Ти й се довери, – каза Ламята и посочи към балbackground зала, – и това е твоята награда: предателство.

Тео погледна към арката. Вела плачеше зад Ния. Слугинята сведе глава. Косата й падна напред и покри лицето й.

– Прощавам ти, Вела, – прошепна Тео. – Не успях да те защитя.

Ния погледна с презрение плачещото момиче и после се втурна през арката. Грабна сребърната стрела от ръцете на Тео.

– Вела отказа да говори пред Ламята. Сега отива в тъмницата. Аз казах на Ламята, че ти, Павел и твоята приятелка *самодивата* сте тук. – А думата „самодива“ я произнесе с огромно отвращение – сякаш е псувня.

– Ния? Защо? – Раменете му се отпуснаха.

Тя сви устни както Ламята правеше и обви с ръце жената дракон.

– Защо ли? Ламята е новата ми майка. Тя ме обича.

– Тя? – Тео стисна юмруци. – Тя иска да те нарани.

– Не, не иска. Ти и твоите приятели сте тези, които искат да *я* наранят, – викаше Ния. – Тя ми каза, че си някакъв „нероден герой, който си мисли, че трябва да я убие.

Тео не можеше да повярва, че това е неговата близначка. Присви очи и погледна жената дракон. Какво беше сторила Ламята със сестра му?

– Ния…

– Не! Не говори. – Момичето вдигна ръка. – Ти дори не си ми истински брат, така че не се преструвай, че си дошъл да ме спасиш. Искаш богатството и силата на Ламята, но не можеш да ги имаш. Те ще са мои!

– Силата и притежанията не са любов. Ние сме бедни, но мама ни обича. – Той посегна към сестра си. – Ела си у дома; ела с мене.

– Не, – Ния се притисна към Ламята. – Мама не ме иска. Ламята ми показа какво се случва вкъщи. Колко доволни бяха всички, че ме няма. Трябваше да си останеш там, а аз да си остана тук.

– Ния, знаеш, че това не е вярно. – Сърцето на Тео се свиваше от болка. – Да вървим у дома.

– Тя е много щастлива тук. – Жената дракон уви ръце около раменете на Ния. – Въпреки че брат ти иска да ме убие, ще бъда милостива и ще му простя, заради тебе, скъпа моя.

Тео извика:

– Не ти искам милостта или прошката.

Ламята наклони глава към създанието, което бе донесло Павел.

– Вържете го и го хвърлете в клетката при приятеля му.

Съществото грабна лъка на Тео, но черната кобра от дървото изви назад главата си и го перна в лицето. Съществото нададе рев и пусна оръжието. Когато се тресна на пода, лъкът се превърна в кобра и се плъзна между цветята. Съществото тръгна из градината, за да я търси.

– Спри! – изкрещя на свой ред Ламята. – Ще унищожиш цветята, тромав звяр такъв!

– Лъкът ми. – Тео се втренчи в посоката, в която изчезна змията.

Ламята злорадстваше:

– Я, май вече нямаш вълшебно оръжие, с което да ме убиеш.

– Все някак ще те унищожа.

– Затвори момчето и вземи вещите му, – крещеше Ламята. Златни люспи избиха по лицето й. – Наслушах се достатъчно.

Тео се бореше със създанието, тъй като то издърпа раницата и я подметна към Ния. Звярът изви около момчето твърдите си като желязо ръце и го вкара в клетката при Павел. Докато заключваше вратата, една стрела изсвистя покрай Ламята и удари създанието в гърдите. То издаде силен писък и хвана рамото на стрелата, за да я издърпа от твърдата си кожа. От раната му се изля зелена течност.

– Пак ли ти?! – Ламята мълниеносно прекоси стаята, обви опашката си около кръста на Дива и я стисна като в менгеме. Перлените й остри зъби блеснаха като кристали, когато с езика си перна Дива по бузата. – Никога не съм хапвала крехко самодивско месце за вечеря.

– Ти си толкова долна! – изсъска Дива към жената дракон.

– Пусни я! – Тео започна да блъска по клетката.

– Не ми казвай, че любовта на самодивата е отслабила силите ти, както го направи с глупавия ми брат. – Ламята я стисна още по-здраво и лицето на Дива почервеня. Драконът грабна лъка и колчана на Дива и ги запрати на пода. – Заведи я в тъмницата – при Вела, но я остави при сестрите й, за да не може да избяга.

Докато създанието се промъкваше по-близо, Дива сграбчи талисмана си с нокът и перо, който висеше на кръста й. Ламята го изтръгна от ръцете й и го захвърли към стената.

– Лошо, лошо! Заради това, което стори, си променям решението. Имам по-добро място, където да отидеш. – И се обърна към създанието. – Засега я задръж в бална зала.

Съществото заби ноктите си в ръцете на Дива и се бореше да я контролира, докато я влачеше навън.

– Още не си спечелил, – извика Дива. – Не можеш да победиш неродения герой.

Ламята се приближи към клетката.

– *Скъпи племеннико*, ако искаш да спасиш самодивата, ще ми станеш прислужник – точно като Ния. С течение на времето ще бъдеш щастлив и ще ме обичаш така, както ме обича тя.

Тео притисна лицето си към решетките на клетката:

– Ния не те обича. Тя е под силата на магията ти, за да можеш да я пожертваш утре.

– Ах, какви лъжи. – Ламята погледна към Ния и се усмихна: – Ти си щастлива тук, нали, скъпа моя?

– Да, – широка усмивка озари лицето на сестра му.

– Виждаш ли колко е щастлива? – натърти думите си Ламята. – Имаш време да размислиш, докато приключа с ваната. Реши кое е по-важно за тебе – така наречената ти съдба или твоите приятели. Изборът е твой!

– Няма да служа на убиеца на майка ми.

Ламята се спря пред вратата:

– Има начин да те убедя.

Тео преглътна, когато си спомни за уреда за изтезания в затвора.

– Аз… ще те унищожа.

Ламята се усмихна:

– Много дръзки думи, момченце! – И звярът стисна ръката на Ния и излезе от стаята със сестра му. Вратата зад тях се затвори.

Глава 23
Видения, мечти или реалност?

Лунната светлина проникваше през стъклото на куполовидния таван, хвърляйки розови сенки върху натъртеното лице на Павел. Той изпъшка и едва-едва отвори очи.

– Ех, човече, и тебе ли те заловиха?! Къде е Дива? Тя измъкна ли се?

– Не, – рязко кимна Тео.

Павел се изправи:

– О, чувствам се размазан.

– И така изглеждаш. – Тео се плъзна по-близо, с гръб към Павел. – Да видим дали можем да си развържем един на друг ръцете.

– Дръжки! Не мога. Всичко ме боли.

– Нека тогава аз да се опитам да развържа твоето въже. – Тео се приближи и придърпа въжето, омотало ръцете на Павел.

– О-ох! – изстена изобретателят и се отдръпна. – Няма да се получи. Как ще излезем оттук?

– Шшт. Чуваш ли?

Кап, кап, кап се чуваше над водата с бликащия фонтан.

– Какво е това? – попита Павел.

– Може би е кобрата? – сви рамене Тео. Лъкът ми отново е приел друга форма.

– Как ще победиш звяра сега?

Кап, кап, кап. Шумът се засили. Разби се стъкло и розови парчета започнаха да падат от купола на тавана.

– Идвам на помощ! – изкрещя писклив глас.

Тео пропълзя до края на клетката и повдигна очи:

– Ти кой си?

– А ти какво чу?

Бу се спусна от счупеното стъклено пано от тавана, а в ноктите си носеше черен предмет.

– Него! – Тео се ухили.

– Отново ли ти се причу свраката?

Бу долетя при клетката.

– Благодаря ти, хвъркати друже. Как се сдоби с това? – попита Тео.

– Кра-а-а, кра-а-а! – Свраката пусна Павелтрона през пролука в клетката, после отлетя към задната част на помещението, взе нещо с клюна си и отлетя през счупения прозорец.

Тео въздъхна:

– Сигурен съм, че отново го чух да говори. – Той потупа пода на клетката, докато не се докосна до Павелтрона. Вдигна го с една ръка. – Правилно ли го държа?

– Да.

– Ще отнеме цяла вечност да ми кажеш как да плъзна бутоните, за да отворим тази джаджа.

– Използвай бърз режим, № 9, за да получиш мини-трион, – каза Павел. – По този начин ще трябва да натиснеш само три бутона.

– Как става?

– Натисни първо знака плюс. Това е в долния десен ъгъл.

Тео прекара показалеца на свободната си ръка върху копчетата, сякаш четеше Брайлово писмо, и не спираше да го мести, докато не стигна до този, който Павел бе посочил.

– Този ли?

– Да.

Натисна бутона.

– И сега какво?

– Премести нагоре три реда, стой все вдясно, – отговори Павел.
– Натисни девет.

Тео плъзна пръста си и натисна.

– Кой е последният бутон?

– Отново плюс.

Тео премести пръста си надолу и натисна бутона. Панелът се отвори и инструментът се плъзна навън; издрънча, когато падна на пода в клетката.

– Успя, – каза Павел. – Внимавай да не си срежеш ръцете от острието на триона.

Тео остави Павелтрона да падне на пода в клетката, а после го хвана. С бавни, неудобни движения отряза въжетата на ръцете си. Раздвижи си китките. Щом изтръпването премина, освободи и Павел и му подаде джаджата.

Павел огледа ключалката, която имаше формата на извита змия. Побутна очилата си по-нагоре на носа, извади всички инструменти и ги прегледа:

– Този трябва да свърши работа.

Тео надникна над рамото на приятеля си и се загледа: Павел вкара инструмент, подобен на телено дърво, в малка дупка в едното око на змията.

– Тези същества хванаха ли и кукерите?

– Не. Само мене. Шшт. Нека се съсредоточа: трябва да чуя изщракване. – И като наклони ухо към отвора на ключалката, Павел завъртя инструмента леко надясно, после бавно наляво. Продължи няколко минути. – Готово! – лицето му светна. – Свобода. – И бутна вратата на клетката, но тя не се отвори.

– Ама не съвсем, Павле. Трябва първо да *излезем* от клетката.

Да излезем? Измъкна от джоба си кесийката от Баба Яга. Какво беше казала тя за топлийката? Че може да го *вкара* в тесни места и да го *изкара* от там. Вероятно е предположила, че може да бъде заловен. Сигурно ключалката е вълшебна. Може би и карфицата…

– Нека да опитам с това, – каза Тео, като я изсипа върху дланта си.

– Топлийка?

– Ъхъ. – Тео я заби в дупката, докато червеният камък върху карфицата не се закачи към окото на змията в ключалката. След секунда камъкът блесна. Доволен, Тео върна топлийката обратно в джоба си.

– Това ли е? – попита Павел. – Я, да видим дали се получи.

Тео натисна вратата и тя се отвори. Измъкна се от клетката и Павел излезе зад него.

– Намери ли Ния? – попита Павел.

– Да.

– Добре ли е? Изглеждаш, като че си бил на погребение.

– Е, не е пострадала физически, но смятам, че е омагьосана от Ламята, – сподели угрижен Тео.

– А дракона? Видя ли го и него?

– Не във формата на звяр, – отговори Тео. – Помогни ми да си потърся лъка. Трябва ми, преди да мога да изляза на бой срещу Ламята.

Павел огледа залата.

– А къде ти е стрелата?

– Ния я взе. След това ще трябва да я намерим. – Тео вървеше близо до цветята. – Кобрата се скри тук някъде. Надявам се да се е превърнала отново в моя лък. – Надничаха през лехите цветя в търсене на змията, но не можаха да я намерят в градината. – Не може да е изчезнала, нали?

Павел сви рамене:

– Че аз откъде да знам? – Сви рамене Павел. – Никога не съм го виждал да се променя.

До фонтана се чу съскане.

– Ето го, – посочи Павел.

Тео се затича към фонтана и бавно приближи ръка към кобрата.

– Моля те, превърни се отново в лък. Не сме приключили с мисията си.

Кобра се поклати, но не отдръпна глава назад, за да го нападне. Тео затаи дъх, докато увиваше пръсти под главата на влечугото. То промени формата си – втвърди се и отново се превърна в масивния лък.

Очите на Павел стояха опулени от изненада:

– Това вече си беше страшничко да се гледа!

– И още по-страшничко да се направи! – Тео се приближи към аркадата. – Да видим дали можем да се измъкнем оттук.

Павел грабна лъка и колчана на Дива и го последва.

Дракони – един бял и един златист, наперили гърди сякаш ще нападат, бяха издълбани един срещу друг върху противоположните страни на златната врата. В ноктите си всеки бе грабнал по едно кристално кълбо, което блестеше с цветовете на дъгата.

Павел се втренчи в кълбото, което държеше белият дракон.

– Ела и погледни, Тео. Това са мини телевизори. Този излъчва сапунен сериал. Мъж и жена се държат за ръце, вървят по плажа. Мъжът току-що вдигна една раковина и я подаде на жената. Виждам лицето й. Тя прилича на тебе – но е много по-хубава.

Тео завря носа си близо до кълбото, което златният дракон държеше. Обзе го страх, докато се взираше в разкриващата се пред очите му сцена.

Павел поклати рамене:

– Тео? Какво става? Какво видя?

Приятелят му се извърна.

– Беше ужасно. – Покри устата си, а в гърлото му се надигаше жлъчка, изпепеляваща го като пожара, с който Ламята бе разрушила Змейково. – Аз… трябва да догледам останалото. Да видя как свършва.

– Как свършва какво?

Тео издиша дълго.

– Битката с Ламята.

Павел се отдръпна.

– Да намерим друг изход. Вземи Ния и си тръгни; не е зор да се биеш…

– Как? – попита Тео. – Не можем като Бу да отлетим в синевата, освен ако нямаш джаджа за катерене.

– Нямам. – Раменете на Павел увиснаха. – Раницата ми с всичките ми изобретения е у Жега. Опитвам се само да помогна.

– Знам. И помогна. – Тео насочи поглед към златното кълбо. – Трябва да видя какво ще се случи.

Вратата се отвори и събори Тео на пода. Ния стоеше от другата страна; гледаше го с изпепеляващ поглед.

– Ламя, те са избягали!

Тео се изправи на крака и се втурна през арката покрай Ния, но се спря. Павел се блъсна в него. Викове и писъци изпълниха помещението.

– Уф, бе, – Павел отстъпи крачка назад. – Сега пък какво става?

Празна клетка се търкаляше по пода. Ламята крещеше по създанието, което беше извлякло Дива, сякаш преследваше бяла мишка. Бу се спусна надолу и започна да кълве съществото по главата. В отговор то силно перна свраката.

Четирима мъже, облечени в червено-златисти униформи, стояха близо до изхода, по двама от всяка страна, стиснали здраво копия в ръце. Лицата им бяха каменни, сякаш забравени в хаоса, чакащи заповедите на своята кралица.

– Дива! – Вероятно Бу й е занесъл талисмана.

Ламята не успя да ги види. Тео издърпа Павел назад към нишата и сложи пръст върху устните си. Павел прошепна:

– Тази крещяща жена ли е това, което си мисля, че е?

– Да, това е Ламята.

Зъбите на Павел изтракаха:

– Страшничка е. Ще стоя далеч от нея. Тези нокти могат да ме разкъсат на парченца.

Тео надзърна от нишата и огледа балната зала, търсейки сребърната си стрела. Ако беше там, можеше да се опита да си я вземе и да помогне на Дива.

– Ето я моята стрела, – прошепна той.

– Къде? – попита Павел.

– В онази стъклена кутия на стената, близо до пазачите.

Един от мъжете обърна каменното си лице към Тео, сякаш бе чул думите въпреки целия шум.

– Ох, ох, – Павел се облегна на стената, държейки лъка и колчана на Дива. – Ами сега?

До терасата се издигна вихрушка сребрист дим. Мишката се превърна в Дива. Тя се изплъзна и се превъртя, изтърколвайки се от обсега на създанието, което я преследваше. Бу изкряка и полетя към един полилей.

– Вие, двамата, – Ламята посочи към пазачите от едната страна на вратата. – Хванете я!

– Дива, насам, – Павел нервно размаха ръце, без да изпуска лъка и стрелите й.

Пазачите я пресрещнаха, стиснаха я здраво и я завлякоха към Ламята.

– Не се предавай! Превърни се във вълк! – изкрещя Павел.

Дива безуспешно се мъчеше да се докопа до талисмана си.

– Не мога да го стигна.

Ния мина покрай Тео и Павел и се втурна към Ламята.

– Господарке, те са избягали.

– Виждам! Нима никой не може и една работа да свърши както трябва? – С тъмните си очи, приковани върху Тео, Ламята прегърна Ния с опашката си, после се плъзна по пода на залата към огнището, влачейки момичето със себе си. – Ще ти дам нещо, за което да се биеш, племеннико. – Върхът на опашката й се размота и тупна с трясък на пода, но не спираше да гали лицето на Ния.

Момичето потръпна и се сгърчи, сякаш Ламята я стисна твърде силно. Тео се приближи.

– Пусни я!

– Стража! – изкрещя Ламята.

На часа двамата стражи, които бяха останали до вратата, вдигнаха копията си и ги насочиха към Тео и Павел.

– Стой на място или тя сега ще умре! – заповяда Ламята.

Ния ахна:

– Мислех, че ме обичаш.

– Не си си научила добре урока, принцесо. В живота ми няма място за любов, а само за власт. – Ламята извади въглен от огнището. Обръщайки гръб към Тео, тя се усмихна презрително. – Чудил ли си се защо плених сестра ти, а не тебе, скъпи племеннико?

Сърцето на Тео започна да бие по-учестено.

– Грабна я по погрешка, след като Джабалака писа в книгата си за мене.

– Не правя грешки, – засмя се Ламята.

– Тогава защо?

– Твоите родители са изрекли защитно заклинание върху тебе.
– Жената дракон изръмжа. – Не можех сама да те доведа в Змейково, затова те накарах да дойдеш – като отвлякох сестра ти.

Със зяпнала уста, Ния се втренчи в Ламята:

– Кккак…?

Ламята с поглед я отряза, после се втренчи в Тео, като от очите й се лееше омраза.

– Сега, когато си тук, сестра ти вече не ми трябва за жертвоприношение. Ще си възвърна зрението, ако те убия и изпия кръвта ти. – И постави въглена върху челото на Ния.

– Не! – изръмжа Тео и тръгна напред.

Копие разсече въздуха и падна точно пред него. Момчето замръзна на място.

– Стой назад или ще изтръгна и последния й дъх. – Ламята дъхна върху въглена.

– Моля Ви, недейте, – примоли се Ния.

От устата на Ния се показа лъч светлина. Пламъци излизаха от въглена, който сега блестеше в червено, докато изсмукваше живеца на Ния. Колкото по-ярък на цвят ставаше въгленът, толкова по-бледа ставаше Ния, докато накрая не се превърна в камък.

– Постави я до фонтана, – заповяда ламята на пазача, който бе хвърли копието си.

Мъжът повлече статуята на Ния към залата с градината, далеч от погледа на Тео.

– В съня си я видях като каменна статуя и не можах да го предотвратя. – И Тео избърса насълзите си очи в ръкава.

– Не можеш да оставиш Ламята да победи, – каза Павел. – По-късно ще помогнем на Ния. Заедно можем да се справим. Време е да се изправим срещу насилници – веднага щом ти върнем стрелата.

– Деца, мислите ли, че можете да избягате? – приближи се Ламята. – Ще ви убия и ще ви изям сърцата хапка по хапка, а останалото ще раздам на малките дракони. Мисля, че си ги спомняте – от маковото поле, където убихте много от моите домашни любимци. Нямат търпение да ви върнат услугата.

Вратата се отвори с трясък и Зима влезе в залата:

– Извинете, че толкова се забавих.

Останалият до вратата пазач вдигна копието си, но Зима го стисна за шията и го прободе със собственото му копие. Плисна кръв, когато кукерът извади оръжието от гърлото на мъжа. Тео ахна. До него Павел изпъшка. Една ръка стисна врата на Тео. Войникът, който бе преместил статуята на Ния в залата с градината, се бе върнал.

Красива блондинка, облечена в мръсна бяла роба, вървеше по петите на Зима. Тя зареди лъка си със стрела и бързо отстреля стражата зад гърба на Тео. Ръката около врата на момчето се разхлаби и мъжът се свлече на пода.

– Следващият на ред? – Жега профуча през вратата, а за ръка държеше брюнетка, която носеше лък и колчан като първата жена.

Деветима други въоръжени мъже, по-високи и по-мускулести и от Зима и Жега, си проправиха път през разбитата врата.

Златни люспи избиха по лицето и ръцете на Ламята и гласът ѝ стана по-дълбок:

– Убийте момичето, – заповяда тя на пазачите, които държаха Дива.

По една стрела уцели врата на всеки от мъжете, преди да имат време да вдигнат копията си. Блондинката и брюнетката се поклониха една на друга. Създанието, което по-рано пазеше Дива, се втурна към нея. Жега хвърли копието си, пронизвайки създанието право в сърцето. То падна на пода, а от устата му започна да изтича зелена течност.

Дива буквално прелетя през залата и се доближи до Тео и Павел. Взе лъка си от изобретателя и насочи стрела към Ламята. Сърцето на Тео подскочи. Ламята бе заобиколена, оставена напълно сама. Може би в крайна сметка нямаше да се наложи да се бие с нея.

– Мислите си, че можете да ме победите? Грешите, – изкрещя Ламята.

Люспите по лицето и ръцете ѝ набъбнаха и умножиха, покривайки всеки сантиметър кожа. Златната ѝ коса се сви, сякаш бе оживяла.

– Може и да не можем да те убием точно сега, – отвърна блондинката, – но можем да те хвърлим в затвора, където ти ни държеше.

– Не сте познали! Това никога няма да стане!

Ламята изрева и се изви, за да се превърне в огромен златен дракон, с широко разперени встрани крила. Червени люспи покриха корема ѝ. Трите ръмжащи кучешки глави на звяра, всяка с бели ослепени очи, се удариха в тавана. На средната глава, в средата над ослепените две очи, като горящ въглен светеше трето око. Драконът отново изрева и от това око изстреля лъч светлина в нощта.

Следата отново изникна в ума на Тео: *Там, където изригва сила, затвори портата към душата.* Майка му често казваше, че очите са прозорец към душата. Вероятно това трето, всевиждащо око крие силата на Ламята. Битката със звяра все още предстоеше, за да унищожи още една душа. Притича през стаята до мястото, където сребърната му стрела лежеше в стъклена кутия.

– Жега, можеш ли да разбиеш стъклото? – попита той.

– За мен ще е удоволствие, – Жега удари кутията с дървения край на копието си.

Стъклото остана непокътнато. Удари пак и пак, докато замъкът не се разтресе из основи. Съществата се заизмъкваха от скривалищата си, лутаха се напред-назад, преди да изчезнат в други скривалища.

– Сигурно е вълшебно стъкло, – заключи Жега.

Ха! Дали топлийката от Баба Яга нямаше да отвори кутията както успя и с клетката?

Тео бръкна в джоба си за кесийката, която вещицата му беше дала, и извади топлийката. Забоде я в ключалката. Още веднъж червеният камък заблестя. Момчето отвори кутията, грабна стрелата си и се завъртя, за да види какво се случва в залата.

Светлината от окото на Ламята все още осветяваше пътеката навън в тъмнината. Пурпурна маса прилепи доближи прозорците. За пореден път замъкът се разтресе, но не от рева на Ламята. Бръмченето на стотици крила изпълни въздуха, а миниатюрни зелени дракони и харпии, тези полу-жени, полу-птици, изпълниха терасата. Ламята разби прозорците с опашката си и по този начин позволи на роящите страховити създания да влязат. Бу изкряка и се втурна в градинската стая.

Зима и Жега, а след това и останалите кукери издадоха няколко нечовешки писъка и се втурнаха в мелето. Самодивите – като ожесточени амазонки, също се присъединиха в битката. Дива отпусна лъка и колчана си и се превърна в сокол. Отлетя направо към Ламята, забивайки нокти в лицето на дракона, където бе всевиждащото око.

Павел грабна падналите оръжията, зареди стрела и се прицели към Ламята. Тео притича през залата, за да бъде до приятеля си. Нагласи сребърната стрела в лъка си и търсеше чиста възможност, за да се прицели в дракона, но звярът не спираше да върше из залата, а Дива го нападаше.

Русата самодива се завъртя като посестримата си и се превърна в ястреб и излетя след една харпия. Заби човката си в гърлото на крилатата жена. Преди харпията да има възможност да изкрещи, жълта течност започна да изтича от врата й и тя се свлече на пода. Един от по-големите братя кукери грабна мъртвата харпия и я хвърли към ято зелени дракони, които се бяха струпали около Жега.

– Мръдни, братко!

Жега направи странично салто преди друга харпия да се разбие в миниатюрните дракони. Жълта слуз цвърчеше по крилата и телата им, пръскайки съществата и разтопявайки плът и мускули. Мъртви и умиращи бяха изхвърляни през прозореца.

На терасата Зима заби копието си в корема на харпия, отклонявайки се от смъртоносната струя като истински професионален танцьор, когато отново издърпа оръжието си. Без да губи инерция, грабна зеления дракон, който го приближаваше, и му отряза главата в острия ръб на счупен прозорец.

Брюнетката самодива и останалите кукери се сражаваха всеки в собствената си битка срещу слугите на Ламята.

Ламята отблъсна Дива и изстреля пламъци към Тео и Павел. Те се наведоха и се опряха към стената, избутвайки мъртвите тела, които бяха покрили пода. Кралицата дракон се рееше и се блъскаше във всичко и всички по пътя си. Огледалата бяха изпотрошени, а мраморният под бе целият осеян в натрошено стъкло. Тео и Павел приклекнаха зад един сандък, спасиха се на косъм от дъжда от крила.

Павел промърмори през зъби:

– Говна от плъхове!

Сандъкът отлетя от мястото си, когато опашката на Ламята го запрати навън, и така момчетата се озоваха лице в лице с чудовището.

– Двойна доза говна от плъхове! – Павел се отдалечи от дракона.

Ламята изрева и с трите си глави помете тавана. Още един полилей се разби на малки парченца на пода. С всеки опит да излети напред газеше върху натрошено стъкло под ноктите си.

Тео се прицели със сребърната стрела към третото й око, но Ламята извъртя главите си. Дива отново се втурна да я нападне. Драконът замахна с опашката си и я запрати през разбития прозорец.

– Не! – изкрещя от ужас Павел.

Драконът се насочи към Тео. Огън изригна от ноздрите на трите кучешки глави, когато Ламята изпръхтя и изпълни стаята с миризма на сяра, примесена с воня на кръв и вътрешности. Двете напълно слепи глави се рееха наоколо и душеха къде са момчетата. Една глава разби още един полилей и нов дъжд от кристали се изля над Тео и Павел. Стъкла се врязаха в ръцете на Тео, докато криеше лицето си.

– Скрий се в градината. – И Тео се втурна зад Павел към нишата. Отломки по пода се врязаха в обувките му.

Със силен рев една от главите на Ламята стисна останалата част от полилея между челюстите си и го изтръгна от тавана, разлюля силно висящите кристалите и накрая захвърли полилея през прозореца. Блестящи кристали се примесиха с разбитите парчета стъкло. Съществата, които се рееха навън, не спираха да крещят.

Шест ослепени очи се въртяха в очните си ябълки, а третото жълто око от средната глава на Ламята освети Тео.

Той отново зареди сребърната стрела, но ръцете му трепереха неудържимо.

Кучешките глави изригнаха огън от челюстите, достатъчно големи, за да погълнат човек в цял ръст. Белите зъби блеснаха като диаманти.

– Бягай! – Тео избута Павел към залата с цветята и се втурна в противоположната посока – към терасата.

Много по-надолу безчет харпии и дракони се биеха със самодивите и крилатите елени. Еленовите рога пронизваха крилатите жени и ги хвърляха на земята, където безброй копита ги газеха. Зелени облаци дракони крещяха, когато елените насочваха към чудовищата ярки лъчи светлина от слънца, които блестяха между рогата им. Съществата се извиваха и драпаха нагоре във въздуха, докато паднаха, но в крайна сметка се озоваваха на земята, подгизнала в кръвта.

Но къде е Дива?

Над главата на Тео избухна огън. Момчето погледна към Ламята и насочи сребърната стрела към дракона.

Зима извика:

– Айде, бе, още ли не си я убил?

– Опитвам се, – каза Тео. – Покрий се.

Терасата се разтресе, когато Ламята влезе в балната зала и се завъртя в и без това претъпканото пространство. С един замах на опашката си измете отломките от пода навън, а малката й вана се понесе във въздуха над Тео, изсипвайки остатъците от отломките върху него. Момчето загуби сцеплението си по хлъзгавия лък. Сребърната стрела падна на пода заедно с лъка.

– Тео, побързай! – Зима заби копието си в една харпия и я хвърли към зелените дракони, които се биеха със самодивите.

Ламята изора пода, изкопавайки дълбоки бразди в мрамора. Наведе средната си глава и я стрелна към Тео. Острите ръбове на роговете й стигнаха на сантиметри от лицето му. Той се оттегли назад и се подхлъзна в разсипаното от ваната мляко. Времето се движеше като на забавен каданс. Момчето замахна с ръце в опит да се хване за парапета зад себе си. Хлъзгавото дърво не успя да задържи хватката му. Тогава Тео се претърколи настрани. Земята го доближи много бързо – още докато летеше във въздуха.

– Помощ! – изкрещя Тео.

– *Мой възлюбени сине,* – каза майка му. – *Можеш сам да си помогнеш.*

– *Не знам какво да правя.*

– *Спомни си какво ти каза Косара: „Използвай инстинкта си и специалната си дарба“.*

Тео присви очи.

– *Изпуснах лъка си на терасата.*

– Притежаваш още по-голяма дарба, сине мой: обединената мощ на самодива и дракон. Концентрирай се върху силата вътре в тебе.

Тео успокои дишането си, като си мислеше колко величествен дракон е бил баща му: великолепни люспи, устойчиви на атаки, остри нокти, способни да пробият и най-здравия метал, поглъщащ огън, който е можел да изпепели земята, огромна опашка, с която размазва и най-жестокия враг, но най-вече, великолепни крила, с които да се рее в небето.

Остра болка го прониза някъде под мишниците му. Подутините станаха по-големи и разкъсаха шевовете на ризата му. Червените пера пораснаха, разтвориха се, покриха ръцете му и продължиха по-надолу и от пръстите му. Тео скръсти ръце и размаха мощните си крила с гладки движения. Спускането му стана по-бавно. С всеки мах той се измъкваше от сигурна смърт, но се завърна на балкона, където Зима продължаваше да се бие срещу харпиите.

Всички изглеждаха твърде заети в битката, за да забележат трансформацията му – всички освен Ламята. Жената дракон изригна огън върху му. Тео се превъртя настрани и се скри в крилата си. Те изчезнаха, но останаха само подутините. Той грабна лъка си и сребърната стрела и мина покрай Ламята, плъзгайки се по мокрия под и се върна обратно в балната зала. Ламята изрева, докато стъпваше тежко в опит да извърти тялото си и отново да се изправи в лице срещу момчето. В помещението проблесна светлина. Тео я проследи с очи – като котка, готова да преследва слънчеви зайчета. Павел държеше лазерна показалка, насочена в лицето на Ламята.

– Павле, не бъди глупав! Скрий се!

– Няма! Съмнявам се, че мога да я ослепя с това, но поне мога да й причиня болка. – И той завъртя копчето на лазера, за да засили силата на лъча.

Ламята изрева, когато светлината я жегна под третото жълто око. Люспите се превърнаха в мехури и се подуха, придобивайки ръждивокафяв цвят. Зловонна миризма като на изгорена плът отново изпълни залата. Драконът се завъртя и започна да мята опашката си като меч с две остриета, разбивайки мебели и пробивайки стени. Отломки летяха през това, което бе останало от прозорците.

– Махай се! Веднага! – изкрещя Тео на Павел.

– Не, оставам да помогна. Нямаш време за спорове. Застреляй я!

Тео избърса млякото, което от ваната бе намокрило лъка, отново зареди сребърната стрела и се прицели към окото на Ламята. Драконът избълва огъня и от трите си глави. Тео и Павел излетяха в различни посоки, като едвам спасиха лицата си от пламъците. Павел още веднъж насочи лазера, като се прицели директно в окото на Ламята. То започна да кърви и тя започна да блъска главата си наляво-надясно и се спря едва когато застана пред Тео. Като змия, готова да нападне, тя отдръпна врата си леко назад.

– Сега, Тео, – изкрещя Павел. – Ще успееш.

Тео опъна тетивата назад; стрелата се превърна в сребрист лъч светлина, а върхът й ярко заблестя – запулсира между пръсти му, сякаш беше жива.

Майка му отново го заговори:

– *Спомни си всичко, на което Дива те научи. Отпусни се. Концентрирай се върху окото й. Успехът ти е сигурен!*

Единствено хипнотизиращото й око изпълваше ума му. Щеше да успее. Издишвайки, Тео пусна сребърната стрела напред. Тя се изстреля като светкавица, същински ослепителен лъч, който премина през залата и се заби в присмиващото се жълто око.

Ламята започна да блъска неконтролируемо огромното си туловище наоколо, неспирайки да издава рев, примесен с вой от болка. Една по една главите й изсъхнаха и се разпаднаха в златен прах, докато не остана само средната глава. Тъй като стрелата се бе забила дълбоко в черепа й, от звяра започнаха да се издигат пламъци. Ламята залитна и се сгромоляса на мраморния под, изпълвайки залата със златист прах. От отворената й уста се стичаше черна мъгла.

Слугите й се пръснаха – потърсиха спасение в тъмнината на гората. Тео гледаше в потрес, когато звярът се приближи към него. Нямаше време за бягство. Покри носа и устата си с ръка. Пара с аромат на гранясало се вля през порите му, изгаряйки кожата му. Момчето изпищя. Този облак се плъзна надолу по гърлото му и остави пламтяща диря в белите му дробове. Стискайки гърди, нероденият герой падна на пода в несвяст.

Глава 24
Призори

Тео се събуди, защото някой го разтърси:

– Остави ме, мамо, искам да си поспя.

– Аз не съм майка ти, – каза Дива. – Олекна ми, че най-накрая се освести. Цяла нощ беше в безсъзнание и стенеше.

Той отвори очи и се изправи; с изумен поглед огледа разрушената зала.

– Забравил съм къде се намирам. Радвам се, че и ти си добре. – Тео се наведе към нея, за да я прегърне, но се преви и се изкашля: гърлото му бе пресъхнало.

– Взех я от раницата ти. – И Павел му подаде бутилка с вода.

Тео изгълта охладената течност до последна капка. Гърлото и дробовете му все още го изгаряха.

– Ламята мъртва ли е?

– Така изглежда, – потрепери Павел. – Не съм й мерил пулса.

– Помогни ми; искам да се уверя.

Подпирайки се на Павел, Тео се затътри към терасата. Дневната светлина озаряваше разрушението и смъртта в залата. Болката в гърлото и белите дробове на неродения герой затрудняваше всеки негов дъх. Кукерите и самодивите бяха наобиколили звяра, но му направиха път да мине. Външния вид на Ламята като дракон бе изчезнал, а на земята сега лежеше красивата млада жена със златисти коси; сякаш спеше.

Тео коленичи до нея и докосна студеното й лице. Удари го искра ток по пръстите, болката му се усили и той си дръпна ръката назад. Стиснал пръсти, се изправи и се отдръпна – не искаше да бъде толкова близо до нея, макар и мъртва.

– Тя вече не е дори половин дракон.

Дива го дръпна настрани, лицето й сияеше:

– Намерих сестрите си. И двете са живи.

– Това е чудесно, – прегърна я леко Тео. – Къде са? И къде е Ния?

– Сестрите ми тръгнаха с кукерите, за да освободят останалите затворници.

Павел стисна приятеля си по рамото.

– Ния все още е статуя.

– Какво? – Тео се наведе напред и се хвана за корема, защото тежка кашлица се надигна от гърдите му. – Магията не се е развалила, когато Ламята умря, така ли?

– Не, – кимна Павел.

Тео изтича в залата с растенията. Ужасяващият поглед на Ния поради предателството на Ламята бе останал изписан върху каменното й лице; същият поглед, който той бе видял в съня си.

– Не знаех какво да сторя, – смутено си призна Павел.

– Живата вода! – Тео потопи ръката си в чешмата. Поръси Ния с няколко капки, но нищо не се случи.

– Мисля, че с магия трябва да върнеш направеното, – каза Дива.

– Ама, разбира се, въгленът! – Тео се втурна в балната зала, прекрачи мъртвите същества, за да стигне до огнището и сграбчи червения, искрящ въглен, с който Ламята, изсмука жизнената сила на Ния. Върна се в градината и постави въглена върху челото на сестра си. Тя си остана вкаменена.

– Извървях толкова път и все пак те загубих. – Тео прегърна каменното тяло на Ния и сълза падна върху косата й.

Той отстъпи назад, когато тъмните й коси омекнаха като коприна. Розов блясък озари бузите й и тръгна надолу по тялото й. Раменете й помръднаха, сякаш се протягаше, а пръстите й потрепериха. Когато краката й оживиха, Ния залитна, но Тео я хвана.

– Къде съм? – Пое дълбоко въздух тя.

– В замъка на Ламята.

Сълзи започнаха да се стичат от очите на Ния.

– Толкова съжалявам за всичко, които сторих. Не мога да повярвам, че Ламята така ме нарани.

– Нямаше избор, – успокои я той. – Ти беше под силата на нейното заклинание.

– Не, не бях, – изхлипа Ния. – Ламята ми показа снимки от вкъщи колко щастливи са всички без мен. Много ме заболя. Мислех си, че никого не го е грижа. А… а пък тя в началото бе толкова любяща…

– Всичко е наред. – Тео не беше убеден, че Ламята не бе направила магия на сестра му. Обви ръце около сестра си. – Вече си свободна от силата й.

– Нея няма ли я? – Ния избърса очи, после изхълца, когато прегърна брат си. – Благодаря ти.

Тео внимателно свали ръцете й.

– Има още едно нещо, което трябва да направя. Баба Яга ми помогна. Трябва да й занеса жива вода. – И се обърна към Павел. – Ще ми донесеш ли раницата?

– Разбира се. – Павел се втурна в балната зала и само след миг се върна.

Тео порови вътре да намери розовия мускал и го напълни.

– Преди да се върна да видя Баба Яга, обещах на една жена във Влас да потърся дъщеря й. – Отново разрови раницата си и извади снимката, която му беше дала старата вещица. – Някой от вас виждал ли е момиче на моята възраст, което има белег по рождение на рамото си – във формата на сърце?

Ния ахна:

– Аз.

Всички приковаха очи върху нея.

– Вела има точно такъв, – каза тихо тя.

Навън Дива се взираше в небето.

– Красиво е да гледаш как грее слънцето.

В сутрешната светлина златистият прах от разпадналите се драконови глави на Ламята блестеше във въздуха във всички посоки – докъдето стигаше погледът на Тео. Тъмните облаци над Змейково от пристигането им се бяха разсеяли, а слънцето ярко светеше в лилава мараня. Небето, изпълнено с виолетов оттенък, показваше изобилие от цветове – светлосиньо, розово, кехлибарено – във всичките им нюанси.

Цветята започнаха да цъфтят. Птиците чуруликаха и се гонеха от клон на клон. Водите бавно се завръщаха по речните корита, изцелявайки се от отровата, с която бяха напоени. Зелена вълна заля цялата земя, тъй като подземните води дадоха живителни сокове на горите и полетата. Природата лекуваше земята.

Тео едва отдели поглед от цялата тази красота и потърси Вела – намери я да помага на Захари, който се грижеше за част от освободените затворници. Момчето се приближи бавно и леко се изкашля:

– Вела?

Тя се обърна и плаха усмивка озари лицето й.

– Ще седнеш ли при мене за малко? Ей-тук? – Той посочи каменна пейка в една цветна градина.

– Добре. – Тя го последва с наведена глава. – Няма проблем, че не успя да ме защитиш от кралицата.

– Извинявам ти се за това! Никога не съм очаквал Ния да ме предаде. – Той взе ръцете й в своите. – Има нещо друго, за което искам да поговорим.

Тя вдигна очи, изпълнени със страх.

– Кралицата не е мъртва?

– Не се притеснявай: мъртва е. – Тео пое дълбоко дъх. – Откога си в Змейково?

– През целия ми живот.

– Имаш ли… семейство тук?

– Не, аз съм сираче. Кралицата и другите момичета бяха единственото семейство, което някога съм имала.

– Ами ако…? – Тео прочисти гърлото си. – Ами ако ти кажа, че имаш майка във Влас, там, откъдето съм и аз? Която те търси вече дванадесет години!

Вела зяпна. Устата й бе отворена като на риба, но думи не излизаха. Сълзи преляха от клепачите й.

– Наистина ли? И… ме търси?

Тео я придърпа към себе си:

– Много. И ме помоли да те намеря.

Вела изхлипа:

– Откъде знаеш, че съм й дъщеря?

– Заради това. – И той й показа снимка на бебето със сърцевидния белег по рождение.

Вела покри с ръка устата си. Дълго се взираше в снимката, преди да свали робата от рамото си, разкривайки точно същия белег по рождение.

– Искаш ли… да се върнеш с нас във Влас? – попита Тео.

Вела наведе глава:

– Аз… Аз… Това е единственият дом, който някога съм имала. А там никого не познавам.

– Аз ще съм там. – Тео вдигна брадичката й. – И Павел, – и се наведе още по-близо. – И Ния. Сигурен съм, че от сега нататък тя ще се държи добре с тебе.

Смях излезе от гърдите на Вела:

– Аз… ще дойда.

– Добре. – Тео се изправи и протегна ръка към нея. – Да кажем на останалите добрата новина.

Черна сянка се плъзна пред слънцето, когато Тео и Вела се приближиха към елена Сур и стадото му, където останалите ги чакаха. Ритмичният удар на мощните крила цепеше въздуха със свистящи вихрушки. Температурата се покачи, а изсушаващата горещина на огнен дъх изгаряше тревата.

– Дракони! – изкрещя Павел. – Спасявайте се!

С неясно движение Дива зареди стрела и насочи лъка си нагоре. Но побърза да наведе оръжието си.

– Че това е само един дракон.

Земята потръпна, когато на полето кацна великолепен бял дракон. Очите му блестяха като изумруди, а люспите му – като лъскави перли. На фона на няколко вихрушки създанието се превърна в тъмнокос мъж с крила под ръцете. Прибра ги към тялото си и се приближи до групата.

– Нашият крал се завърна. – И Дива се поклони, когато Змеят ги доближи.

Тео стоеше назад, без да знае как да се доближи до човека, който не само бе негов баща, но и владетелят на Змейково.

– Синко, благодаря ти, че ме освободи. – Змеят протегна ръце. – Толкова дълго чакаш този миг.

Сълзи напълниха очите на Тео и заплашиха да се спуснат по лицето му. Все още държейки се за Вела, той неуверено пристъпи към баща си.

– Иска ми се… и майка ми беше тук.

– И на мене. – Змеят погали косата на Тео. – За съжаление, нашето време заедно не беше достатъчно дълго, но виждам отражението й в тебе. Ти я накара – всъщност, и двама ни – да сме горди, че разчупи силата на проклятието.

Тео избърса очи.

– Всички ние го направихме. Моите приятели: Павел, Дива, Жега и Зима. Братята им. Самодивите. И Вела.

Бу изграчи.

– А, да, и Бу ни спаси.

Свраката кацна тържествено на земята, подмятайки глава наляво-надясно.

Тео пое дъх, преди да продължи:

– Дори и Баба Яга.

– Всички, освен мен. – Ния се приближи плачейки и коленичи в краката на Змея.

Той приклекна, за да бъде на нейното ниво и я хвана за ръце.

– Не се обвинявай. Може да съм бил статуя, но знаех какво се случва в замъка ми. Може да не си почувствала силите на сестра ми, но те са те контролирали толкова колкото са те подлъгвали и лъжите й.

Ния избърса сълзите си и се огледа в състрадателните очи на Змея:

– Благодаря ти.

Змеят се изправи и придърпа Ния към себе си, прегърна я, а с другата си ръка прегърна Тео.

– Колкото и да ми се иска да останете тук с мене, синко, мисля, че ти и приятелите ти трябва да се приберете у дома. Семействата ви достатъчно дълго са били без вас.

– Аз… – Тео въздъхна. Да, първо ще се прибере вкъщи, за да се върне Ния и Вела, но ще се върне. – Какво ще кажеш на вашите, Павле?

Павел щракна с пръсти:

– Сетих се! Ще им кажа, че една самодива ме е пленила и омагьосала.

– Та твоето семейство вярва само в науката, – засмя се Тео.

– Ще измисля начин да ги убедя. – Павел започна да тършува из раницата си и извади чертеж на нещо и го подаде на Змея. – Не искам отново да минавам през този въздушен тунел. Докато бях тук, работих по едно по-добро предложение как да се върна във Влас.

Змеят разгледа документа:

– Друг портал, който винаги да бъде отворен, е чудесно хрумване. Засега обаче ще пътуваме с този, който аз използвам.

– А къде е? – попита Тео.

– Езерото на самодивите, – каза Змеят. – Ще ви пренеса дотам, но ще ви трябват колани, за да дишате под водата.

– Ще донеса, – каза Вела и се втурна обратно в замъка.

Със сълзи на очи Тео погледна към всичките тези хора, които вярваха в него.

Жега го стисна за ръцете:

– Сбогом засега, нови приятелю. Надявам се, че някой ден ще преживеем още по-големи приключения… с далеч по-красиви мацки.

– Благодаря ви за цялата помощ. – Тео хвърли поглед към Ния, която замечтано гледаше в посока към Жега. – Мисля, че успя да впечатлиш сестра ми.

– Няма нищо по-очарователно от това да спася красива принцеса. – И Жега подари на Ния очарователна усмивка.

– Побързай, братко. – Зима заби копието си в почвата. – Мраз ще иска да узнае, че сме живи и здрави и че другите ни братя са оцелели. Те казаха, че ще останат тук и ще помогнат.

– До нови срещи, Тео. – И Жега тръгна след брат си.

– И пак: благодаря и на двама ви за помощта и приятелството. – Тео помаха за сбогом, а кукерите поеха надолу по пътеката.

Бу кацна на рамото на Тео.

– Идваш ли с нас? – попита той.

Свраката сведе глава и изхриптя, сякаш тъжеше.

– Не. Има отдавна просрочени церемонии, в които да участва. – Дива погледна свраката. – Време е отново да вършеем смил.

– Смил? – попита Тео.

– Да, цветята, които ти показах на картинка, вълшебното самодивско цвете. Сестра ми ми каза как свраките трошат главите на цветята с крилата си, докато се реят по полята. След това се къпят в Езерото на самодивите, за да им пораснат нови лъскави пера. Бу си е спечелил тази награда.

– Чао, Бу. – Тео разроши перата на свраката. – И ти беше герой.

Бу заподскача наоколо, сякаш се перчеше:

– Кря-я-я, кря-я-я!

Тео придърпа Дива към себе си и я прегърна силно.

– Благодаря ти, че вярваше в мене.

– Нямах голям избор, – изсмя се тя. – Трябваше само и ти да се научиш да вярваш в себе си.

– Може ли и аз да се присъединя? – И Павел прегърна и двамата. – Ще ни дойдеш ли на гости във Влас?

– Ако има още човешки момчета за плашене – идвам! – И Дива им намигна игриво.

Вела се върна и раздаде на Тео, Павел и Ния колани, подобни на този, който му бяха дали русалките. Всеки си препаса своя около кръста.

 – Всички готови ли сте? – попита Змеят.

– Да, – отвърнаха тримата пътници. Вела поклати глава.

– Още не, – отвърна крякащ глас зад Тео. Баба Яга.

– Няма да се измъкнеш с моята жива вода. – И тя потърка ръце. – Дай ми мускалчето.

Тео извади флакона от раницата си и го сложи в дланта й.

Вещицата разклати течността, очите й лакомо поглъщаха съдържанието му. Тя се ухили на Дива.

– Това количество засега ще ми стигне. Време е да стана вечно млада и красива. – И като отвори мускалчето, изсърба течността, а с езика си се опита да обере и последната капка. След надлежното оригване, тя затанцува с тромави стъпки. – Млада и красива, моя милост!

– Ще я видим тази работа, – засмя се Змеят.

Баба Яга се потупа по лицето:

– Млада ли съм вече? Красива ли съм?

– Все още не, – пусна една усмивка Дива.

Баба Яга спря да подскача, започна да се гърчи и падна на земята – по лице.

Тео изтича до нея, а останалите го последваха, оформяйки кръг около тялото й.

– Трябва да я обърнем и да се уверим, че не си е глътнала езика.

Още преди някой да я хване, мараня я покри. Тео потупа мястото, където Яга стоеше до преди миг, но усети само земята. След като мъглата се разсея, слабичка жена лежеше там, където беше Баба Яга. Тя спря да се тресе и седна, а лицето й бе покрито с пръст.

Провери ръцете си – вече без бръчки, с тънки пръсти.

– Красота, ах, красота! – И вдигна поглед: – Млада ли съм? Красива ли съм?

Павел покри устата си, за да потисне изблик на смях.

– Едно от двете.

– Не мисля, че постигна всичко, което очакваше, – ухили се Дива.

Вещицата ощипа бузите и шията си и още по-силно се зацапа с мръсотия. Прекара пръсти през косата си и се намръщи: възлите я спряха.

– Хм-м, за косата вероятно отнема повече време. – След това опипа гърдите си и възкликна: – О, красота-а! Тези ми харесват! Ах, младост, ти се завърна при мене. Не мога да кажа същото за останалата част от тялото ми. Някой ще ми услужи ли с огледалце?

– И вода, – добави Дива.

– Нямам. А и не искам да гледам това шоу, – каза Павел.

– Аз имам. – И Ния подаде огледалце на вещицата.

Баба Яга се втренчи в него и наклони глава настрани.

– Не може да бъде. – Плю в ръкава си и започна да търка мръсотията. – И отново погледна в огледалото. – Млада, но не и красива. – Сега потупа що-годе чистото си лице. – Поне кожата ми е гладка и розова.

Змеят прочисти гърлото си.

– Сега, когато всичко е уредено, е време да тръгваме. Отстъпете назад, всички. – Пое дълбоко дъх и издиша струя топъл въздух.

Мъжът дракон разгърна крилата си и ги размаха въздуха. За секунди чистобели люспи избиха по цялото му тяло и едновременно с това той увеличи ръста си неколкократно. Свистящи ветрове разклатиха дърветата, които стенеха от усилие да останат изправени. Балдахин от листа – досущ като състезателни колички – се носеше във вихъра около тях. Огромният бял дракон изсумтя. Огнени кълба се отделиха във въздуха, превръщайки в пепел някога зелените листа. Той сниши глава и избоботи на всички да побързат да се качат.

Тео се покатери по люспите на изпънатия врат на баща си. Павел и Ния го последваха. Последна беше Вела, която се поколеба.

– Страхувам се от височини, – измърмори тя.

– И аз, – каза Павел, – но това ще е голяма веселба.

– Хайде, можеш да го направиш, – насърчи я Тео и й подаде ръка да се качи.

Вела го хвана за ръката и стисна здраво очи. След като я насочи, тя с трепереш глас издиша, но седна върху гърба на дракона, а ръката на Тео й бе като опора – облегалка.

– Сега отвори очи, – каза Тео.

– А, не. Чак като си стигнем… у дома!

– Ния и аз сме точно зад тебе, – успокои я Павел. – Всичко ще бъде наред.

Змеят разпери крила и с рев се изстреля във въздуха.

– Ние летим! Наистина летим! – извика Ния над вятъра.

Тео се вгледа в пейзажа, толкова различен от този при пристигането му в Змейково. Цветове и краски бяха заменили почернелия пейзаж. Реките течаха в синьо и златисто. Не след дълго се появи огромен воден басейн: златистото Езеро на самодивите, където Дива разказваше, че кръщават новородени животни.

– *Кажи на всички да се държат здраво,* – проговори Змеят в ума на Тео.

Момчето го направи. Сърцето му подскочи, когато Змеят се гмурна надолу към водата. Тео затвори очи и се подготви за сблъсъка с водната повърхност. Вела изпищя и се приближи по-близо, затова той я обгърна по-здраво около кръста. Заради рева на вятъра не можеше да разбере как са Ния или Павел.

Топъл и приятен гел го обгърна и той отвори очи под водата. Искрящи светлинки осветяваха течността. Малки сини нимфи помахаха с ръце около дракона, водейки Змея по-дълбоко в тъмната бездна. Извиваха се на една страна, после – на друга, като го насочваха напред към това сякаш вечно пътуване, докато тъмнината не започна да избледнява. Нимфите преклониха глава и се отдръпнаха като придворни слуги, но Змеят продължи напред.

– *Приближаваме Влас*, – каза драконът в ума на Тео.

Тео показа на останалите вдигнат палец.

Гелът изчезна и водата ги напои. Подмина ги пасаж риби. Тео се държеше още по-силно, докато Змеят излизаше от водата. Вдиша студения и чист въздух на Влас. Нежен бриз погали кожата му, а солената миризма на морето изпълни ноздрите му. На Вела изглежда й се гадеше.

Тео се ухили толкова широко, че усмивката му можеше да покрие хоризонта.

– У дома сме си.

Павел извика:

– Това беше далеч по-добро от влакче на ужасите! Мисля, че надвих страха си от височини.

Змеят се сниши и се появиха отделни къщи.

– Ето я твоята къща, Павле, – каза Ния.

Момчето въздъхна дълбоко. Змеят се спусна върху пустия селски площад. Павел скочи от врата на дракона и протегна ръка към Ния. Тео беше наред и после помогна и на Вела.

Змеят сниши глава:

– *След като върнеш Вела у дома, ела да се видим в Каменната гора.*

Тео се съгласи и тръгна; но погледна нагоре, когато горещ бриз премина над тях. Техният мощен пазител е отново свободен да защитава Влас, но в ролята си на баща той ще е тук, за да обича и да напътства сина си.

Най-напред оставиха Павел в дома му. Ния и Вела се държаха за ръце и мълчаха, докато вървяха по пътеката. Тео си мислеше какво ще каже на майка си, особено за раждането си. Беше сигурен, че Ния и Вела – всяка по своему – ниже собствените си думи, които да изрече, когато премине къщния праг.

През дърветата се процеждаше светлина от верандата. Майка им не се бе отказала от надеждата, че те ще се върнат. Тео натисна дръжката на вратата с трепереща ръка. Пантите изскърцаха, сякаш го посрещаха с радост вкъщи.

Ния го дръпна назад, а сълзи проблеснаха в очите й.

– Моля те, не казвай на мама всички ужасни неща, които съм правила.

– Спомни си какво каза Змеят. Това не е било по твоя вина. – Тео положи ръката си на рамото й. – Бих искал да говоря с мама… първо за мене.

Ния потрепери.

– Направи това, което според тебе е най-добре. Просто не казвай…

Той й даде бърза прегръдка с една ръка:

– Обещавам. Не се притеснявай. Всичко ще е наред.

Тео постави раницата си, лъка и колчана на пода. Сърцето му биеше учестено, когато отвори вратата на спалнята и се взря в мрака с мирис на мухъл.

– Мамо? – И той се приближи към занемарената жена, лежаща на леглото. – Това съм аз, Тео.

Майката едва-едва отвори очи.

– Тео, наистина ли си ти?

– Да, – поклати глава той, а сълзите му вече се стичаха по брадичката му.

– Моят обичан син. – Тя се изправи и го придърпа към себе си. – Къде се изгуби?

– Аз… ние… Дълга история, която ще ти е трудно да повярваш. – Той целуна бузата й и се отдръпна. – Аз… знам за мене.

Очите на майката се натъжиха:

– Какво знаеш?

Той пое дълбоко въздух и хвана ръката й:

– Че някой ме е оставил на прага. Че не съм твой син.

– Ти *си* ми син. Специален дар, оставен ми от Бога, заради любовта, която той взе от мене. – И тя отново го прегърна. – Моля те, прости ми, че никога не ти казах…"

– Няма проблем. Обичам те, мамо, и знам, че и ти ме обичаш.

Тя го стисна здраво.

– Не ме оставяй никога вече.

– Няма. Е, първо трябва да свърша нещо, но ще се върна. – Тео изтри сълзите си. – Още някой иска да те види.

Майка му го пусна. Тео стана и отвори вратата:

– Вече можеш да влезеш.

Майката се втренчи, когато влезе Ния, а после се олюля в опит да се изправи от леглото.

– Скъпото ми дете!

– Тео ме спаси, – беше всичко, което чу той, докато излизаше от стаята, за да може Ния да прекара миг с майка си.

Тео грабна две ябълки от панера на масата и подаде една на Вела. Прегърна я и я поведе през селото, надолу по пътеката, по която бе минавал и преди. Този път гората не го ужаси. Спряха се пред вратата на дома на старата вещица. Вела трепереше и се залепи за него, когато той почука.

Крака се размърдаха вътре и вратата се отвори със скърцане. Старата вещица погледна Тео, после Вела. И бързо примигна.

– Връщам ти детето ти, – каза Тео.

Старата вещица вдигна ръце към устата си и започна да вие. По бузите й се стичаха сълзи. Разпери ръце, а Вела погледна Тео.

Той я побутна напред.

– По-късно днес ще намина да ви видя. Или утре, след като всички си починем.

Вела се втурна в къщата и се поклони пред майка си.

– О, без такива формалности! – Старата вещица прегърна Вела и затанцува с нея из стаята. – А как да те наричам?

– Вела, – каза с плах глас момичето.

С леко сърце Тео бързаше към Каменната гора – където го чакаше баща му. Тъмните гори и съществата, които се опитваха да намерят прикритие, вече не го плашеха. Само самодиви не се разхождаше наоколо – не все още. Когато се върнат, нямаше да вредят на хората, както си мислеха всички. Щяха да се грижат за животните и да ги пазят от злите Юди.

Слънцето се издигаше високо в небето, когато Тео изкатери издълбаните стълби и пристъпи в Каменната гора. Баща му, все още във формата на дракон, бе кацнал на мястото, където Тео бе намерил статуята. Дали магията на свещеното място пречи на Змея да се превърне в човешка форма?

– *Сине мой.* – Думите на Змея се просмукваха в ума на Тео. – *Аз трябва да се върна в Змейково.*

– Ще дойда с тебе, – каза Тео на глас. Щеше отново да види Дива и Бу и…

Топъл въздух отърси Тео от мислите му.

– *Скоро и това ще стане. Друго не искам – а само да те задържа при себе си.* – Очите на Змея потъмняха. – *Но трябва да възстановя реда в моето царство и да се справя с Юдите, харпиите и другите злонамерени същества.*

– Мога да ти помогна.

– *Да, ти доказа смелостта си.* – Змеят сведе глава до нивото на Тео. – *Искам да останеш във Влас и да се грижиш за твоето човешко семейство.*

Тео въздъхна, но се съгласи. Щеше да се погрижи Ния да е добре и ще помогне на Вела да се приспособи към новия си живот.

– *Сбогом засега, сине. Скоро пак ще се срещнем. Ще ти кажа какво да очакваш, когато се сдобиеш със специални сили.*

– *Сили? Като да летя или да чувам животните да говорят?* – Тео сложи ръка върху бузата на дракона.

Змеят се разсмя:

– *Да, освен всичко останало… и това! Виждам, че относно мистичните същества май съм закъснял за разговора кое е вярно и кое – не, нали?*

– *Сбогом… татко*. – Думата прозвуча на място и Тео се усмихна.

Змеят махна с крила и се издигна към небето. Изрева за последно сбогом и изхвърли струя огън. Тео не отмести поглед, докато баща му не изчезна зад хоризонта.

Чудеше се дали ще може да лети и във Влас или само ако е в мистичната земя Змейково. Изкатери полупотрошения стълб. Вятърът зашумя и го прегърна. Или това беше неговата майка самодива? Тя не каза нищо, но мека целувка затопли бузата му. С любовта си, която му даваше сила, подутините под ръцете му пораснаха, а крилата му се разгънаха.

Всичко щеше да е наред. Бе изминал дълъг път – от момчето, което падна от небето и изстреля стрела в една харпия. Никога повече няма да се съмнява в смелостта си. Медальонът на гърдите му тупти като негово второ сърце.

Тео разпери криле и скочи във въздуха. Помисли си: „*Аз съм специален и никога няма отново да бъде обикновен*".

За автора

Ронеса Авила е писател и човек на изкуството, който работи на свободна практика и живее близо до Бостън, щата Масачузец, САЩ. Тя обича да пише романтични и тайнствени романи, вдъхновени от приказки и легенди. В свободното си време рисува. Артистичните й интереси включват женското тяло, гръцка и тракийска митология, фолклорни приказки и природни феномени, пречупени през нейния светоглед.

Други книги от автора

Мистичната Емона: Пътуване към душата
Светлина, любов и ритуали: български митове, легенди и фолклор

Поредица „Съкровища от раклата на баба“
Крадец по Коледа
Чудният щърк
Роден от пепелта
Дарът на русалката

Книжки за оцветяване – за възрастни
Русалките по света
Русалките по света – част 2

Готварска книга
Средиземноморска и българска кухня: 12 любими лесни традиционни рецепти

Отзиви

Моля, оставете отзив, за да помогнете на независимите автори. Благодарим Ви!